受精卵ワールド

本山聖子

JYUSEIRAN
WORLD
SEIKO MOTOYAMA

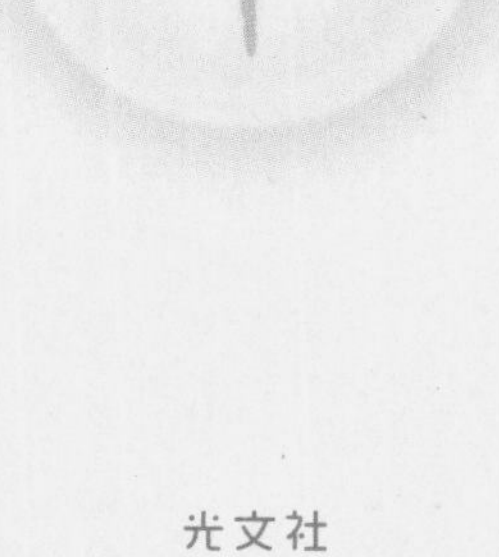

光文社

受精卵ワールド

本山聖子

。目次。

第一章　小さな世界

「幸《さち》さん、大変です。すぐ来て下さい」

　週はじめ、月曜の朝。スタッフルームで着替えていたら、胚培養士《はいばいようし》の後輩、岸有紗《きしありさ》が慌てた様子で飛び込んできた。いったい何ごとだろう。内心身構えつつも、長谷川《はせがわ》幸はゆっくりと口を開いた。

「おはよう。どうしたの」

「やらかしたらしいんです。桐山《きりやま》くんが、その……患者さんと……」

「えっ、また？　うそでしょ」

　桐山、という名前を聞いただけで事態の半分を理解する。幸は、休み明けでまだ完全に目覚めていない頭を二、三度横に振り、慌てて紺色のウェアに袖を通した。朝飲んだほうじ茶には茶柱が立っていたし、たまたま観《み》た今日の運勢も二位だった——だからいい日になるに違いない。そう思いながら出勤したのに、早速これだ。急いで消毒を済ませ、ラボ（培養室）に入ると、入口近くのスペースに五、六人程の胚培養士が集まっていた。その中で不貞腐《ふてくさ》れたように立っているのが、桐山翼《つばさ》だ。

「おはようございます」

冷静を装って輪に加わると、室長の中島《なかじま》が困ったように目配せをしてきた。

「ええと、そろそろ朝のミーティングを始めたいところなんだけど……その前に、桐山くん。長谷川さんに、例の件、報告を」

室長に促され、桐山翼が渋々といった感じで口を開いた。

「別に……俺は、ただ、ありのままを伝えただけなんすけど」

「伝えたって、昨日の受精確認の電話のこと？　何かあったの」

「いや、だから。フツーに電話かけて、フツーに言っただけです」

「……なんて言ったの」

「だからありのままを。『今回は全滅です』って。そしたら、なんか向こうがいきなり切れたっつーか、泣き出して、電話切れて。そんで、その後、苦情の電話がきて」

幸の口から「あー」と情けない声が漏れた。

「……ちなみに、その患者さんの名前は？」

「野々村《ののむら》しおりさん、ですけど」

野々村しおり。普段患者と接することがない幸でもよく知っている名前だった。確か彼女は四十一歳。長年通院している患者で、これまでの採卵回数はゆうに十回を超えるだろう。もともと卵子が多く採れるタイプではなく、今回も誘発をして採卵できた成熟卵は五個。そのすべてを顕微授精に回したはずだ。でも、ダメ、だったのか。全部。すべて。

「全滅なんて言われたら患者さんは傷つくに決まってるでしょう」

「人によるんじゃないっすか。結果は結果ですし。長谷川さんだって、受精確認の電話のときは、淡々と事実を伝えろって言ってたじゃないですか」

「それはそうだけど、言葉選びは慎重にならないと……」

「俺だったら変に気を遣われるほうがイヤっすね」

「それは桐山くんが当事者じゃないからだと思う。でも、今言ってることは、そうじゃなくて。全滅しましたじゃなくて、今回はすべての卵子と精子が受精に至りませんでしたって、そう伝えればよかっただけ。これは前にも言ったと思うけど」

「そんな細かいニュアンスまで気を付けてられませんよ。ただでさえ忙しいっていうのに」

桐山翼の顔がだんだん赤くなってくる。やばいやばいと思いつつ、幸も後には引けない。もう、こういう押し問答をするのは何度目だろう。

「とりあえずさ、長谷川さん。あとでその患者さんにフォローの電話しといてもらえると助かるよ。さ、そろそろ時間だし、ミーティング始めよう。今朝は採卵多いし、忙しいよー」

中島室長が間に割って入り、パンッと大きく手を叩《たた》く。幸が静かにため息をついて後ろに下がると、こちらを気の毒そうに見つめる有紗と目が合った。


幸が勤める太陽生殖医療《たいようせいしょくいりょう》クリニックは、東京都心にある高度不妊治療技術を兼ね備えた不妊治療専門のクリニックだ。もともとは太陽総合病院の一診療科だったけれど、患者数が激増したことから分院し、九年前にクリニックを新設した。

幸は、ここで開院当時から胚培養士（エンブリオロジスト）として働いている。が、胚培養士といっても、たいていの人は「?」マークを浮かべて頭をひねってしまう。

ざっくり説明してしまえば、胚培養士とは、その名の通りヒトの胚（受精卵）を扱い、ドクターの指導の下、人工授精、体外受精、顕微授精などの生殖補助医療を行う。が、幸自身も胚培養士になるまでは、その実態をよく知らずに生きてきた。とにかく胚培養士は、不妊治療と関係のない人生を送っている人にとっては、なじみのない職業なのだ。

桐山翼は、半年前にこのクリニックに入ってきたばかりの新人で、幸は、その指導係に任命されている。幸の年齢が三十二歳で、桐山翼の年齢が二十三歳。私生活では十歳近くも若い男性と関わることなど皆無で、だからか、仕事であってもどう接していいかわからなくなるときがある。加えて、桐山はかなりの曲者《くせもの》なのだ。多分。

そう、さっきの件だって。

桐山がやらかした「受精確認の電話」とは、体外受精・顕微授精をした翌朝、精子と卵子が無事に受精したかどうかを、胚培養士から、患者本人に直接報告することをいう。

患者にとっては、医療費を払って、散々痛い思いをして、ようやく辿《たど》り着いた瞬間なのだ。自分の卵子と精子が無事に出会えたか。そして、その後、移植可能なレベルにまで育っていけそうなのか。

電話を待つ日の朝は、何も手につかないほど緊張するという。

胚培養士の幸自身も、電話をするときは毎回手が震えてしまう。できればいい報告をしたいし、そうでなくても、なるべく相手を傷つけない言い方をしたい。

だから、朝起きると、幸はまず空に向かって祈る。

どうか、受精していて。育っていて。

これから、この世界に生まれる、あまりにも小さな、小さな命たち。

どうか。お願い――と。

だけど、すべての卵子と精子が正常受精をし、次の段階に進めるわけではない。中には受精しなかったり、受精しても異常受精となり、成長を止めてしまうものもある。

桐山が電話した野々村しおりは、長年このクリニックに通う女性で、担当ドクターからは今回の採卵をもって治療を終了するらしいと聞いていた。彼女にとっては、最後の望みだった。そして、「全滅しました」と告げられてしまったのだ。

全滅。なんと残酷な言葉だろう。自分ならば絶対に使わない。普通は使わないし、自分以外の人も当然そうであると思っていた。だけど、自分の中の普通は、他人の普通ではないのだ。しかも、桐山がトラブルを起こしたのは、これが初めてではない。以前も、あまりにもつっけんどんに受精報告を行ったため、クレームが入ったことがある。

幸も、そのときは隣で見ていたからよく覚えている。

「採卵した八個の卵子のうち、六個が正常受精！　以上！」

わずか数秒、相手にモノを言う隙も与えず、彼は乱暴に受話器を置いた。病院名も言わず、名乗りもしなかった。幸は度肝を抜かれたが、それ以上に桐山の顔が真っ赤になり、肩が上下に揺れているのを見てびっくりした。

「苦手なんすよ、電話」

そう短く告げると、桐山は即座に席を立ったのだった。

「自他ともに認めるコミュ障なんだそうですよ。かなりの」

数日後、有紗からそう聞いて妙に納得した。でも、だからといって幸の負担が減ったわけではない。

桐山がコミュ障だろうが、指導係は自分だ。日々の業務をこなしつつ、彼を一人前の胚培養士に育てなければいけない。技術面だけでなく、精神面も含めて。

だけど、この頃自分は適任ではないと思う。受精卵を育てるのはともかく、人を育てるのにはまったく向いていない気がする。

その日幸は早めに昼休憩に入ると、ラボの隣にある培養事務室に行っていちばん端の椅子に腰を下ろした。そして、何度か深呼吸を繰り返したあと、患者の野々村しおりに電話をかけた。彼女は最初こそ憤っていたが、だんだんその声は弱々しくなり、しまいには泣き出してしまった。

「もう四十も過ぎてるし、最後の望みをかけてたんです。それなのに……」

幸自身は不妊治療経験者ではない。それどころか、結婚もしていないし、子供もいない。だから、患者と同じ気持ちになることはできない。

だけど、彼女の妊娠を願っていることには変わりなく、いつも、いつも、祈ってきた。祈るだけではなく、胚培養士として、やるだけのことはやった。しかも、野々村夫妻の受精卵のグレード（質）は決して悪くない。採卵できる数は多くはないけれど、各女性ホルモン数値も安定しているし、受精卵のベッドとなる子宮内膜にも、充分な厚みがある。精子の数値も、毎回あまりよくはないものの、自然妊娠が不可能というレベルでもない。つまり、大きな問題がない夫婦――なのだ。

なのに「結果」が出ない。

そのことは、胚培養士としても、とてもつらい。

「私の何がいけなかったんでしょうか。もう何年も、体外や顕微を繰り返しているのに、移植どころか、凍結にすらなかなか辿り着けなくて。私には、親になる資格がないのでしょうか」

「いえ、そんなことはないです。本当に、この度は大変申し訳ございませんでした。指導係である私のせいです。野々村さんは、もう充分頑張っておられます。どうかご自分を責めないで下さい」

言いながら、定型文のようだな、と思う。今発した言葉は、きっと彼女にとって一ミリも救いになっていない。でも、いったい何を言えばいいのだろう。

「法律で……ればいいのに」

「あの、すみません。もう一度お願いします」

涙声でよく聞き取れず、幸は聞き返した。

「法律です。法律で、決めてくれればいいのに。採卵は、一人何回まで、とか。移植は何回まで、とか。それ以上は違法ってことで、逮捕してくれたらいいのに。そこまで、強く、誰かが、決めてくれたらいいのに。そうしたら、終われるのに」

「野々村さん……」

「いえ、いいんです。ごめんなさい。培養士さんにこんなこと言ってもしかたないですもんね。今回はこちらも取り乱しちゃって、すみませんでした。今後のことは、夫とよく話し合って決めます。でも、七年治療しても授からなかったし、多分、これで終了ですけど……しかたないですね」

静かに電話が切れた。と、同時にため息が漏れる。

今の自分は、形だけ後輩の不手際を詫《わ》びた——ただ、それだけのことしかしていない。あれだけ毎日卵子や精子や受精卵を見つめて、一日の大半をその世界で生きているというのに。

七年間も治療を頑張ってきた人に対して、何一つ、残せなかった。

仕事柄、受精報告の電話をする以外は、患者と直接話す機会はほとんどない。だから、胚培養士あてにクレームが来るなんてことはそうそうなかった。でも、この半年間で、何度も電話をかける羽目になっている。ただ、これまでは運がよかっただけかもしれない。どの患者も、しばらく話をしているとやがて落ち着いて、それ以上のトラブルに発展したことはないからだ。

だけど幸は、患者の声、その奥底にびっしりとこびりついた、行き場のない諦めと嘆きを感じるようにもなった。

いくらクレームをつけたって。いくら、誰かを攻撃したって。

本当にほしいものは手に入らないのだから、と。

「幸さん。電話、お疲れ様でした。お昼食べませんか？」

気を遣ってか、有紗が静かに歩み寄ってきた。

。　。　。

すべての始まりは、顕微鏡だった。

そう、あれはクリスマスのこと。長崎県の田舎町にある古い日本家屋に、両親と五歳上の兄と四人で暮らしていた。幸は小学三年生で、兄の進《すすむ》は中学二年生だった。そして、クリスマスが近づいてきたある日。普段は無口で無愛想な父が、珍しく上機嫌で子供部屋にやってきて、

「サンタクロースに手紙ば書かんね。ほしかもんばくれるかもしれんぞ」

と言い、紙とペンを渡してきたのだ。幸は、悲鳴のような歓声を上げ、言われた通りすぐに手紙を

書いた。うれしかった。両親はイベントごとには無頓着で、当時、祝っていたのは兄と自分の誕生日くらいだったから。だから、父の口から「サンタクロース」という言葉が出てきたことに驚いた。

しかも、幸にはどうしてもほしいものがあった。顕微鏡だ。その頃、友だちの家にあった顕微鏡に、幸はとりこになっていたのだ。それは友だちのお兄ちゃんが持っていたもので、レンズ部分は黒く、本体は銀色で、置かれていた和室の中でキラキラと異質なオーラを放っていた。

「お兄ちゃんには内緒やけんね」

ある日、そう言って友だちが顕微鏡を見せてくれた。そして、その子はなんの変哲もない一枚のすべすべとした緑色の葉を、手で斜めにちぎって表皮を剥《は》ぐようにし、そっとプレパラートに載せた。それからスポイトで水を一滴垂らすと「ここがいちばん難しかとよ」と言いながら、ピンセットで薄いカバーガラスをつまんで、表皮の上に載せた。

さらに下部についている反射鏡を動かし、台座を上げ下げしてピントを合わせる。その一連の動作がとてつもなくかっこよく見えて、幸は息を呑《の》んだ。

そうして、覗《のぞ》かせてもらった顕微鏡。

そこから恐る恐る見た、小さな世界。

真っ先に目についたのは、迷路のように伸びる筋だった。それに、不恰好《ぶかっこう》な丸。ぽこぽこと、緑色の池や水田が、いくつも連なっているような。それから、コーヒー豆みたいな形の、ぽってりとした丸も。そこからは、なぜか今にも音が聞こえてきそうだった。そして、なんの脈絡もなく、幸は「これだ」と思った。自分が求めていたものは、これだ、と。同時に、体の奥底からぞくぞくと、何かが湧き上がってきて、胸がいっぱいになった。

たった一枚の、どこにでもある葉っぱ。その中に、こんなにもたくさんの形があり、音があり、世界があったなんて。

だけど、不思議と昔から知っていたような気もするのだ。

この世界を。こんな世界を。

「……すごい」

声を漏らすと、友だちは得意げに言った。

「そうやろ。すっごく高いとよ。お兄ちゃんのやけんね、今日は家におらんけん、さっちゃんに特別に見せてあげたとよ。感謝してね」

「感謝する。感謝するけん、また見せて。お願い。なんでもするけん」

懇願し、次の日から友だちの家に通った。道すがら、目に付いた葉っぱを何枚かちぎって持っていった。同じ葉でも、どの部分を見るかによって見えるものが違う。一見すべすべして丸い葉も、顕微鏡で見ると端がギザギザしていたり、白い産毛みたいなものが生えていたり。そうなると、なんでも見たくなった。花びらやおしべやめしべ、たんぽぽの綿毛、どんぐりの帽子、とんぼの羽、クッキーやキャンディのかけら、爪の先に入り込んだ細かい砂粒。材料は、いくらでもあった。

だけど、毎回その顕微鏡を貸してもらえるわけでもなく、また友だちは当然のように他の遊びをしたがった。幸は、そのとき流行《はや》っていたシール集めや、ポケモンカード、ミサンガやビーズのアクセサリー作りにはまったく興味がなくて、いつも、そわそわと顕微鏡が置かれた空間を見つめていた。

あぁ。自由に使える、自分の、自分だけの顕微鏡がほしい。

そう思っていたからこそ、父がサンタクロースに手紙を書け、と言ったときは信じられないほどうれしかった。だから、書いた。『サンタクロースさんへ　けんびきょうがほしいです。よろしくおねがいします。長谷川幸より』と。本当は、サンタクロースの正体を知っていた。それでも、うれしかったのだ。いつも無愛想な父が、サンタクロースになろうとしてくれていることが。

そして、クリスマス当日の朝。飛び起きて向かった家の縁側には、巨大な箱と、小さな箱、計二つの箱が置かれていた。紺色の包装紙に、真っ赤なリボンシールがついた縦長の大きな箱と、同じく紺色の包装紙に金色のリボンが巻かれた、薄っぺらい小さな箱。

あれっ、と思った。

顕微鏡が入っているにしては、どちらの箱もそぐわないサイズだ。悩んでいると、後から起きてきた中学生の兄が、小さな箱を拾い上げた。

「俺がこっち」

そう言うと、兄は金色のリボンをほどき、バリバリと包装紙を破いた。中には、ゲームソフトが入っていた。予想通りだったのだろう、兄はとくに驚きも喜びもせず、小さく頷《うなず》いた。

「幸はそっちのでかいほうやろ。はよ開けてみんね」

「う、うん」

一抹の不安を覚えながらも、大きな箱に手をかけた。一人では大変だったので、兄が手伝ってくれた。でも、包装紙の中から出てきたのは、顕微鏡ではなくて、白くて大きな天体望遠鏡だった。

サンタクロースは――つまり父は、間違ったのだ。あろうことか、望遠鏡と、顕微鏡を。

絶望し、床に突っ伏して泣き叫ぶと、父と母がすっ飛んできた。でも、泣いている理由がわかると、父はとたんに不機嫌になった。

「ぼ、望遠鏡のほうが、遠くが見えてかっこいいやろが。そもそも、おまえの書いた手紙の字が雑過ぎて、サンタクロースが読めんかったんやなかとか」

「望遠鏡だって楽しそうやないの。もしかしたら、宇宙人だって見えるかもよ。それに、月を見たらウサギだっているかもしれんし」

どんな慰めの言葉も届かず、幸は泣き続けた。父は早々にその場から姿を消し、最初は優しかった母も「いい加減にせんね」と怒り始めた。兄もしばらくはそばにいてくれたが、やがて自室へ消えた。

一人縁側に取り残され、それでもずっと泣いていた。

冬の太陽が高く昇り、濃い飴色《あめいろ》の床にひだまりを作って、じんじんと体を熱くする。やがて涙が涸《か》れると、幸は頭の中で手に入るはずだった顕微鏡の姿を思い浮かべ、強引に涙を出し、またぐずぐず泣いた。なんでこんなに泣いているのか、なぜそこまで顕微鏡を欲するのか、もはや自分でもわからなくなっていた。

そして、寝ころんだまま、傍らに置いてある望遠鏡を睨《にら》みつけた。間違ってうちに来たくせに、その体は、神々《こうごう》しく、大きく、堂々としていた。

きっと、とても高いだろう。それだけに余計悔しかった。


だけど、年が明けた冬休み最後の日のこと。幸が縁側に寝ころんでいると、兄が突然やってきて、

「これ、幸にやるけん」

と平べったい包みを差し出してきた。開けると、虫メガネが出てきた。持ち手部分は黒で、フレー

ムは銀。ずっしりと重く、子供用のおもちゃではないことがわかった。

「知っとるか？　虫メガネ。顕微鏡には負けるやろうけど、これでもそれなりに見えるはず」

　無言で頷くと、兄が、頭を撫《な》でてきた。言葉は出なくても、こちらの気持ちが伝わったのだろう。実際、うれしかった。

　あのクリスマスのできごとは、もう、家ではなかったことにされていた。だからこそ覚えていてくれたことに救われたし、虫メガネも、本当にほしいものではなかったけれど、うれしかった。おもちゃじゃなくて、ちゃんとした大人用のものだったことも。きっと、お年玉で買ってくれたのだろう。

「ありがと、お兄ちゃん」

「俺が大人になったら、いっちばん上等な顕微鏡ば買ってやるけん、待っとけ」

「ほんと？」

「約束する」

「わかった。じゃあ、お兄ちゃんに、あの望遠鏡あげる」

　兄は、成績優秀で、足も速く、誰にでも優しく、学校の先生からも、クラスメイトからも頼りにされていた。優等生の鑑《かがみ》みたいな存在で、近所でも神童だと有名だった。涼し気な目元と筋の通った鼻。クラスの女子たちが、兄を見るために家にやってきたことも、一度や二度じゃなかった。

「進くん、すごいわねぇ。長谷川家は、将来安泰ねぇ」

　そう言われる度、両親はまんざらでもなさそうに「そんな、そんな」と手を振っていた。両親の自慢の息子で、幸の、自慢の兄。

　この人ならば、この兄ならば、きっといつか顕微鏡を買ってくれるだろう。それまでは、この虫メガネで我慢しよう。幸は、やがて自分のものになるだろう顕微鏡の姿を思い浮かべ、にんまりとした。

でも、その日は、やって来なかった。


。。。


「痛い、痛いっ。ごめんなさい、痛い、じゃなくて、怖いです。無理、やっぱり無理。やめます」

オペ室に、患者の声が響き渡る。幸は、培養室とオペ室を繋《つな》ぐ、パスボックスと呼ばれる小さな扉の前で、卵子を受け取る準備をしながらその声を聞いていた。

扉の奥を覗き込むと、ピンク色のオペ着を着た患者が、上半身をねじるように動かしているのが見えた。両足は大きく開かれて固定されている。その足と足との間にドクターの荻野杏子《おぎのきょうこ》の顔があり、脇にいる看護師たちが「大丈夫だから。ここまで準備してきたんだから、頑張りましょう」「痛み止めも効いてくるはず。力を抜いていきましょう」と、交互に声をかけている。

今はまだ、事前に行う膣洗浄を行ったばかりで、肝心の採卵はこれからだ。

患者の名前は、大川蘭《おおかわらん》。三十二歳。今回初めて採卵をする患者で、卵胞が十五個ほどできていると聞いている。

「大川さん、やっぱ麻酔しよっか。卵胞数も多いし、寝てるうちに採れたほうがいいでしょう」

杏子先生がさばさばした調子で話しかける。

「麻酔……でも、お金かかるんですよね、プラスで」

「あれ。大川さん、今回は保険適用じゃないんだっけ?」

「はい。薬の関係で自費コースなんです」

「うーん。となると、麻酔も全額自費という形になっちゃうね……」

「ですよね。やっぱり麻酔なくていいです。一円でも節約したいんで、我慢します」

そんなやり取りが聞こえる。卵子を採取する際は、膣から卵巣に向かって直接針を刺し、卵子のまわりにある卵胞液ごと吸い取ってくる。エコーで慎重に位置を確認しながらやるものの、動脈に針が刺さってしまい、大出血する可能性もある。両足は固定しているが、患者が動かずにいてくれたほうが当然やりやすく安全だ。

一昔前と比べると、採卵に使う針も細くなり、より安全で痛みの少ないものに変わってきているけれど、それでも初めて採卵に挑む患者たちは、緊張と恐怖でガチガチになってしまう。

幸の勤めるクリニックでは、約半数の患者が無麻酔（それでも座薬などの痛み止めは使用する）、残り半数が静脈に点滴で麻酔を入れる全身麻酔を選んでいる。自費診療の場合は、採卵そのものはもちろん、麻酔や投薬にも一切保険は利かず、すべてが自己負担となる。

だから、大川蘭は、麻酔代を節約するために麻酔を我慢しているのだ。お金がかかるから無理だと言われれば、こちらとしても無理強いはできない。


「痛い……怖い、まだですかー」

結局、患者の大川蘭は、無麻酔のまま採卵にチャレンジした。看護師が「もう少し。力抜きましょう」「よくここまで育てましたね」と声をかけ、杏子先生も「いい感じで採れてるからね、あと少しよー」と患者を励まし、なんとかやり終えた。時間にすると、わずか十五分足らずだ。

「はい、終わり！　よしっ」

杏子先生の声を聞くと、大川蘭は「あぁ」と涙声を上げた。

そのやり取りを聞きながら、幸は、心の中で患者に向かって声をかける。お疲れ様。よく頑張りましたね。あとは、任せて下さい――と。

「はい、お願いします」

やがて、細長い試験管に入った卵胞液が運ばれてきた。ここからは胚培養士の出番だ。正確に、手早く進めなくては。幸はパスボックスから試験管を受け取ると、シャーレと呼ばれる平らな皿に卵胞液を移し、卵子を探し始めた。卵子は、卵丘細胞というゼリー状の柔らかい細胞に包まれた状態で卵胞液に浮いているため、そこから卵子を探す必要があるのだ。卵子は肉眼ではほとんど見えず、顕微鏡を通して回収作業を行う。シャーレにはバーコードと患者の名前が書かれたシールが貼られ、胚培養士が二人一組でダブルチェックをしながら進めていく。絶対に、間違いが起きてはいけない、起こしてはいけない。

何より、採卵された卵子を一つも見落としてはいけない。たくさんの薬を飲み、注射をし、痛みに耐え、お母さんの体から出て、ようやくここまで運ばれてきた卵たちなのだから。

わずか〇・一ミリだけれど、生きているのだ。ここにあるのは、命なのだ。

幸は素早く一連の作業を終えると、インキュベーターと呼ばれる培養器の中に卵子を移した。ここで数時間卵子を前培養したのち、体外受精や顕微授精に入る。

無事に移し終えると、小さくふう、と息が漏れた。そして、心の中でまた声をかける。

がんばれ。パパの精子と出会うまでいい子にしているんだよ。あとで、迎えに来るからね。

「さっちゃん、お疲れー」

休憩室に入ろうとすると、うしろから杏子先生に声をかけられた。小顔でベリーショートが似合う、いかにもさばさばした風貌の医師。ほぼ休みなく働いているにもかかわらず、いつ見てもつやつやと健康そうなたまご肌をしている。

「杏子先生、お疲れ様です。大川さんの卵子はいい感じでしたね。ほとんど成熟卵でしたし」

「うんうん、本人も喜んでた。痛みに耐えたかいがあったって。あとはうまく受精してくれればいいんだけど」

「体外受精と顕微授精、半々ですよね」

どちらからともなく、空いている椅子に座り、弁当を広げる。幸は昨夜の夕飯の残り、タッパーに詰めた鮭《さけ》としめじの炊き込みご飯と、ゆで玉子、スープジャーに入った味噌汁《みそしる》。杏子先生は、コンビニの袋からツナサンドを取り出してかぶりついている。

「初回だし、本人は全部体外でいきたいっぽいけど、ザーメン（精子）くんがね……」

「ですね。少なかったです」

杏子先生の言葉に幸も頷く。

体外受精とは、卵巣から取り出した卵子に直接精子を振りかける受精方法のことをいう。この場合、どの精子が卵子と出会って受精するかはわからず、幸たち胚培養士はそのなりゆきを見守ることしかできない。一方で、顕微授精は、胚培養士があらかじめ精子を一つ選び、卵子の中に直接注入して受精させることをいう。精子の数が少なかったり、奇形や運動能力が低いものが多い場合や、精子と卵子が自力で受精できない場合などは、顕微授精となるケースが多い。

「せめて、どの精子と出会うかは自然に任せたい。だから体外受精がいいです」という患者もいて、人の手で精子が選ばれることに難色を示す患者もいる。どうやら、先ほど採卵した大川蘭もそう考えているらしい。でも、彼女の場合は夫が「乏精子症《ぼうせいしし》」といって精子の数が少ないということもあり、半分は顕微授精に回す予定だ。そのほうが、受精率が高くなる。

「ふー。コロナが落ち着いてきたからなのか、保険適用始まったからなのか、患者さん増えたよね。あー肩が凝るぅ」

杏子先生が、椅子に座ったまま両手をぐいっと伸ばしてストレッチをする。

「ですね。一時期は、移植を控える患者さんも結構いましたもんね。その反動かもしれないですけど……それにしても、先生方、みんな大変ですよね。お疲れ様です」

幸が労《ねぎら》うと、杏子先生はにかっと笑った。

「なんの、大変なのはみんな一緒っしょ。さ、午後も頑張ろ。さっちゃんはこれから顕微?」

「はい。大川さんのもやります」

「そかそか。よろしくねん」

残ったサンドイッチを口に押し込み、コーヒー牛乳で勢いよく流し込むと、杏子先生はわずか数分の休憩を終えた。それでも文句ひとつ言わず「んじゃ、オペ行ってくるねー」と明るく消えた。

顕微授精は、胚培養士にとっても、最も難易度の高い作業だ。複数の精子の中から、なるべく元気で形の良いものを選び、素早く卵子の中に注入しなければならない。

胚培養士になって三年目に、幸も初めて顕微授精を経験した。でも、卵子に精子を注入するどころか、その前段階でつまずいた。精子をうまく選べなかったのだ。

怖い、と思った。いったい、どの精子にすればいいのか。目の前を泳ぐ精子の群れを見ながら、幸は迷った。なるべく形のいいもの、なるべく動きの速いもの、なるべく――。

が、いざつかまえようとすると、すっと目の前を通り過ぎて見えなくなる。それならば、違うものを……と頭を切り替えるが、なかなか次が見つからない。

いや、いるのだ。本当は。目の前に。泳いでいる、動いている、生きている。

おたまじゃくしのような小さな生命体の源が、うねうねと、行き場を求めている。

幸は、目を閉じて深呼吸をした。

ここに至るまでに、何度もイメトレをし、勉強をし、練習を重ねてきた。先輩や室長の許可が出たからこそ、今、こうやって人生初のヒトの顕微授精に挑んでいるのだ。

だけど、手が出ない。怖い。

自分が選んだ精子で、決まるのだ。性別も、姿形も、何もかもが。

「迷ってますねぇ、長谷川さん」

そのとき、頭上から院長の声が聞こえた。ここ、太陽生殖医療クリニックを作った、吉本《よしもと》院長の声だった。幸が初の顕微授精をすると知って様子を見に来たのだ。胚培養士が見ている顕微鏡にはモニター画面がついていて、作業をしている人以外も同時に見ることができる。

「あのね、テキトーに選びなさい」

迷う幸に、院長はそう声をかけた。耳を疑った。

テキトー。適当、って。

「でも、なるべく良いものを、って……」

「いいから。次、目についたものを選んで。テキトーにね」

吉本院長は、ことさら「適当」を強調した。

そんな……。そう思いながらも、幸は言われた通りに動いた。目についた一つに狙いを定め、形や動きに問題がないことを確かめると、しっぽを触って動きを止めた。そして、その精子をしっぽ側から吸い取る。すると精子は、まるで元から僕が選ばれる予定でしたよ、とでも言わんばかりに、素直に、ゆっくりと、幸の握るインジェクションピペットという細いガラス管の中に吸い込まれていった。

そうして、卵子の中に、吸い取った精子が入ったガラス管を慎重に刺し込む。卵子を覆う透明帯を突き破り、中の細胞質と呼ばれる部分に精子をゆっくり、置いてくる。

本来ならば、卵管で出会うはずだった卵子と精子が、今、ようやく出会えたのだ。幸の手によって。迷っていた時間を入れても、トータルで五分もかからなかったはずだ。だけど、幸にとっては、その何倍にも感じられた。どっと力が抜け、普段はあまりかかない汗が、至るところから噴き出しているのがわかった。手も歯も小刻みに震えている。

怖かった。ただ、怖かった。

「お疲れさん。初めてとは思えないほどいい手つきだったね」

また院長の声が降ってきた。まさか、うそでしょう、と思ったけれど、隣で見ていた先輩の胚培養士も同調した。

「私もよかったと思います。私が初めてのときより、数倍よかった。これ、本当に。きっと受精して、うまくいくよ。長谷川さん、頼もしい戦力になりそう」

二人が満足そうに笑うのを見ても、まだ、信じられなかった。

その後、休憩室で、半ば放心状態でほうじ茶を飲んでいると、院長がやってきて幸の正面に腰を下ろした。

「長谷川さん。精子を選ぶときは迷ったらダメです」

「あの。そういえば、さっき、適当にって。あれはどういう……」

聞くと、吉本院長は無精ひげを撫でながら、「ふふふ、言葉通りです」と笑った。

「長谷川さんは、自分が選んだ精子で運命が決まる。だから責任重大だ、と思ったでしょう」

ずばり言われ、幸は驚きながらも頷いた。

「そうじゃないです。まったくもって、責任重大ではないです」

「でも……」

「言い換えると、責任すら負わせてもらえない……というところでしょうかねぇ。胚培養士も僕たち医師も、神じゃないから。うん、神じゃない。だから、神になろうとしてはいけない。受精するか、育つか、着床するか、生まれるか。すべてを決めるのは、卵子と精子だから。僕らじゃない。僕らが責任を負えるのは、もっと手前の、本当に手前の段階だけです」

「あの。不妊治療は、神の領域……なんでしょうか。本来、私たちは踏み込んではいけない世界なのでしょうか」

幸の質問に、吉本院長はうーんと首をひねった。

「難しいですねぇ。じつはそこに関しては、まだ僕の中でも答えが出ていません。体外受精や顕微授精どころか、自然妊娠と変わりのない人工授精ですら『神の領域に手を出している』『自然の摂理に反している』と言う人もいるくらいですから。不妊治療は医療ではないと。でもね、僕はそんな議論は無意味だと思っています。第一、そんなことを言えるのは、当事者じゃないからです。だからね」

「……はい」

幸は、吉本院長の次の言葉を待った。

「エールです。単に、エールを送っているんです、僕たちは。子供がほしいご夫婦やカップルに。僕はたまたま医師で、たまたま生殖医療を専門にしているから、自分にできることをやっているだけ。それがエールになって届けばいいなと思ってるんです。長谷川さんも、きっとそうでしょう」

「はい。そうだと思います」

「どうなるかは、卵子と精子が決めます。決めてきているんです。だから、長谷川さんは、選ばなくていい。心を無にして、空っぽにして。適当に選べとは、そういうことです」

「はい。わかりました」

適当に――の真意が理解できて、幸は大きく頷いた。

「そうそう。共に、それぞれできることをやって、エールを送りましょう」

吉本院長がにっこり笑う。エール。幸は、いい言葉だなと思った。同時に、自分が、新しい命の誕生権を握っているかのような気持ちでいたことを恥じた。そうだ、自分はただの人間で、ただの胚培養士なのだ。そんな力はない。何も持ってはいない。

。。。


「人の尿や便を検査して、何が楽しいとか」

今から十年以上前のこと。三年制の医療系短期大学を卒業し、国家試験を受け、臨床検査技師の資格を取った幸に、父は突き放すように言った。「そんなことより、はやくよか相手ば見つけろ」と。

てっきり喜んでくれていると思っていたので、幸はびっくりして言葉が出てこなかった。しかも、家では国家試験の合格を祝い、近所に住むいとこ家族も招いて、ささやかな宴《うたげ》が開かれていたのだ。六畳二間続きの和室のふすまを開け放し、テーブルの上には手巻き寿司《ずし》や豚の角煮など、幸の好きなものが並べられていた。いとこの子供たちがドタバタ、ぴょんぴょん跳ね回り、場の雰囲気は賑《にぎ》やかだった。なのに、その最中に、父が唐突に言い出したのだ。

「……別に楽しいとかじゃなくて。人間の病気や体の異変を見つけるには、尿や便や血液や……あとは、超音波検査とか、心電図検査とか、いろいろな検査が必要なわけで。お父さんだって、病院で検査ぐらいしたことあるでしょ。ああいう検査をやるとよ、私が」

「何もおまえがそれをすることなかろうが」

「なんで今更、そんなこと……」

高校三年生だった幸が、医療系の短期大学に行きたいと言ったときは、何も言わなかったのに。

「まぁ、よかたいね。さっちゃんも頑張ったとやけん。臨床なんちゃらなんて、名前からしてかっこよかし、さっちゃんなら立派にお勤めするやろ。ほら、兄さん、もっと飲まんね」

父の妹にあたる叔母《おば》がビール瓶を片手に場をとりなし、父との会話はうやむやに終わった。父は、んんっと一度大きく咳払《せきばら》いをし、注《つ》がれたビールを一気に飲み干した。そして、その後はもう何も言わなかった。

「お父さん、本当は反対しとったとよ。幸は高卒で働くものと思ってたみたい」

あとで、母にそう言われた。言われたけれど、今更言われても、もうどうしようもない。すでに就職先も決まっている。

幸にしてみても、臨床検査技師になるのに、何か大義名分があるわけでもなかった。たまたま自宅から通える距離に医療系の短期大学があったのだ。クラスのうちの何人かがそこを目指していたこともあって、学校案内のパンフレットを偶然目にし、臨床検査技師という仕事に興味を持った。

とくに興味を惹《ひ》かれたのは、そのパンフレットに掲載されていた、顕微鏡を覗き込む白衣姿の学生たちの写真だった。顕微鏡。そうか、顕微鏡。

臨床検査技師になれば、仕事で顕微鏡が使える。

人の体。何十兆個も存在するヒトの細胞。そこから見える世界。聞こえる声。

でも、ただ見るだけじゃなくて、ただ聞くだけじゃなくて。それが誰かを救うためのきっかけになり、生活の糧になるのなら……これほど自分に合う仕事はないかもしれない。

単純に、そう思ったのだった。というより、田舎の高校生だった自分には、それ以上のことは想像できなかった。高卒で働くか、専門学校や短大に行くか。通っていた高校では、当時、学年の三割ほどの生徒が就職を選んでいた。一部の成績優秀者は地元長崎や九州の国公立大学に進学したけれど、東京や大阪など、都会の大学に行く人はごくごく稀《まれ》だった。

幸の兄は、そのごく稀である「東京の大学に行く人」になり、幸はよくある「地元の短大に行く人」になった。だけど今、兄は地元で暮らし、幸は東京で暮らしている。そして、兄はまったく働いておらず、幸は臨床検査技師を経て胚培養士となり、東京で働いている。

両親は、そんな子供たちに戸惑い、落ち着かない日々を送っている。多分。口には出さないけれど、多分、とても戸惑っている。

兄からもらった虫メガネは、たちまち頼もしい相棒になった。見える世界こそ顕微鏡には敵《かな》わなかったけれど、虫メガネには、どこへでも持ち運べるという大きな利点があった。

幸の毎日は、冒険へと変わった。

しかも、遠くへ行かなくていい。家の中はもちろん、庭の隅、玄関先、校庭、通学路。見渡す限りに何かがあった。幸は興味をそそられるものを見つける度に、ぶら下げたポシェットから虫メガネを取り出し、レンズを覗き込んだ。

耳を澄ませば、声が聞こえたりもした。「見て。私を見て」と。それは、石畳の割れ目から生えている苔《こけ》だったり、木の根から出ている黄緑色の芽だったり、コンクリート塀を這《は》うようにして咲く小さな花だったりした。なぜか昆虫など、動いているものからは声は聞こえなかった。じっと、その場に佇《たたず》むことしかできない草や花や石や土から、幸は静かな息遣いを感じ、そして、呼ばれた。

ただ、朝、「行ってきます」と家を出た瞬間から冒険が始まるので、ときには学校に辿り着けないこともあった。担任の先生から「娘さんが来ていませんが、今日は欠席ですか」と連絡を受けた母が心配して家を飛び出すと、庭石に生えた苔を舐《な》めるようにして見ていたこともあった。

学校の休み時間にも虫メガネを手放さなかったので、クラスでも変人扱いされるようになり、「虫メガネ」というあだ名がついた。そのうち「虫」と呼ばれるようになり、最終的にはおかっぱ頭と名前も加わって、「長谷川虫がっぱ」に落ち着いた。夢中であちこち見ているうちに人の家の庭に入り込んでしまうこともあって、近所でも、「虫メガネのさっちゃん」と言われていた。

兄は優秀、妹は変人。それが長谷川家だった。

田舎だったことも幸いしたかもしれない。たいていの近所の人は顔見知りで、幸が家の庭に入り込んでいることを知ると「さっちゃん、お茶でも飲んでいかんね」と、お菓子やみかんを出して手招きしてくれた。幸もそのときは素直に応じ、その家の縁側に腰をかけて出された麦茶を飲んだ。ときには虫メガネを取り出し、見せてあげたりもした。お兄ちゃんにもらったとよ、と。みんな口々に「宝物やね」「大事にせんばよ」と言い、実際に覗かせてあげると「あらー、よう見えるね」と、大げさに驚いてくれたりもした。

山の中腹にある、似たような古さの、似たような家が並ぶ田舎町だった。どの家にもたいてい縁側があり、常に誰かが家にいて、門も庭も開かれていた。

近くにある空き地からは、長崎港が見下ろせた。とくに夕方が綺麗《きれい》だった。柔らかい銀色の海に、オレンジ色の光の粒が舞い降りて、キラキラと躍っている。あのオレンジ色の粒を一つ手にとって、虫メガネで見ることができたらいいのに。そんなことを考えていると、近所のおじさんが「さっちゃん、気ぃつけて帰らんばよー」と、声をかけてくれたりもした。小さな幸を取り巻く世界は、いつも、じんわりと優しかった。

でもその優しさが、息苦しさ、鬱陶《うっとう》しさに変わり始めたのはいつだっただろう。

気づけば、人も、家も、年を取っていた。幸の生まれ育った町は、交通の便が悪いこともあって世代交代から取り残され、そこに住む人間を飲み込みながら老いていった。人々は、どこぞの息子が離婚した、あっちの家の娘が三人目を産んだ、誰それの家が車を買い替えた……道端で、玄関先で、ゴミ捨て場で、町内の草むしりで、人の噂話《うわさ》しかしなくなってしまった。いや、本当は、昔からそうだったのかもしれない。小さい幸にはわからなかっただけで。ずっと。

「進くんのとこには、お嫁さんは来る気配ないと？」「昨日さっちゃんの車がなかったけど、デートでもしとったと？」――。あれこれ聞かれる度、幸は困ったように笑うしかなかった。

みんなが見ている。小さいときは「見てくれている」だったのに、今は、「見られている」。その日常が、少しずつ重くなり始め、心の中に積もっていく。うっすらと。だけど、確実に。

そして、臨床検査技師として働き始めて三年目。東京で働いていた兄が実家に戻ってきて、家に引きこもるようになった頃には、幸は外でも家でもうまく呼吸ができなくなっていた。

。　。　。

「長谷川さーん。急で悪いんだけど、明日の午後、面談出てもらっていい？」

午後六時過ぎ。帰り支度を終えた幸が廊下を歩いていると、ラボの中島室長に声をかけられた。

「患者さんとの面談ですか。わかりました。了解です」

そう答えつつ、幸は身構えた。胚培養士面談は、苦手な仕事の一つだ。希望する患者のみが予約を入れ、胚培養士と個別に面談ができるシステム。保険は適用されず、料金は三十分で五千円もする。

加えて、室長が「それでさ、桐山くんも同席させたいんだけど」と続けたので、幸はぴたりと動きを止めた。

「えっ、桐山くんもですか」

「うん。悪いけどお願いできないかな。彼にはもう少し、なんていうか……患者さんの気持ちを汲《く》んで仕事をしてほしいというか。彼は面談を経験したことがないし、横に座ってるだけでいいって言っておくから。頼むよ」

室長の気持ちは痛いほどわかる。そして、自分が桐山翼を育てる立場であることも。幸だって、熱心な先輩に育ててもらったからこそ今がある。だけど……桐山はとにかく表情がなく、いつも神経質そうな目をギョロギョロさせていて、挙動不審だ。患者の前に出すのは時期尚早な気がする。場の空気を読まない発言も多く、幸や職場の人間には笑顔を見せない。突破口が見つからないのだ。

「今度、体外に進む患者さんなんだけど、ご夫婦で来るって。一時間の予約が入ってるから、どうにか、よろしく頼む」

幸に向かって拝むような仕草をすると、室長はそのまま急ぎ足で職員通用口に姿を消した。取り残される形になった幸も、憂鬱な気持ちで後に続き、家に向かって足早に歩き始めた。でも、なんとなく真っすぐ帰る気になれず、すぐにUターンをし、商店街に向かって歩き出した。

思った以上に気持ちがそわそわしている。これしきのことで。

商店街に入り、時々行く老舗の豆腐屋さんを覗くと、まだいくつか商品が残っていた。今夜は湯豆腐にしようかと木綿豆腐と油揚げを注文すると、高齢の店主が小さな紙コップに入った温かい豆乳を「サービスだよ」と言って差し出してくれた。人懐っこい笑顔が目の前に迫り、ハッと我に返る。

「あ、ありがとうございます。うれしいです……」

店の外に置かれた古い木のベンチに腰かけ、ゆっくりと豆乳をすする。おいしい。体から忙《せわ》しない空気が抜け、ようやく人心地がついた気がする。

首都高の高架下、高層マンションや病院がびっしりと立ち並ぶエリアに存在する商店街。だけど、この豆腐屋さんのように古い木造のお店もぽつぽつとあって、今と昔が混在しているような場所。初めて足を踏み入れたときは、東京っぽくない。どこか故郷みたいで落ち着く……と思った。そんなことを感じた矢先に、目の前の車道を長崎では見たこともない高級外車が颯爽《さっそう》と通り抜けていき、やっぱり都会なんだなぁと痛感もした。だけど、いまだに信じられない。東京にいることが。

もう一口豆乳を口に含み、そのまま空を見上げると、暗い夕焼けが目に入った。

「苦手なんだよね……」

面談も、そして桐山翼のことも。

仕事をするって、人と関わるって、本当に難しい。クリニックではすでに古株で、後輩たちに教えることも、先輩や上司に頼られることも増えてきた。だけど、時間が経《た》てば経つほど、未熟さばかりが浮き彫りになっていく気がする。

胚培養士は、普段は培養室にこもっていて、患者の前に出ることはほとんどない。あるといえば、たまに予約が入る胚培養士面談と、月に一度行われている患者向けの体外受精説明会くらい。ただそれも、クリニックにいる八人の胚培養士が順番で担当するため、半年に一度くらいしか出番が回ってこない。胚培養士も患者も、お互いの顔を知らないまま一つの目的に向かっているのだ。

だからこそ、吉本院長は「受精確認の電話」を大切にしている。患者の声を直に聴いて、その思い、人の温度を感じてほしいから、と。最近は、電話ではなく、メールや専用のアプリを使って受精報告をするところも増えてきている。桐山は、クレームが来るようになって以来、「なぜうちのクリニックは受精結果をメールで報告しないのか」と、ことあるごとに突っかかってくるようになった。知人のクリニックではそうしている、ここは遅れている、と。

「気持ちはわかるけど……うちのクリニックはそれが売りだから、受け入れてほしい」

そう言いながら、幸はなんとか桐山をなだめている。でも、幸も桐山の言うことには一理あると思っている。電話はとにかく緊張するし、メールにすれば時間が短縮できて他の業務により集中できる。だけど、吉本院長は首を縦に振らない。そこを断ち切ったら、目の前の受精卵から、命を感じることができなくなるかもしれないから、と。でも、その言い分もわかる。

「ありがとうございますっ。本当に、ありがとうございます！　うれしいです！」

幸の耳にも、音が、記憶が残っている。うれしい報告ができたときの、患者の喜びの声が。電話の向こう側で、顔も知らない患者が、顔をくしゃくしゃにして喜ぶ様子が、その安堵《あんど》の息遣いと涙が。見ていないのに、くっきりと、見えるときがある。

まだ、受精しただけなのだ。その卵が、今後順調に育って、移植可能な状態になるまでには、いくつもの関門がある。移植したあとも、着床し、心拍が確認できるまではクリニックを卒業できない。まだ、果てしなく遠い。気を抜いたら見過ごしてしまう、点のような小さな奇跡。

だけど、うれしいのだ。受精は、誕生だから。一つの、小さな命の誕生だから。おめでとうございます、よかったですね。本当はそう言って、電話の向こうにいる人の手を握りたくなる。自分のしたことが、誰かの役に立った。それだけで、また頑張ろうと思えるから。

桐山にも、できれば一度そんな経験をしてほしい。親心なのか、そう願う気持ちもある。だけど、桐山との仕事は何かとやりづらいことが多く、憂鬱な気持ちが覆い被《かぶ》さってくる。朝出勤したら、「今回は黙って見学していてね」と念を押しておこう。何もなければいいけれど。そう考えるだけで、胃がキリキリと痛んだ。


翌日の午後三時前。幸が桐山と共に応接ルームに行くと、既に患者が来ていた。白を基調とした六畳ほどの部屋はカフェを意識したつくりになっていて、モスグリーンの二人がけソファが二つと、北欧調の楕円形のテーブル、ファブリックパネルや観葉植物が飾ってある。幸は、夫婦の向かいのソファに座り、「初めまして」と挨拶をするや否や、えっと目を見張った。

夫婦で来るとは聞いていたが、女性……妻と思われる人が、どう見ても五十代にしか見えなかったからだ。白髪交じりの頭に、深く皺《しわ》の刻まれた目元。隣には、やや年下と思われる男性が座っている。差し出された問診票に目を落とすと、妻は五十二歳、夫は四十六歳となっていた。やはり五十代か。面談は何度も経験したことはあるけれど、五十代の患者は初めてだった。

「えっと、五十嵐《いがらし》さんですね。何かお聞きになりたいことがあれば、遠慮なく聞いて下さいね」

微《かす》かな動揺を悟られまいと、笑顔で話しかける。すると、妻のほうが早速口を開いた。

「私たち、結婚したばかりで……でも、どうしても子供がほしいんです。だから、すぐに近所の婦人科で人工授精を二回試したのですが、ダメで。それで、不妊治療専門のクリニックを探して体外受精しようと決めたんです。でも、よそのクリニックでは妻側の治療は五十歳までと断られてしまって。

ここは年齢制限がないと聞いて、体外受精説明会にも参加しました。それで、胚培養士さんにも個別にいろいろ聞いてみたくて……私、妊娠できますか」

「そうだったんですね。ありがとうございます。でも……治療に年齢制限がなくても、確実に妊娠できるという保証はないんです。うちのクリニックで妊娠された最高齢は、確か四十八歳です。ただ、十週目、心拍確認後に流産となりました。出産まで辿り着いた最高齢は四十七歳と聞いています」

幸の説明に、夫婦は顔を見合わせた。

「一般的に四十代、とくに四十代後半以降の妊娠はとても厳しいものがあります。治療をしても授かる可能性は低いです。そこからさらに出産となると……もっと厳しいと思います。うちで、体外受精・顕微授精をする患者さんの平均年齢は三十七歳ですが、その妊娠率は三二%くらいです。年代別ではもっと偏《かたよ》りが出ます」

患者の中には、体外受精さえすれば高確率で子供を授かれると勘違いしている人もいる。変に期待を持たせてはいけない。治療は、体力も気力も、お金も時間も、そして時には夫婦の未来をも奪う可能性がある。仲良しだった夫婦が、不妊治療をきっかけに離婚してしまう。そんなケースもあるのだから。

「でも、私、まだ生理があります。それに、なんでしたっけ。あの、卵巣年齢を測る血液検査」

「AMH（アンチミューラリアンホルモン）ですね。原始卵胞の残存数を予測するものです」

「そう、それ。それも、実年齢よりも若くて。それにこの間、女優の誰かが、五十三歳で出産してましたよね。あれ見たら、私もまだ望みがあるかなって。それに、夫は四十代ですし。だってタレントのなんとかは、この前六十代で父親になったって……すごいですよね！」

妻のほうが、自分自身を勇気づけるように明るく言う。

「うちのクリニックでは、四十三歳以上の方の妊娠率は一二%くらいです。ただ、流産率も六割近いです。そして五十代以降は、ほとんどデータがありません……」

幸は、手元のタブレットでクリニックの治療実績グラフを見せながら説明を続ける。

五十代の患者はたまにいる。四十代後半から治療を始め、やめどきを見失っている人もいれば、目の前の五十嵐夫妻みたいに、結婚が遅いパターンなどさまざまだ。夫婦どちらか、または両方が再婚というケースもある。

「何か、秘策はないですか。卵子が若返るような……私、健康には自信があって。このクリニックで、五十代で妊娠する初めての人になれたらいいなぁ」

「残念ながら、卵子を若返らせる方法はありません。いくら見た目が若くても、健康でも、卵子は年齢と同様に年を取ります。子宮環境を整える方法はありますが、卵子が本来持つ質そのものを上げることはできません」

「と言いつつ、何かないんですか。海外では使われてる薬とか、サプリとか。実験台になってもいいんです。なんでも試してみたいんです!」

冗談ではなく、夫婦の眼差《まなざ》しは真剣そのものだ。だけど、この夫婦を安心させてあげられるような方法も、薬も、データも、この世界には存在しない。

「残念ながら、そんなものはないんです……すみません」

「ゆくゆくは、代理出産も、卵子提供も、考えています。でも、まずは、自分の卵子でやってみようって……可能性がゼロでない限りは頑張ろうって。ねっ」

幸の冷静な説明にもめげる様子はなく、夫婦は笑顔で頷き合う。どうしても子供がほしい、その気持ちは伝わってくる。それに、確かに可能性はゼロではない。五十代での出産は、ここ数年、日本では年間六十人を超えている。数字上はゼロではない。それに、幸たち医療従事者は、子供がほしいという気持ちにまで踏み入ることはできない。

求められたら、治療をするのみだ。いつも通り、やれることを。

だけど、時折、幸の心を冷ややかな風が吹き抜けていく。どうして、そこまでして子供を望むのだろう。何がそうさせるのだろう、と。共に生きたいと思えるパートナーがいるだけで、すごいことなのに。なのに、なぜ……と。でもそれも、個の価値観の押し付けに過ぎない。子供を求めること、治療をすること自体が、生きる希望、夫婦の生きがいなのかもしれないから。

「わかりました。厳しいこともあると思いますが、お二人のお気持ちや体調を優先しながら、治療を進めていければと思います。できうる限り、努力します」

幸の言葉に、五十嵐夫婦は安堵の笑みを見せた。

治療実績の数字が落ちるため、高齢夫婦の治療に二の足を踏むクリニックもある。産んだあと、「育てる」ということに焦点を当て、妻側の年齢に上限を設定しているクリニックもある。ただ、法律上の縛りはない。だから、人は望めば何歳でも治療ができることになる。

「法律で、決めてくれればいいのに」

先日、患者の野々村しおりが言っていた言葉が蘇《よみがえ》る。強い力で、誰かが線引きをしてくれない限り、やめどきは見つからないものだろうか。不妊治療でいちばん苦しいのは、授からないことではなくて、やめどきがわからないことなのかもしれない。そこに辿り着けないと、永遠に彷徨《さまよ》うことになる。

慎重に言葉を選びながらの一時間が経過し、そろそろ終わりにしようと思った矢先だった。それまで、幸の隣で腕組みをしておとなしくしていた桐山が、

「あなたたち、いいカモですよ」

と、突然、口を開いた。場は凍ったが、桐山は構わず続けた。

「病院が儲《もう》かるだけです。数字上はゼロじゃないとはいえ、五十代での治療は無謀です。しかもね、産んだら育てるという作業があるんすよ。仮に来年産んだとしても、あなた、子供が成人するとき七十歳過ぎてるんすよ。生きてる自信はありますか」

「桐山くん、やめなさいっ」

幸は強く言った。が、夫のほうが、至極冷静に口を開いた。

「そのことは真っ先に考えましたよ。でもね、若くて健康な人だって、子供を産んだあと、事故や病気で死ぬかもしれないでしょう。何も我々だけがそのリスクを背負ってるわけではない」

「それは都合のいい解釈ですね」

桐山は尚《なお》も不貞腐れている。電話ではほとんど言葉を発さないくせに、面と向かってだとこうもふてぶてしくなれるのか。しかも、患者を前にして。

「……やっと出会えたんです。私、小学校の教師やってて、でも、なかなか出会いがなくて。結婚相談所いくつも渡り歩いて、ようやくです。夫は、私みたいなおばさんでもいいって、結婚してくれたんです。それだけで奇跡ですよ。でもね、子供っておもしろいから。見てて飽きないから。やっぱり

自分の子供がほしいなって……高望みですよね。わかってます。だけど、チャレンジしたいんです」

妻のほうがだんだん涙声になっていく。

「大変失礼いたしました。本当にその通りです。子供を望む気持ちに年齢は関係ないと思います。厳しいことは確かです。でも、大切なのはお二人のお気持ちです。本当に申し訳ございません」

立ち上がると、幸は真っ青になりながら頭を下げた。五十嵐夫妻の夫は桐山を真っすぐ見据え、

「君には妻の気持ちがわかりますか」と聞いた。

「正直、わかりません。第一、生まれてくる子供が」

「桐山くん！　私たちが口を出していいことではありませんっ」

幸は、ほとんど悲鳴に近い声で言った。すると、夫が静かに財布を開き、中から一万円を取り出してテーブルに置いた。

「面談費用、一時間で一万円でしたよね。置いていきます」

「あの……大変すみません。お会計は、窓口で……ちゃんと領収書も出ますから、そちらをお持ち帰りになって下さい。お手数をおかけして申し訳ありません」

「要りませんよ、領収書なんか。祐実《ゆみ》、帰ろう」

そう言うと、夫は、うなだれる妻を促し、入口のドアに手をかけた。

「千円足りませんよ。消費税分が。合計一万一千円です」

あろうことか、その背中に向かって、追い打ちをかけるように桐山が言った。すると、夫が、さらに財布から千円を取り出して、桐山に投げつけた。それまで能面のようだった表情を一変させ、「二度と来るかっ、くそクリニックめ」と吐き捨てるように言うと、そのままドアを蹴って出て行ってし

まった。

幸は、がたがたと震え出した足をぐっと両手で押さえつけた。今しがた起きたことが現実だとは思いたくない。やっぱり無理だ。自分に、人を育てるのは無理だ。息が上がって、苦しい。苦しいのに、傍らに立つ桐山は、表情一つ変えていない。何を考えているのだろう。でも、今は、そんなことはどうでもいい。一刻も早く、この場所から、桐山のそばから去りたかった。


「疲れた……」

家に帰ると、幸は脱力したようにベッドに突っ伏した。西側の窓から、鋭い夕日が差し込んでいる。窓を開けると、ガーッと空間を揺らすような大きな音がする。

幸が住む、太陽総合病院が職員宿舎として借り上げている築二十年のマンションは、首都高のすぐ近くにあり、昼夜を問わず車の音が聞こえてくる。大型のトラックが通るときは、ドゴン、と振動すら伝わってくる。

初めてこの部屋で過ごした日は度肝を抜かれた。空は一晩中白っぽく、ひしめき立つビル群には赤色に光るライトが点《つ》いていた。これが東京か、と。ただ、職員宿舎ということもあり、都心にありながら家賃は三万五千円と破格だった。でも、最初はそれが破格なのかすらわからなかった。六畳の洋室に、おもちゃみたいな一口コンロのキッチン。そして、狭小のお風呂とトイレ。たったそれだけの部屋だったから。良いところといえば、窓の奥に、ビルとビルの隙間から遠慮がちに伸びる、東京タワーが見えるということぐらいだ。

今日は、長くて重い一日だった。骨の髄まで疲れが染み込んでいる。もう、疲れた。ものすごく疲れた。幸はのろのろと立ち上がると、小鍋で牛乳を沸かしてミルクティーを淹《い》れ、ゆっくりとすった。それから、小さな文机《ふづくえ》に置かれている顕微鏡をそっと撫でた。小学生の頃、友だちの家にあった顕微鏡。九年前、上京し、初めてお給料をもらったときに、似たようなものを探して自分で買った。小さなモニター画面が付いたデジタル顕微鏡も出回っていたけれど、幸は、あえて友だちの家にあったものと同じタイプを選んだ。あの、筒のようなレンズを覗き込むのが好きだったから。

本当は、長崎にいるときに買おうかなと何度も悩んだ。だけど、買えなかった。兄が——兄との約束があったから。いつか、きっと買ってくれるはず。そう信じて待っていたかったから。

だけど、故郷を出るときに訣別《けつべつ》したのだ。そういう思いも含めて、全部。まるごと。

もう、上京して今年で九年目になる。だけど、いまだに幸はわからないでいる。

この生き方が、正解なのか、どうかが。

だけど、今日。今日は、この仕事のことが本当にイヤになった。というより、人間関係が。というより、桐山のことが。もともと、自分だって人とコミュニケーションを取るのがうまいわけではない。むしろ苦手なほうで、友人もほとんどいない。職場の人たちともほどよい距離感をと思いながら、これまでなんとかやってきたのに。

あのあと幸は、事の次第を室長に報告し、申し訳ありませんでしたと頭を下げた。またクレームが来るかもしれませんと。室長は「あちゃー」とのけぞり、でも、「悪かった。長谷川さんのせいじゃない」と言ってくれた。それでも、幸の心臓はしばらく暴れていた。当の桐山は、室長の前でも顔色一つ変えていなかった。それどころか「長谷川さんは、ロボットみたいに決められたセリフを言っているだけだったじゃないですか」と酷評までされた。

何より幸は、あんなふうに、患者が怒りをあらわにするのを見たのは初めてだった。怖かった。桐山は怖くないんだろうか。きっと、怖くないから、ああいう態度が取れるのだろう。

桐山は、医療系の大学を出ているわけではなく、獣医畜産学部の出身だ。大学では、希少動物の繁殖を研究していたと聞いた。でもそれは珍しいことではない。胚培養士になる人は、幸と同じ臨床検査技師などの医療畑出身か、農学部や畜産学部で、動物生殖学や生殖補助医療を学んだ人が多い。

しかも、医師や看護師と違って、胚培養士は国家資格ではない。学会認定の資格はあるけれど、現状、なんの資格を持たなくても胚培養士を名乗れてしまう。一昔前は医師が胚培養まで行っていたこともあり、今のように完全に分業され、「胚培養士」と呼ばれる人が出るようになったのは、最近のことだ。

現在、クリニックには八人の胚培養士がいるけれど、男性は三人だけ。そのうちの一人が桐山で、幸が指導する後輩だ。どうして、院長は彼を採用してしまったのだろう。なぜ、あの性格を見抜けなかったのだろうか。ああ、彼さえいなければ、明日からも平常心で仕事に行けるのに。

なんて、ダメだ。今日は、思考が悪い方向に行ってしまう。

「ふー」

深く息を吐くと、幸は、顕微鏡の隣に置かれている手作りの苔テラリウムに手を伸ばした。ぽってりとした丸いガラスに寄せ植えをした数種類の苔。一見どれも同じだけれど、近くで見るとその色や形は一つ一つ違う。虫メガネや顕微鏡で見ると、もっと違う。ガラスの中に閉じ込められた緑たちは、まるで小さな森みたいで、肩を寄せ合うように生きている。小人になって、この森に入れたらいいのに。小さな世界を見つめ、幸はいつもそう思う。

それから幸は、苔をピンセットでつまんで虫メガネで堪能し、さらに顕微鏡で観察した。僅《わず》か一ミリほどの細長い葉。倍率を上げると、四角い緑の宝石のような粒が延々と連なっているのが見えた。細胞の一つ一つが、控えめに、だけど確かに光っている。

「はぁ……」

よかった。世界は、今日も変わらず豊かだ。

小学三年生のときに虫メガネを手にして以来、幸はとくに苔の魅力に取りつかれた。小学生だった自分がなぜ苔に惹かれたのかわからない。兄からもらった虫メガネ、手に入らなかった顕微鏡、そのどちらの影響もあるとは思う。

目を凝らしてもよく見えず、虫メガネや顕微鏡を通してやっと気づける小さな世界に、幸は言いようのない感動と安らぎを覚えた。それは今日までずっと細い糸のように続いている。だけど、大人になった今でも、なぜ惹かれるのか答えられない。

だけど、好きなのだ。落ち着くのだ。


。　。　。


「おはようございます。寒いですねぇ」

臨床検査技師になって三年目の冬だった。

朝、突然見知らぬ人に声をかけられた。早番で、朝七時半に出勤し、その日使う機器を起動して点検したり、入院患者の血液や尿を検査したりと、忙しく動いていたときだった。

「……おはようございます」

挨拶を返しながら、誰だろうと思った。幸が勤務する病院は、二十以上の診療科があり、常にいろいろな人が出入りをしている。同じ病院で働いていても、全員の顔は到底覚えられない。声をかけてきた男性は、五十代くらいで、ややくたびれた茶色のスエード生地のブレザーを着ていた。白衣も名札もなく、一見して医療関係者なのかもわからなかった。強いて言えば、学者っぽい。

そもそも関係者でなければ、このスタッフエリアには入れないはずだけれど。

「あなたは、臨検ですか？」

「あ、はい。そうです」

臨床検査技師かと聞かれ、返事をした。しかしその人物は去ることなく、その後も、忙しく立ち回る幸の手元をじっと見つめていた。

「……あの人、誰かな？」

「さぁ、わかんない。見たことないよね」

同じく早番で出勤してきた同僚に小声で聞いてみたけれど、彼女も首を振るばかりだった。そのうち、また、

「あなたはこの仕事が好きですか」

と、聞いてきた。幸はなぜそんなことを……と戸惑いつつも「はい」と答えた。

「そうですか」

幸の返事に、その男性は大きく頷いた。耳が大きくて、ニコニコしていて、福の神みたいな人だっ

た。思い切って「どちら様ですか」と聞こうと思って振り向くと、その人はもう姿を消していた。

そして、翌日の夕方だった。幸はまた突然声をかけられた。声の主は、昨日と同じ福の神みたいな男性だった。「やぁ」と親し気に声をかけてきたかと思ったら、幸が首からぶら下げている名札を覗き込んで言った。

「長谷川幸さん。東京で、胚培養士として働きませんか?」と。

「……はいばいようし?」

聞き慣れない言葉に、幸は、ぽかんと口を開けた。

「昨日から、あなたの手つきをずっと見ていました。あなたは、胚培養士に向いていると思います」

「え……?」

その後、福の神は、自分が東京にある太陽総合病院の婦人科センター長であること、長崎に学会で来ていたこと、系列病院であるこの病院を見学していたこと、今度新しく敷地内に不妊治療クリニックを開設して院長に就任するので、スタッフを探していることなどを簡単に説明した。

臨床検査技師であっても、幸は不妊治療の世界をまったく知らず、「とてもそんな難しそうな仕事はできません」と、即座に断った。何より、東京で働くなんてとんでもない。

福の神は幸の言葉に深く頷きつつも、

「とにかく、一度、見に来てみませんか。東京に旅行に来ると思って気楽にどうぞ」

と、後日、東京に招待してくれた。しかも、幸が動きやすいように、東京で行われる研修会のついでに病院に寄れる手筈《てはず》まで整えてくれていたのだ。なぜそこまでしてくれるのかわからないまま、幸は上京して病院に足を運んだ。「騙《だま》されているのかも」との疑念を抱えて。だけど、福の神の言葉通り、敷地の裏側にある空き地では、四階建ての新しいクリニックが建設中だった。工事はすでに終盤に入っているようで、外装工事が終わり、足場が解かれ始めていた。

「うちの病院は、昔から産科と婦人科が隣同士でね。不妊治療をしている人が、お腹《なか》の大きな妊婦さんを見るのがつらいという声も多くて。患者さんも増えて手狭になってきたし、それならばと生殖医療部門だけを切り離して、クリニックを作ることにしたんです。で、どうせやるなら日本一のクリニックにしたくてね。スタッフも増員しようと、今、あちこちで、いい人いないかなぁと探し回ってるんですよ。そうだ、よかったらこれを見て下さい」

案内された婦人科の診察室で、福の神ドクターが意気揚々と図面を広げた。

「ここが、クリニックの心臓となる培養室。明るくて、広々とした場所になる予定です」

そして、ここがスタッフルーム、ここが診察室、オペ室、個室休憩室、応接ルーム……福の神ドクターが、一つ一つ丁寧に指差しながら、顔をほころばせている。

幸は、どう切り出そうかと悩んだ。当然、断るつもりで来ていたからだ。今の仕事――臨床検査技師の仕事も三年目に入ってようやく慣れてきたとはいえ、まだ学ぶべきことがたくさんある。それに、東京には知り合いも親戚もいないし、自分みたいな田舎の人間が住める場所ではない。現に、宿泊先のホテルからこの病院に来るまでに、何度も迷い、人の波に溺れそうになったくらいなのだ。

何より、両親が許すとは思えない。

「あの……せっかくのお話なのですが、私……」

幸の口から出た断り文句に被せるように、福の神ドクターが口を開いた。

「見てみませんか？　実際に、受精卵を」

「えっ、見られるんですか」

「はい。そこに培養室がありますからどうぞ。狭いですけどね」

素直に見たい、と思った。そして幸は、その思いに引きずられるように立ち上がっていた。渡されたマスクとキャップを被り、手洗いと消毒をし、エアーシャワーを浴びて培養室に足を踏み入れる。

それから、促された椅子に座り、おそるおそる、顕微鏡を覗き込んだ。

そうして、幸の目は捉えた。受精卵を。


真っ先に、丸い、と思った。

美しく、丸い。完璧なまでに、丸い。

色は、深い銀色。それから、キラキラと、水面に光が差しているような模様。

動かない。じっとしている。だけど、声が聞こえる。

小さいけれど、聞こえる。

これは……この世界は。この声は。この形は。

「それは胚盤胞《はいばんほう》と呼ばれるものです。Ｄａｙ５、培養五日目のものです。綺麗でしょう」

「……はい」

幸の中に、静かな感動がぽこぽこと泡のように生まれ、全身を駆け巡っていく。温かくて、気持ちがよくて、なぜか、泣きそうになる。

「ところで、何に見えますか」

福の神が聞いた。

「地球です」

幸は即答した。

「地球です。これは、絶対に、地球です。それと、あの……」

言おうかどうか迷ったけれど、幸は続けた。

「外に、出たがっています。もうすぐ、出るのだと……地球から……その、声が」

うまく言葉を繋げず、幸は下を向いた。もしかしたら、ものすごく恥ずかしいことを言ったかもしれない。だけど、福の神ドクターは興奮した声で、

「そうです。この卵はもうすぐ殻を破り外に出ます。そして、お母さんの子宮にしがみつくのです」

と言った。

「……はい」

「ヒトの受精卵は、四、八分割、桑実胚《そうじつはい》、胚盤胞と成長していきます。胚盤胞は、いわば孵化《ふか》する寸前の卵です。生まれるまでに、十億倍もの大きさになるんですよ。十億倍。すごいでしょう」

「……はい」

「にしても、地球ですか。僕も初めて見た瞬間、そう思ったんですよ。これは地球だなぁと。月だと言う人もいますけどね。ははは、長谷川さんは地球派ですか。僕と一緒ですねぇ」

「はい」

胸がいっぱいで、言葉にならなかった。

目の前の小さな卵は、これまで顕微鏡で見てきたどんなものよりも尊い。

そして、愛《いと》おしく、深い。どこまでも、深い。

「でもね、この地球たちはちょっと不器用です。だからね、無事にお母さんの子宮のベッドに辿り着くまで、手助けしてくれる人が必要なんです。あなたみたいに、ちゃんと声を聞いてくれる人が」

「……」

それから、福の神は、茶目っ気たっぷりの笑顔でこう聞いた。

「どうしますか、長谷川幸さん。胚培養士になりますか？」――と。

羽田《はねだ》から飛行機に乗った幸は、既に決心していた。東京に行く前は、絶対ありえないと思っていたのに。その変わりようには、自分でも驚いた。まるで魔法でもかけられたみたいだ。

そしてその日の夜、夕飯の席で、幸は「再来月の四月から、東京の病院で働こうと思う」と打ち明けた。その思いが変わらないうちに。銀色の地球――受精卵を見た、勢いのままに。

だけど案の定、両親は反対した。幸の想像以上に強く。

父は、「バカなこと言うな。頭ば冷やせ」と取り合ってくれず、母も黙って下を向いていた。まさか、一度地元で就職した娘が家を出ていくとは思わなかったのだろう。

「私が長崎を出ると、何か不都合があると？」

疑問に思ったことを聞くと、母は「不都合とかやなくて、普通、娘は親元におるもんやろう。この辺はみんなそうしとる。相川《あいかわ》さん家《ち》も、戸ノ上《とのうえ》さん家《ち》も、みんな。幸の同級生だって、ほとんど長崎に残っとるたい。それなのに、今になって東京なんて……幸が家を出るときは、結婚するときやと思っとったとに」

「もしかして、お金のこと？　私が家にお金入れなくなると、困る？」

社会人になってから、幸は毎月四万円を家に入れていた。少ないけれど、家賃と食費のつもりだった。父は既に定年を迎え、週に三回だけ嘱託社員として元の職場に勤めている。まったく収入がないわけではない。ただ、祖父母から受け継いだこの家は相当古く、何度かリフォームもしている。もしかして、家計が厳しいのだろうか。でも、両親はそれにも首を振った。

「金のことじゃなか」と、父が言い、母も「そういうことやないとよ、幸」と首を振った。

じゃあ、どういうわけなんだろう。

「進ですら、ダメやったとよ。小さいときからマイペースな幸が、無事に東京で暮らせるはずがなか。きっと、すぐダメんなる」

母はため息をつきながら言った。そう言われて、幸も一瞬黙った。確かに、その可能性は充分にある、と思ったから。

五歳上の兄は、東京の国立大学に進学し、院まで出た後、有名な総合商社に就職した。一年目から石油・化学部門に配属され、昼夜を問わず働いていた。メキシコやベネズエラ、ヨーロッパ方面などへの海外出張も多く、子供の頃と同じように、はつらつと世界を飛び回っていた。顕微鏡の約束は、すっかり忘れられていた。あまりにも忙しそうで、幸も「買ってよ」とは言い出せなかった。

しかも、兄は社会人になってから、滅多《めった》に帰省できなくなった。兄の会社では、お盆や正月という概念もなく、身を粉《こ》にして働くことが美徳とされていた。同僚はみんなライバルで、一つのことを共に成し遂げるというより、個々の数字で評価される世界だった。ときには冷酷にならないといけないこともあった。でも、そういう仕事のやり方は、優しい兄には受け入れがたかった。

早い話が、合わなかったのだ。その「合わない」影響は、顕著に兄の体調に現れた。帯状疱疹《たいじょうほうしん》になり、蕁麻疹《じんましん》が出て、そしてまた、帯状疱疹になった。両親が「一度帰って来い」と言っても、「俺だけ休むわけにはいかない」と自分を鼓舞し、無理し続けた。

四年頑張った。でも、それが限界だった。ある日突然、兄は戻ってきた。休職ではなく、既に退職していた。肉付きの良かった頬が痩せこけ、無精ひげを生やし、どこか父に似て近寄りがたい雰囲気になっていた。それでも兄は、「幸、ただいま」と少しバツが悪そうに、でも微笑《ほほえ》んで言ってくれた。

幸は、安心した。やつれてはいるけれど、兄は兄だ、と。

子供の頃から無敵で、なんでもできた兄。その兄が、東京で就職して四年で戻ってきた。その後も再就職に失敗し、働かず、家にいる。

自慢の息子の挫折を目の当たりにした両親が、心配するのも無理はない。でも……。

「私ね、胚培養士になろうと思って。臨床検査技師から胚培養士になる人もいるんだって。全然違う世界やけん、一から勉強せんばけど。でも、やってみたくて」

「胚培養士……」

母は、意外なほど正確にその言葉を捉えた。

「それって、不妊治療をする人ってこと?」

「そう。お母さん、よく知っとるね」

「知ってるも何も、幸、あんたも」

そこで、母は一度言葉を区切った。そして、ちらりと父に視線をやり、再度口を開いた。

「あんたも、不妊治療で生まれた子たい」

「えっ」

幸は、驚いて箸を置いた。

「そうなの？　お母さん、不妊治療したと？　お兄ちゃんも？　私だけ？」

「進は自然にできた子たい。そいでも、妊娠するまでに五年かかったとよ、結婚してから」

「そうなんだ……知らんかった。じゃあ、二人目不妊だったってこと？　体外受精で私を産んだの？　お母さんの時代……二十四年前は、まだ、不妊治療は珍しかったやろう？　治療できる病院も限られたんやなかと？　とくに長崎はさ、田舎やし」

図らずも、幸は饒舌《じょうぜつ》になった。自分も……胚培養士の手で育ててもらい、母の子宮に戻してもらったのだろうか。あの、銀色の地球だったのだろうか。

「いや、体外受精やなか……」

それから母は、湯呑みのお茶を一気に飲むと、観念したように口を開いた。

「体外受精やなか。A、I、D。あんたは、AIDっていうやつたい。人工授精やね」

「ふうん。人工授精って、AIDっていうんだ」

このときの幸は、まだほとんど専門用語を知らなかった。

「そう」

母は不自然にそわそわしていたが、それ以上は詳しく説明しなかった。

「そうなんだ……私、人工授精で生まれたんだ……」

ショックではなかった。それどころか、妙に納得できるものがあった。だから惹かれたのだろうか。あの銀色の地球に。それに、母が、自分を産むまでにそんな経験をしていたことを初めて知った。

知らないところで、両親にも苦労や葛藤《かっとう》があったのだ。幸は、それまで遠く感じられていた不妊治療の世界が、ふと、歩み寄ってくるのを感じた。何より、父と母は、治療をしてまでほしい、会いたいと思ってくれたんだ——そう思うと、感謝の気持ちすら芽生えてきた。

「お父さん、お母さん、ありがとう」

だけど、母はまた下を向き、父は、不機嫌そうに口を結んでしまった。その場に流れたのは、幸の期待に反して不穏な空気だった。

その後、部屋に戻ってパソコンで調べると、人工授精のことをＡＩＨと略すことを知った。ＡＩＨは、妻の排卵の時期に合わせて、夫の精液を直接子宮の入口に注入する方法だ。「人工」という名がついているけれど、限りなく自然妊娠に近い形の治療らしい。

でも、何度見ても、アルファベットではＡＩＨだ。ＡＩＤではない。

「あれ。でも、さっき、確かＡＩＤって……」

母が間違えたのかと思った。だけど、次の瞬間、幸の目に「ＡＩＤ」という文字が飛び込んできた。

そして、そこには、ＡＩＤ＝非配偶者間人工授精、と書いてあった。

【非配偶者間人工授精——夫以外の第三者から提供を受けた精子を、妻の子宮内に注入する人工授精のこと。重度の男性不妊や無精子症で、治療の見込みがない場合にのみ適用される】と。

そうなんだ。第三者。ということは、つまり。つまり……。

あれ、どういうことだろう——。

第三者？

第三者……。

混乱してきた。一気に鼓動が速くなり、誰かがドンドンと、内側から乱暴に頭を叩いている。その音に耐えきれず、幸は階段を駆け下りて居間に駆け込んだ。

「お母さん、私っ。私、ほ、本当にＡＩＤで生まれたのっ？」

居間には父はおらず、母が一人でお茶を飲んでいた。母は、ゆっくりと振り返って口を開いた。

「だからそうやって、さっき……」

「もっと、ちゃんと説明してっ。てことは、私、私、私……血が繋がっとらんと？　お父さんと。それで、お兄ちゃんとは、半分しか血が繋がっとらんと？」

体が透明になって消えそうだった。息をするのも苦しい。だけど、幸は、続けた。

「じゃあ、誰なの？　私は、誰なのっ」

幸の必死の問いかけに、母は何も答えてはくれなかった。あまりにも重い沈黙が流れる。幸は、そこから一歩も動かず、ただ待った。母の言葉を。思いを。動きを。

しばらくしてから、母は「……幸は、幸たい」と消え入るように言った。が、その声はあまりに小さく、幸の心には届かなかった。


。　。　。


先日起きた「桐山爆弾発言事件」以来、すっかり意気消沈していたけれど、事態は後日予想外の展開を迎えた。なんと、あの五十嵐夫妻の妻が、クリニックで治療を始めたという。

診察を担当した杏子先生から報告を受け、幸は思わずのけぞってしまった。

「ええっ。あのときは、もう二度と来ないって……」

怒鳴り声。ドアを蹴る音。夫の、心底こちらを憎むような目。そのどれもが、今でも幸の中にくっきりと暗い跡を残している。

「それがね、かえって言ってもらってよかったですー、覚悟決まりましたー、なんて言ってさ。奥さん、けろっとしてたよ。夫婦で話し合って、体外受精に三回だけチャレンジしようって決めたらしい」

「そうなんですね……」

「来週から採卵に向けて誘発始めるから、さっちゃん、よろしく頼むね」

「はい、わかりました」

わけがわからない。キツネにつままれた気分だ。桐山のあの発言は、間違っていなかったということなのか。いや、でも、そんなわけがない。あれは、胚培養士として、不妊治療を施す立場の人間として、言ってはならなかったと思う。思うけれど、自信がなくなってきた。

気が進まなかったけれど、幸は、桐山にも報告することにした。でも桐山は表情一つ変えずに、「そうですか」と、そっけなく言い放っただけだった。

てっきり反対するかと思っていたのに。戸惑い、振り回されているのは自分だけなんだろうか。でも、患者が治療をすると決めた以上、自分も仕事をやるしかない。卵子と精子を受精させ、培養し、凍結し、やがて融解する。胚培養士は、患者に直接触れることはしないが、受精卵のすべての工程を担う。実際に採卵や移植をするのは医師だけれど、卵子を精子と受精させ、移植可能な状態にまで育てて管理するのは胚培養士の役目だ。「卵のお母さん」と、言われることもある。幸自身は、「お母さん」という言葉は恐れ多くて、しっくりこない。だけど、最近「卵の保育士さん」なら、馴染《なじ》むなぁと考えるようになった。

世界でいちばん小さな命の、保育士さん。

小さな世界の保育士さん。

それから幸は、やっぱり思うのだ。この銀色の地球のすべてが、無事に産声を上げる日が来たらいいのに、と。

そのために自分がいると思いたい。東京にいる意味。仕事をする意味。生きる意味。

そして、長谷川幸という人間が、生まれてきた意味。

昼休み、休憩室の端でお弁当を食べていたら、スマホが震えた。母からのメールかと思ったら、東京に住む友人、網子《あみこ》からだった。

『突然だけど、今日の夜、空いてる？　よければ西荻《にしおぎ》で飲まない？』——一文だけの短い連絡。

幸は目を閉じて一瞬考える。今の自分は、人に会いたいか、会いたくないか。西荻窪《にしおぎくぼ》まで行く元気があるか、ないか。しばし考えて、そして返事を打つ。


「あぁー、今日は幸せっ。急に誘ったのに、わざわざ来てくれてありがとー」

幸の隣で、網子が顔をほころばせる。手に持ったワイングラスを鷹揚《おうよう》に回し、「ぽい？　飲みなれてる人っぽい？」と、子供みたいにはしゃぎながら。まだ乾杯をして一口飲んだだけなのに、早くも酔いが回っているみたいだ。

「にしても、ここ、混んでるね。人気なんだね」

ぐるりと見渡した店内は既に満席で、どのテーブルにもワイングラスが置かれている。壁を覆いつくすように置かれたワインセラー、反対側の壁には雑誌がほどよく並べられた本棚。南フランスの邸宅を意識して造られたというビストロの店内は、ほどよいざわめきに満たされている。

「そうそう。ここね、前から来てみたかったんだけど、なかなか予約取れないらしくてね。ダメ元で電話したら、カウンター二席なら空いてますよって。一人でもいいかって思ってたけど、パッと幸の顔が浮かんでさ。ねぇねぇ、それよりもさ、アペリティフって超贅沢《ぜいたく》だと思わない？　食事の前に、軽いおつまみとお酒で、ゆっくり胃を刺激して、食欲を増進させる……なんてこと、時間がなきゃできないよー。はー、この鶏レバーと胡桃《くるみ》のパテ、うまっ。ムースみたい。幸も食べなよ」

さっき店員に教えてもらった「アペリティフ」の意味をせわしなく反芻《はんすう》しながら、網子がぐいっとグラスを傾ける。幸も、つられて赤ワインを一口含んだ。

仕事帰りに飲むのはすごく久しぶりだ。

コロナ禍に入った当初は、飲み会はもちろん、一人での外食や、東京都から出ることもクリニックから禁止されていた。ましてや、飛行機での帰省なんてもってのほかだった。一人が好きで、早く家に帰ってゆっくりしたい派の自分ですら、窮屈さを感じていた。不妊治療そのものも「不要不急」の枠に入るのではないかと言われ、当時の現場は大混乱だった。

「お姉さん、優しいね。息子くんたち、見てくれてるんでしょう」

「あー、うん、まぁね。浮いたホテル代の代わりにってとこかなぁ。正直すごく助かってるけど。だって、そうでもなきゃ、シンママは夜飲みになんて行けないもんね。今日は超貴重！」

網子こと網元百合子《あみもとゆりこ》は、幸の元同級生だ。小、中、高と同じだったから、幼なじみとも呼べるかもしれない。三十二歳にして、バツ2。四歳と三歳、年子の男の子を育てている。長崎にいるときは個人的な付き合いはまったくなかったのに、東京に来てから時々会うようになった。

網子は、二十二歳で地元の人と結婚し、三年後に離婚。そして上京したあと東京の人と結婚し、二人の男の子を産んだ。でも、二人目が生まれてわずか半年後には、二度目の離婚をした。それが三年前。今は、東京でひとり、子供を育てながら働いている。歯科助手として近くの歯科医院でパートをし、ひとり親家庭に支給される自立支援教育訓練給付金を受給しながら学校に通い、歯科衛生士の資格を取った。そして最近、ここ西荻窪に中古のマンションまで購入したのだ。

本当にすごい。その熱、バイタリティ、行動力。どこからどう湧いてくるのだろうか。幸が、代わり映えのしない生活を送っている間に、網子はものすごい速さで人生のコマを進めている。そう褒めると、

「やだ。単に失敗の連続であっという間にバツ2になっただけだよ。マンション買ったのだって、病気になったらローンが免除されるからだし。築四十年でおしゃれ度ゼロだし、子供らは一日中うるさいしさぁ。仕事だって、とにかく手に職つけようって必死で。歯科衛生士目指したのも、パートしてた歯科医院で『時給千八百円』で歯科衛生士を募集しててさ。時給高っ、どうせ同じ歯科医院にいるならやってみよ、って。私、思考も行動も短絡的なんだよね。だから人生失敗ばっか」

と、自虐的に笑った。今日は、九州からお姉さんが遊びに来ていて、ルイとルカ、二人の息子を見てくれているらしい。

「お姉さんのとこ、お子さんいないんだよね。確か」

「うん、そうなんだよねー。まだできないっぽい。今年三十五歳だし、超焦ってるよ。さっきだって、昔の日本だったら、ルイかルカ、どっちか養子にもらえたのかなーとか言っててさ。その言い方が、

ちょっと本気っぽくて、怖くて。聞こえないふりして出てきた」

「そうなんだ……」

網子の姉は、佐賀県のみかん農家に嫁いだと聞いている。

「みかん農家っていってもさ、別に子供ができなかったらそれでいいと思わない？　継ぐのは、血の繋がらない人だっていいじゃん。ま、そんなことは部外者だから言えるのかもね。当事者にとっては大問題。とにかく男の子産まなきゃって。長男の嫁ってやつだしね。死語だと思うけどね、この時代にさ、長男の嫁って……」

そういう網子も、元長男の嫁だ。一番目の夫は、網子が高卒で勤めた農協の人だった。三歳年上。丸三年経っても子供ができず、夫や姑《しゅうとめ》から責められ、半ば逃げ出すように離婚をしたと聞いた。姑がおかしな人で、「先祖の呪いがあるから子供ができないのだ」などと言い、網子を寺や神社に連れ回し、祈禱《きとう》や厄払いをしていたらしい。幸は、実家で網子の噂を聞く度に「大変そうだなぁ」と気の毒に思っていた。思っていたけれど、網子はいつの間にか離婚し、再婚し、そしてまた離婚をしていた。詳しくは知らないけれど、二番目の夫とは、夫の浮気が原因で別れたと聞いた。網子は「男を見る目がなかった。もう二度と結婚はしない」と、会う度に必ず言う。

「一番目の姑はさー、最終的には大浦天主堂《おおうらてんしゅどう》にまで私を連れてったからね。最後はキリスト教頼みかよって。でもさー、あの頃は私も必死だったよ。結構真面目に祈ってたもん。寺でも神社でも、教会でも。世間知らずって怖かよね。ていうか、愚かやね。でもしょうがなかよね。社会人やってたっていってもさ、田舎の高校出ただけの、長崎しか知らん子供やったとやもん」

網子の一番目の夫は、その後網子よりも若い人と再婚したらしい。東京にいても、そういう情報だけは、なぜか風のように運ばれてくる。

「典型的なマザコンやったから、今の奥さんも苦労しとるやろーなー。でもさぁ、人生は、結婚して、子供産んで、育てて……それが正しい順序やと思ってた。ほんと、それに苦しめられた」

「それはわかる。私だって、人生や社会のこと、何も知らんし、何も考えとらんかったもん。どっかに就職して数年もすれば、自動的に誰かと結婚するもんやと思ってた」

だんだんと長崎弁のスイッチが入ってきた。いつもこうだ。網子と会うと、はじめは標準語、そのうちに長崎弁に変わっていく。それに合わせて、二人の纏《まと》う空気が少しずつ溶け合っていくのを感じる。そこまできて、幸はようやく体の力を抜くことができる。気づけば網子のグラスは空になっていた。幸が言うより早く、網子がサッと手を上げて、二杯目をオーダーした。

「おすすめの泡ものをお願いします。それに合う料理も、二品くらいお任せで。幸も次いける?」

「あ、うん。じゃ、私も同じものをお願いします」

店員が去ると、網子がぺろりと舌を出して軽く頭を下げた。

「ごめんね。せっかくゆっくり飲める日やとに、つい急いじゃう。悪いクセやねー」

「ううん。気にしないで。でも、子育てって大変そうやね」

「もー、毎日戦争。大変っていうか、時間がね。いつも、急いでる感じ。寝てるときも、電車で移動してるときも。急いでもしょうがなかとに、いっつも急いでる。体もだけど、心が、思考が止まらんとよ」

「そうなんだね」

大変そうだ、忙しそうだ——そう想像はできても、独身の幸にはいまいち実感が湧かない。当たり前といえば当たり前なのだけれど。

「でさぁ、幸はどうしとると？　仕事は忙しい？」

「うん。私は相変わらず。毎日家と病院の往復。長崎にいても同じやったけど。でも、やっぱり東京のほうが、なんか、ちゃんと呼吸できる。おかしかよね、こんなに人が多いとに」

網子は絶対に「彼氏できた？」「結婚しないの？」とは聞いてこない。そこが好きで、救われる。それに以前、網子には話したことがある。精子提供で生まれ、父とは血が繋がっていないと。そのことが判明して以来、恋愛にも、結婚にも興味が持てなくなったのだと。さらに、上京するまで付き合っていた人とは、自然消滅のような形で別れたことも、さらっと伝えた。

「自分の出自を知る前から、そもそも、あまり恋愛にのめり込めるタイプじゃなくて。当時付き合ってた人にも、言葉や態度がそっけないとか言われてて……だから、一人になって楽になったよ」

網子は「そっか、そっか」と頷き、「大変だったんだね。幸も」と労ってくれた。根掘り葉掘り聞くわけでもなく、幸から聞いた情報を地元の人間に流すでもなく、「いろいろあるよね。人生は。時々、飲もうね」とだけ言ってくれた。

やがて、スパークリングワインと、木のトレイに盛られた鰹《かつお》のフリット、帆立《ほたて》と白アスパラガスのソテーが運ばれてくると、網子は歓声を上げた。帆立にはカリカリに焼き色がついていて、オレンジが宝石のように散りばめられ、鰹のフリットには無花果《いちじく》を使ったソースと緑色のハーブがこんもりと盛られている。早速、「こんなの家じゃ絶対食べれんよね！」とうれしそうに頬張る網子を見ていると、ふっと心が和んだ。

網子の明るい茶髪が、照明を受けてさらに光る。耳元には大ぶりのトルコ石のピアス、そしてきっちりと施された濃いめのメイク。足には、網子が「戦闘服」と呼んでいるお決まりの網タイツ。若々しくて、とても子供が二人いるとは思えない。

網子は、元々はおとなしくて、本ばかり読んでいる子だった。高校生のときは、長い髪を毎日きっちり三つ編みにし、メガネをかけていた。先祖代々漁師の家系で、網子の父は鮮魚店をいくつか経営している、漁連の有力者でもある。地元の人や同級生は、網元百合子のことを昔から「お金持ちのお嬢さん」という目で見ていた。その網子が離婚をきっかけに身一つで上京し、同じく上京していた幸と羽田空港でばったり出くわした。今では独身と子持ちで立場は違う。違うけれど、時々、こうやって会ってご飯を食べる間柄にまでなった。

そして、お互い洗い流している。心の片隅にいつまでも残る故郷へのうしろめたさを。普段は飲まないお酒と、口から溢《あふ》れ出る言葉とで。それから、やっぱり感じるのだ。同郷という関係がもたらす、静かな安心感を。それは、都会にいるからこそ見える明かりのようなもので、微かでも、弱くても、幸の心を確かに照らしてくれる。矛盾していると言われても、その明かりにすがりたくなるときがある。多分、網子も。その存在を確かめ、そして、また、それぞれの生活に戻っていく。

会計も終わって店を出た先で、幸は網子に紙袋を手渡した。

「あ、そうだ。これ、新居のお祝い。渡そうと思って家に置いてあったの、取ってきた」

「えー。そんな、よかったとにー……って、何これ」

紙袋を覗き込んだ網子が、目を丸くした。

「えっと、苔玉《こけだま》」

「苔玉？　何それ」

「え、知らん？」

「知らんよ。苔玉って、苔？　なにこれ、生きとると？」

「生きてるっていうか、植物やから。まぁ、観葉植物っていうか。土と苔をね、こう丸めてボール状にしてね、糸で縛って。そこに、今回は小手毬《こでまり》の枝を挿し木して作ったとよ。あ、でもちゃんと水やれば育つよ。苔も、それはタマゴケっていう苔なんやけど、うまくいけば目玉のおやじみたいな、かわいい朔《さく》がたくさん伸びてくるから。時々水にどぼんと浸《つ》けて水やりしてね。あとは、一緒に入ってる霧吹きで、葉の表面が乾いたら水を」

「はぁ、目玉のおやじ？　きもっ。しかもこれ、幸の手作り？」

説明すればするほど、網子の表情が固まっていく。どうしよう。失敗したかな。そう思ったけれど、次の瞬間、網子は表情を崩してあははと豪快に笑い出した。そのまま止まらなくなったようで、幸があっけにとられている間にも、あはははは、あはははは、と目尻に涙を浮かべて笑っている。

「変わらんね、幸は」

涙を指で拭いながら、網子が言う。

「変わらん。小学生のとき、虫メガネ持ってたときと、全然変わらん。長崎にいるときは、変わらないことが鬱陶しくて、こっちに逃げてきたけど。でも、幸の変わらんは好き。それに、幸は、逃げてきたわけやなかもんね。ちゃんと、自分の世界を貫いてる。うらやましか。苔玉は正直ぜんっぜん趣味やなかけど、ありがと。幸の分身と思って育てる。まぁ、多分、うちのメンズがすぐ壊すと思うけどさー、そんときは許してね」

早口で言うと、網子はにかっと笑った。

「そうかな。私も、逃げてきたようなもんやけど」

「んー。私からするとそうは思えんけどね。だって、長崎に帰省できるたい、幸は。私は帰れんもん。親も微妙な顔するし、父は離婚したことも、こっち来たことも、いまだにカンカンやし。何より、元々旦那やその家族にバッタリ会いそうやしね。あいつの子やないけど、子供会わせたくなかし。あそこには、面倒くさいもんが全部詰まって、残っとる」

「そっかぁ。でも、そうかもしれない」

頷くと、網子が思い出したように言った。

「ねーねー、幸も、西荻に引っ越してきたら？　そしたら、もっと会えるようになるとにー。ねーってば」

すっかり酔っ払い、子供みたいに服の裾を引っ張る網子を軽くあしらいながら、幸は考える。実は最近引っ越したいなと思っていたのだ。今いる職員宿舎は、クリニックまで徒歩十五分という魅力的な立地だけれど、単身者向けということもあり、居住者には若い人が多い。そこに、いつまでも居座っていることが心苦しくなってきている。

「……一応聞くけど、西荻窪って住みやすい？」

「住みやすい！　安くておいしい八百屋も肉屋もあるし、カフェやこういうビストロも多いし、古書店や骨とう品店や花屋や雑貨屋、パン屋や……こぢんまりとした街のわりには、とにかくなんでもあるよ。吉祥寺《きちじょうじ》も隣やし。あっ、しかもね、ちょっといけば善福寺《ぜんぷくじ》公園がある」

網子が「これでどうだ」と言わんばかりに胸を張る。

「善福寺公園なら、散歩もできるし、幸の好きな苔もたくさん生えてると思うけどねー」

「へぇ。善福寺公園かぁ」

「何より、静かやもん。ちょっとごちゃついてるけど、駅前以外は静かっていうか……夜はちゃんと眠る街だよ、西荻窪は」

幸の頭の中に、ゴーッという首都高の音がこだまする。そろそろ、あの環境、あの場所から抜け出してみるのもいいかもしれない。幸は「考えてみるね」とだけ言い、千鳥足で去っていく網子の背中をしばらく見つめていた。


。　。　。


自分が、父の子ではないと知ったときの衝撃は計り知れなかった。足元が揺れて、立っていられなくなった。当然あると思っていたもの、信じていたもの、自分を形作る血、骨、肉。すべてが一瞬にして軽くなり、体ごと浮いて、消えそうだった。

母の子であっても、父の子ではない。自分は、半分で、半透明だ。

じゃあ、残り半分はどこにある――?

当然、その疑問に行きついた。だけど、母は首を横に振った。「そんなん、わからんよ」と。精子提供をしてくれた人の素性を知ることは不可能だという。調べてわかったことだけれど、母が不妊治療――非配偶者間人工授精をしていた時代は、医学生などがボランティアで精子を提供していたらしく、母もＡＩＤを実施していた病院で、その筋から提供を受けたらしい。「当時の医学生からの提供だと思う」と。母自身も、精子提供者の顔や名前を知らず、また知る権利もなかった。唯一、知らされていたのは血液型がA型であるということだけだ。長谷川家は全員がA型で、幸はそれを「本物の家族」だからだと、もちろん、当然のように信じていた。

でも、違った。幸のA型と、父のA型は、根本的に違うのだ。

「どうしてそこまでして、子供を望んだの」

幸にはさっぱりわからなかった。わざわざ他人の精子をもらってまで、子供を望むなんて。お兄ちゃんだけでもよかったんじゃないの、と。

「一人っ子は可哀想《かわいそう》やって散々言われたし、姑……死んだあんたのおばあちゃんもうるさかったしね。進が生まれたその日に、次の子も急いで作れって言われて。おまけに進は未熟児だったし、小さいときは体が弱くて、一人じゃ心許《こころもと》ないって言われて……まわりはみんな、二人、三人と産んどったしね。それが当たり前やったから……」

母はだらだらと話し続けた。だけど、その中に幸を安心させてくれる言葉は何もなかった。

「けど、二人目も全然できんでね。婦人科に行ったとたい。結果的に、無精子症って言われて。精子がね、ないって言われたら、どうしようもなかもんね。先生が、一人目ができたのも、奇跡中の奇跡やって……あのときは、お父さんを病院に連れて行くだけで、どれほど骨が折れたか……」

「……私が精子提供で生まれたことは、誰が知っとると？」

「お父さんと、進だけたい。他は誰も知らんし、誰にも話しとらん。おばあちゃんになんか、絶対に言えんかったし。お父さんはどうしたか知らんけど、あの性格やけん、誰にも話しとらんはず」

「……二人目が生まれて……よかった？」

幸は、母の目を見据えて聞いた。母の瞳が揺れ、そして口が小さく動いた。

「決まっとるたい。あぁ、よかったって……おばあちゃんは二人目も男の子を望んどったけど、女の子やったとき、どれほど、うれしかったか……」

今の質問は卑怯《ひきょう》だったかもしれないと思った。実際に生まれた娘を目の前にして、口が裂けてもよくなかったとは言えないだろう。

不思議と、怒りはなかった。ただ、萎《しぼ》んだだけだ。いろんなものが。

そして、腑《ふ》に落ちた。父に、小さいときから抱いていた違和感のようなもの。ちょっとしたすれ違い。うまく繋がらない言葉や、父のぎこちない態度や、声。不機嫌そうで、何を考えているかわからない表情。それは、父の人柄そのものだと思っていたけれど。でも。

その根底には、ずっと、ずっと。

血が繋がっていないという、未来永劫《えいごう》変えようのない事実があったんだ。だから、だったんだ。わかった。幸の中で、何かが一本に繋がった。だからなのか。だから、父は幸が短大に行くことに反対していて、高卒で就職してほしいと思っていたんだろうか。お金をかけたくなかったんだろうか。女だから、娘だから――とかじゃなくて、血が繋がった子供じゃないから。

だとしたら、このタイミングで、家を出ることには意味があるのかもしれない。双方にとって、そして「本当の家族」である三人にとって。何より、何者かわからず、突然宙に放り出された自分にとっても。

急激に、一人になりたくなった。

「お母さん、出るよ。私、長崎を出るよ」

語気を強めて伝えた。母が絶対ノーと言えないタイミングで。母は小さく「わかった」と言い、「お父さんには私からも話す」と付け加えた。幸はかろうじて「おやすみ」を言うと、部屋に戻った。それから、布団を被り、息を殺して泣いた。

翌朝、父は改めて反対した。父が心の奥底で何を考えているのか、どうして反対しているのかはわからなかったし、知りたくもなかった。おおかた、将来介護してくれる人間がいなくなるから、東京の人間と結婚でもして、地元に戻って来なかったら育てたかいがないから——ということだろう。

だけど、兄が言ってくれた。

「幸、東京に行かんね」と。「幸は、うまくやれるんじゃなかと」と。朝、珍しく兄も起きてきて、久しぶりに四人で食卓を囲んでいた、そのときに。

さらに兄は「頑張れ、幸」とも言ってくれた。ただ、そのエールにも父が水を差した。

「進、それはお前やろうが。お前はどうするとか。東京から逃げ帰ってきて、家にこもりっきりで、この先どうするとか」

父は言いたいことだけを言うと、兄の答えを待たずに席を立った。仕事は休みで、趣味も持たない父が行く場所なんてないはずなのに、それでも父は車で出て行った。庭先から父が乗った車の気配がすっかり消えてなくなるまで、幸はじっと動かずにいた。兄も無言で味噌汁をすすり、母は気まずさからか、台所に立って蛇口をひねった。シンクに落ちる水音がやけに響いて、幸の胸《むな》を虚しく突いた。

それからしばらくは、「見えない父」に囚《とら》われていた。というより、単に知りたかった。自分という人間を作る、もう片方が誰なのか。どんな人なのか。

こっそりと、母が治療をしたという病院に電話をして問い合わせてみたけれど、当然、門前払いを食らった。二十四年も前のカルテなんて残っているはずもなく、もし残っていたとしても、教えてくれるはずがない。医学生ということだったから、順当にいけばその人は医者になっているかもしれない。幸は、無意味とわかっていても、九州各県の病院のホームページをはしごして、それらしき人がいないかチェックしたりもした。九州の病院を調べ尽くすと、四国、中国地方とその範囲を広げていった。精子提供をしたことがある人のブログも調べ、読み漁《あさ》ったりもした。

一方で、突如突き付けられたその事実を、誰にも打ち明けられなかった。数少ない友人にも言えなかった。広いようで狭い田舎、あっという間に噂が広まるかもしれない。でももう、自分の知らないところでとっくに漏れていて、みんな知っているのかもしれない。自分も兄も見た目の雰囲気は母方の親戚たちに似ていて、ぱっと見、家族として違和感はない。ただ、兄と父は目元や鼻の形など似ているところがあるのに、自分と父には外見上の共通点はなかった。でも、それが気になったことはなかった。兄と父が似ているのは「男同士」だからだと思っていた。でも、違った。

そう思うと、近所の人に会うのも、長崎にいることも、怖くなった。何かが爆発したように、迷いも戸惑いも一瞬にして吹っ飛び、視界はただクリアになった。

早く東京に行きたい。一人になりたい。そればかりを考えるようになった。

だけど、心の中を黒く染めた雨雲が、どうしたら晴れてくれるのか、それが見えない父を知ることなのか、誰かに打ち明けることなのか、わからなくて苛立《いらだ》った。両親を勝手だとも思った。どうせなら、永遠に隠し通してくれればよかったものを。何も、あんなふうに告げなくても。

悶々《もんもん》としたまま二か月が経ち、幸は長崎を出て東京に旅立った。

意外なことに母も「引っ越しを手伝う」と言ってついてきた。吉本院長に挨拶するのだといって聞かず、福砂屋《ふくさや》の大きな紙袋を大事そうに抱えて飛行機に乗り、共に東京に降り立った。首都高のすぐ近くにあるマンションに怯《おび》え、部屋の狭さに目を丸くし、それでもテキパキと生活の土台を整えた。布団、最低限の家電、キッチン道具、タオル類。すべて母が用意してくれていた。誰も泊まりにくるはずがないのに、おもちゃみたいなクロゼットに来客用の布団まで押し込み、ダニや虫よけのシートをあちこちに設置し、一人立つので精いっぱいなベランダには、兄の着古したＴシャツを数枚吊《つ》るし、実家から手荷物で持ってきた漬物を切ってタッパーに詰め、冷蔵庫に仕舞った。

あらかた生活できる形が整うと、幸は母と二人で東京タワーにのぼって東京の街並みを眺めた。眼下に見えるビルや家々は果てしなく、どこまでも終わりが見えなかった。淡い水色の空が、その巨大な街を包み込むように広がっている。幸は、とても優しい色だと思った。そして、東京は、長崎よりよっぽど広いじゃないかと思った。

「幸、ごめんね」

長崎に帰る前日の夜、マンション近くのファミレスで、母は静かに頭を下げた。幸は「もういいとよ」と笑顔で手を振った。

「東京に来たことと、ＡＩＤで生まれたことは関係ないから。たまたまいろんなタイミングが重なっただけやし」

「うん、でもね……幸は、幸だから。お父さんも心配しとる。いつでも帰ってこんねよ」

「うん……引っ越し、手伝ってくれてありがとうね」

今にも泣きそうだった。だけど、「産んでくれてありがとう」とは言えなかった。その言葉さえ言えたなら、母が救われ、楽になれることがわかっているのに。

でも、わからない。生まれてきてよかったのか、わからない。半分しかない自分に、生きている意味があるのか、わからない。わからないけれど、仕事をするしかない、と思った。今の自分には、それしかすることがないから。

ＡＩＤで生まれたと知った日から、なんとなく、自分はこの先恋愛も結婚もすることはないような気がし始めていた。当然、子供を産むことも。目の前に幕が下りたのだ。静かに。

視界は幕で閉ざされ、そして、遠くが見えなくなった。

幸は、顕微鏡を買おうと思った。なるべく、子供のとき憧れていた姿と、同じものを。

第二章　芽生え

桐山が爆弾発言をしてから二か月が過ぎ、季節も秋から冬へと色を変えた。

あれ以来、とりあえずは平和と呼べるような、穏やかな日常が続いている。というのも、今までマンツーマンで指導をしてきた桐山が、はじめさんという先輩の胚培養士《はいばいようし》付きとなり、幸の負担が急に減ったのだ。その結果、桐山とは必要最低限しか会話をしなくてよくなった。ただ、うまく育てられないまま指導係の任を解かれたことは、幸の中に、大きなしこりとなって残った。だけど、あのまま続けていても、事態はよくならなかったかもしれない。そして。

今回のことで、よくわかった。やっぱり自分には人を育てることはできないのだと。


午前中、幸がその日の担当だった受精確認の電話を一通り終えたところで、廊下から荒っぽい声が聞こえてきた。低く、明らかに男性の声だった。どうしたんだろう。そう思いながら廊下を覗くと、採精室の前で、三十代半ばくらいの男性が看護師に向かって声を荒らげていた。

「こんな屈辱には耐えられない」

男性はカップを手に持ち、顔を歪《ゆが》めている。その横に、今にも泣きそうな顔をしながら佇む女性の姿があった。二人はおそらく夫婦だろう。

「でも、ご主人の精子がないと、体外受精は成立しないんですよ。卵子だけでは子供はできません」

看護師が冷静に説明するものの、夫と思われる男性は「こんなクソみたいな部屋で出せと言われても、出ないっ」と尚も声を荒らげる。そして、妻に向かって「俺は朝からこんなことをしなければいけないのか。仕事に遅刻までして、朝から、こんなことをか」と責めるように言う。妻は「ごめんなさい。でも、お願いします。他の患者さんもいるから、静かに……お願い」と声を震わせ、頭を下げている。その様子から、だいたいの事情は呑み込めた。

要は、この夫は採精室での射精を拒んでいるのだ。

不妊治療クリニックには、「採精室」という精子を採取するための部屋があり、太陽生殖医療クリニックにも三部屋が備え付けられている。人工授精、体外受精、顕微授精をする際は、その当日の朝、男性側は病院に精液を提出する必要がある。幸たち胚培養士が、その精液から運動性の良い成熟精子のみを選別し、採取したその日のうちに受精を試みる。

精液は、朝自宅で採取したものを持参してもいいけれど、射精してから三時間以内に病院に提出しなければならないため、自宅で採取する場合、早朝から自慰行為をしなければならない。そのため、病院の採精室を使って採取する人も多い。

採精室は、いわゆるマンガ喫茶や個室ビデオ店のようなもので、テレビと一人用ソファ、小さいテーブルが置いてあるだけの狭くてシンプルな造りになっている。小さいラックにはアダルトＤＶＤやアダルト雑誌が置いてあり、渡されたバーコード付きのカップに射精し、蓋《ふた》をして、専用の窓口から提出する。その日の治療件数が多いときは、採精室もフル稼働で、順番待ちが出ることもある。確かに、男性にとってはムードなど皆無で、ただ精液を「出す」ことだけが求められる。次に待っている人がいる場合は、早くしなければと焦ることもある。そういう状況を、人によっては屈辱的だと感じるのかもしれない。

「俺にもプライドというものがある。午後には大事な会議もある。仕事の予定もぎっちりなのに、二日前に、突然朝病院に来いと言われる気持ちがわかるか。しかも、こんな、いかにもといった陳腐な部屋で出せというのか。俺は精子を出す道具じゃない、人間なんだぞ」

そう言われて、妻のほうは下を向いてしまった。夫は、妻に向かってカップを押し付けた。

「もういい、会社に行く」

「え、体外受精は」

「勝手にしろ」

「そんな……」

「ご主人、奥様も頑張って採卵されたんです。せっかくのチャンスです。ですから……どうか。そして奥様は、個室に戻って、もうしばらく安静にされていて下さい」

看護師が夫婦の間に入って、食い下がっている。幸は迷った。自分が出る幕ではないとはいえ、肝心の精子が採取できないのでは、卵子が無駄になってしまう。採卵代は、自費コースの場合、数十万円と高額だ。保険適用だとしても、それなりの額になる。妻の努力も含め、全部が無駄になる。そのことをわかっているのだろうか。なんとか、胚培養士として言えることはないだろうか。あの男性の気を静められるようなことを。

考えあぐねていると、

「そうですよね。お気持ち、お察しします」

低く、凪《な》いだ海のような、ゆったりとした声がした。振り返ると、幸のうしろに、白衣を着た男性が立っていた。四十代半ばくらいだろうか。肩幅が広く、どっしりとしている。初めて見る人だ。でも、その醸し出す雰囲気から、幸はおそらく医師だろうと思った。

「採精室で射精することに抵抗がおありですか」

そう問われ、男性は、怪訝《けげん》な顔をしながらも「ああ」と頷いた。

「今、おっしゃってましたよね。俺は精子を出す道具じゃない、人間だ、と」

「それが何か」

「いえ、その通りです。配慮が足りず失礼いたしました。私は医師の花岡《はなおか》というものです。採精室を使うことに抵抗がおありなら、オペ室で私が直接採取致しましょう。ちょうどさきほど、私が奥様の卵子を採取したばかりですから、奥様と同じように。それで、つり合いが取れると思いますよ。男性だけ、狭い小部屋に閉じ込められ自慰行為をするなどという、屈辱的な思いをしなくていいのです。安心して下さい」

「……オペ室で採取するとはどういうことだ。そんなことができるのか」

「できますよ。奥様と、女性と同じように、平等に――できます。具体的に言うと、まず、大きな椅子に座って頂きます。下着を脱いで、両足を大きく開き、性器を剝《む》き出しにします。両足は動かないようにしっかりと固定しますから安心して下さい。そのまま、椅子が自動で上がります。上がると、性器や肛門が、ちょうど私の目の前の高さに来てよく見えるようになります。そこでまず、消毒を致します。感染症を起こしてはいけないので、肛門までしっかりと消毒します。ここは、大した痛みではありません。そして、ここからが本番です。精子がいるのは、精巣という器官です。だから陰嚢《いんのう》を、五ミリほどですね、切開します。そして、精巣白膜という部分も切開し、採取した精細管に精子がいるか胚培養士がすぐに確認します。当然、痛いですが、ここは男の意地とプライドの見せどころです。でも、もし、痛みが怖いようでしたら麻酔もできますよ。奥様の場合は精巣ではなくて卵巣でしたけど、だいたいやることは同じです。これが通常、よく行われている不妊治療です。道具扱いなんて致しません。さぁ、やりましょう」

みるみるうちに、男性の顔が青ざめていく。だけど、花岡という医師はニコニコしながら「さぁ、こちらへどうぞ」とまるでレストランの席に案内するように、オペ室に向かって男性を促す。

それから、おもむろに幸のほうを向いて、

「君、申し訳ないけれど、麻酔科のドクターを呼んで下さい。今、手が空いているはずですから」

と、笑顔で言った。幸は、瞬間的に状況を把握し、

「はい、わかりました。すぐに呼んできます」

と、答え、そして言った。

「あ、でも……そちらの奥様は、確か麻酔なしで採卵されてましたけど。それなのに、ご主人は麻酔をするんですか？」

幸の言葉に、男性は「え」と動きを止めた。

「そうでしたね。奥様は、麻酔をせず卵子を採取されました。ご主人も、同じように頑張りましょう。不妊治療は夫婦二人で乗り越えるものですから」

医師が、なおも笑顔で語りかける。すると、男性はハアッとこれ見よがしにため息をつき、「貸せ」と、妻の手からカップを奪い取った。そして、そのまま無言で採精室のドアに手をかけ、中に入った。内側から、がちゃ、とカギをかける音がする。

妻の目から涙が溢れ、その背中を看護師がさすりながら、「さぁ、戻りましょう」と個室へと促す。花岡という医師と幸の二人だけがその場に残され、お互いが顔を見合わせた。

そして、その医師は、まるで以前からの知り合いかのように、

「やぁ、ありがとう」

と、親しみのこもった笑顔を幸に向けた。

その医師は翌朝、培養室のスタッフの前で「花岡幸太郎《こうたろう》です」と名乗り、丁寧に頭を下げた。

「先週までは札幌で生殖医療の研究をしていたんですが、だいぶ前から吉本院長に現場に来ないかとお誘い頂いていて、ようやく重い腰を上げたところです。今日から正式に外来を担当します。培養室のみなさん、よろしくお願いします」

二か月前に常勤ドクターの一人が体調不良でクリニックを辞め、他院から非常勤のドクターを回してもらって凌《しの》いでいたこともあり、新しいドクターの就任は待望のものだった。おまけに花岡先生は、優しそうな顔をしている。背が高く、肩幅はどっしりとしていて、体格は見るからに男らしい。でも、ちょっと困ったように見える八の字の眉毛や、ゆったりとした物言いが安心感を与えてくれる。

医師としての腕はどうかはわからないけれど、昨日の対応の仕方といい、すぐに患者からの人気が出そうだな、と幸は頼もしく感じた。

「昨日は助かりましたよ」

ミーティングが終わって解散すると、花岡先生は、改めて幸に頭を下げに来た。ずいぶん腰の低い人だなとびっくりし、幸も慌てて「いえ、こちらこそ」と頭を下げた。

花岡先生が、昨日の患者――あの威圧的な夫に対して、ハッタリをかましていることは明確だった。花岡先生が説明していた精子の採取方法はTESE(精巣内精子採取術)と呼ばれるもので、通常、男性不妊――無精子症の場合に、受精可能な精子を見つけるために行われる。ただ、事前に検査も準備も必要で、当日、その場で突然行われることはない。おまけに、TESEの場合は局所麻酔や全身麻酔、どちらかは必ずやる。だからつまり、花岡先生は演技をしていたということになる。幸はそれに気づき、合わせてハッタリをかましたのだ。

「あのあと、無事に精液が届きました。九個の卵子と体外受精をして、今朝、そのうち七つが無事受精していました。このあと受精報告の電話をするところです」

「そうですか、それはよかったなぁ」

花岡先生が、うれしそうに目を細めた。

「はい。あとは、無事凍結までいけたらいいのですけど」

花岡先生は、幸の言葉に深く頷くと、ゆっくりと腕を組んだ。

「僕は常々不思議なんです。待合室にいるのは、女性ばかり。不妊治療は、たとえ男性が一度も病院に来なくても、できてしまうものなんですよね。出産もそうです。夫婦二人の子供なのに、女性の通院だけで成り立つ。それだけ女性の負担が大きい。心も、体も」

「そうですよね。しかも女性は、自慰行為では卵子を体外に出せないですもんね。男性と違って」

「本当に。もし、卵子が自慰行為で排出できるなら、みんなそちらを選ぶでしょうね。なんせ痛くないんですから。女性は女のプライドが、なんて喚《わめ》く猶予すら与えられないんです。どうして神様は、女性の体にばかり負担がかかるような造りにしたんでしょうね。これじゃあ、夫婦に温度差が生まれるのも必然です……と、男の僕が言うのもなんですが」

神様。思いがけない言葉の登場に、幸は花岡先生の顔をまじまじと見つめた。

「男の……その、男性ドクターがそんなふうに思ってくれていると、女性の患者さんは救われると思います。あ、私は培養士の長谷川といいます。これからよろしくお願いいたします」

頭を下げると、花岡先生は「こちらこそ。じゃあ、外来に行ってきます」と笑顔で去っていった。

医者っぽいけど、医者っぽくない。不思議な人だと思った。


その日の帰り際、杏子先生に飲みに誘われた。疲れていたので一度は断ったけれど、杏子先生の横には、胚培養士の後輩、有紗も立っていた。「さっちゃん、一時間だけならいいでしょう」「幸さーん、久々にいいじゃないですか、ねっ」「私がおごるから!」「行きましょうよー」

交互に杏子先生と有紗に誘われて、

「……じゃあ、少しだけ。本当に、一時間だけなら」

と、口の中でもごもご言葉を転がしているうちに、クリニックから十五分ほど歩いたところにある商店街に連れて行かれた。がやがやうるさい居酒屋はイヤだなぁと思っていたら、杏子先生は、慣れた足取りで小さなビルに入ると、目立たない、薄いむらさき色ののれんをくぐった。後に続くと、そこは居酒屋ではなく、こぢんまりとしたうなぎ屋だった。

「うなぎ、ですか」

意外に思って聞くと、杏子先生は、

「あれ。さっちゃんうなぎ嫌い？　大丈夫、うなぎ以外のメニューもたくさんあるよ」

「いえ。好きです。びっくりしました。てっきり居酒屋に行くのかなと」

「ふふ。ここ、私の隠れ家なんだなー。白焼きでちびちび日本酒呑むのがうまいんだよねぇ。でも今日はビールだろうが日本酒だろうが、ぐびぐびいきたい気分」

「荒れてますね、杏子先生」

「まーね」

杏子先生は顔見知りらしい店員に白焼き三人分とビールをオーダーすると、人目も憚《はばか》らずおしぼりで顔をごしごし拭いた。有紗が「おやじ、おやじ」と冷やかすと、杏子先生は「あーもうっ、おやじで結構ですー」と唸《うな》り声をあげた。

杏子先生は、今日、患者に言われたのだ。「今回はグレード（質）の高い胚盤胞《はいばんほう》だって期待を持たせたくせに、妊娠できなかった。私がいつまで経っても妊娠できないのは先生のせいです。前から説明とか、患者の扱いが雑だなと思ってました！」と。そして、その患者は別のクリニックに転院するといって、涙と重い言葉を置き土産に去っていってしまった。

不妊治療の世界は、予測不可能なドラマみたいだ。患者はもちろん、医師にも、胚培養士にも、誰にも結末がわからない。自分たちが懸命に行った治療が、結果に結びつくとは限らない。

何より、いつも、いつも、裏切られる。

「この受精卵はうまくいくだろう」と思ったものが、かすりもせずに終わる。かと思えば、「妊娠は難しいかもしれない」と思ったものが、着床し、無事出産に至ることもある。いい奇跡もあれば、悪い奇跡もある。

医師にも、胚培養士にも、その奇跡をコントロールすることはできない。その歯がゆさ、悔しさを、いつだって感じている。吉本院長は「我々は神じゃない」と言っていたけれど、今ではその意味がよくわかる。ヒトが妊娠することにおいて、所詮《しょせん》、自分たちには何一つ決定権は与えられていない。

「あなたは、絶対に妊娠できますよ」

なんて、患者を励ませる日は永遠に来ない。

絶対がない世界。患者も苦しければ、自分たちも、苦しい。

この世界は、みんな苦しい。

だから、昨日のように、夫婦が揉《も》めることもよくある。不妊治療をしていると、妻と夫の行き違いは、必ず起こる。それも、何度も何度も。

院内のどこかでは、必ず誰かが泣き、笑い、安堵し、悔しがり、痛がり、そして絶望している。でも、誰もができうる限り、膨れ上がった感情を胸の奥に押さえつけている。表面に出さないように、見せないように、必死に。一度ぷつりと切れたら、溢れてしまうから。壊れてしまうから。

ギリギリのところで、みんな保っている。でも、そのギリギリが、ほんの一滴でもこぼれ落ちたとき。その感情は刃となって四方八方に飛び散り、時としてこちらにも向かってくる。医師も人間だ。その刃すべてを平常心で受け止められるわけじゃない。

「こっちは、この年でバツイチになったっていうのにさ。はぁ、やっぱりガチガチの婦人科に戻ろっかなー。なんか疲れた。純粋に、病気の治療だけに頭使いたいッ」

杏子先生は、大学卒業後、しばらくは婦人科系のがんなどの一般婦人科を専門にしていたけれど、途中から生殖医療にシフトチェンジし、生殖医療専門医になったという。

「えっ。杏子先生って、バツイチになったんですか。全然知らなかったです」

幸はさらりと聞き流すつもりだったけれど、有紗がしっかり反応した。幸も、離婚していたことは知らなかった。大学の同級生であるドクターと結婚していることは知っていたけれど。

「んー、半年前にね。まぁ子供もいなかったし、あっさりしたもんだったけどさ。四十手前でひとり身になったんじゃ、生殖医療専門医でいながら、自分は子なし人生決定かーってね。確かに私は雑ですよ、自分の人生の扱いも雑ですよ、わかってますよぉ」

いつものさばさばは消え、杏子先生は自虐的になっている。どう見ても一時間じゃ解放されそうにもない。幸は、覚悟を決めた。

「有紗っちは新婚でしょ？　余計なお世話だけどさぁ、今のうちに、凍結しとくか、子供のことよーく考えておきなよー」

「じつは、そう思って、最近妊活《にんかつ》始めたんです。子供はまだ先でもいいかなって思ったんですけど、この仕事してるといろいろ考えちゃって。でも、なーんか、まだそういうタイミングではない気もして。卵子のことだけ考えたら、そりゃあ、若いうちに産んだほうがいいのはわかりますけど……悩みます。悩むけど、悩んでるのは私だけなんですよね。いつ産んだとしても、旦那には影響なさげなのが腹立ちますよ」

「悩める時間があるのは幸せなことよ。まぁ、治療ならいつでも当院にどうぞー」

「いやですよー、自分の職場で治療なんて。もしそうなったら、別んとこ行きます。まぁ、できれば自然に授かれたらいいですけど。旦那、夜勤あるし、たばこめっちゃ吸うし。どうかなぁ」

「まー、夜勤は無理でも、たばこはやめてもらおうよ。ザーメンくんの運動率も下がるし、奇形率も上がるし。喫煙は、胎児にも影響出るし。いいことないよ」

「ですよね。せめて、男にはそれくらいのことはしてほしいですよ」

リズムよく進む会話を聞きながら、幸は香ばしく焼けた白焼きを口に入れた。炭火独特の匂いと脂が舌にのり、とてもおいしい。程よく散りばめられた粗塩も効いている。あぁ、この塩を顕微鏡で眺めたい。塩の結晶は、正六面体。綺麗なサイコロ状で、ミントキャンディみたいに美しい。そういえば、長いこと塩を顕微鏡で見てないなぁと考えながらすだちを搾《しぼ》っていると、視線を感じた。

「幸さんは、いつも落ち着いてますよね。桐山くんのことは大変だったと思いますけど、担当が変わってよかったですよね。ところで、プライベートはどうなんですか？　彼氏とか」

「うーん、とくに何もないなぁ……私、そもそも、あまり人生に動きがなくて。報告できるようなことも起こらないというか。恋人もいないし、多分このまま一人で年を取っていくだけだと思う」

苦手な質問が来たなと思いつつ答えると、杏子先生がぷっとふきだした。

「ちょっと、三十かそこらでそんなこと言うのやめてよー。さっちゃんだって、いい意味でこれからどうなるかわからないじゃん。人生が動くときはさ、短期間で一気にギュッ、シュッってなるよ」

杏子先生の言葉を、幸はどこか遠いところから眺めるように聞いていた。ギュッ、シュッっていう言葉が似合うのは、多分網子みたいな人だ。自分じゃない。

外に出て、地下鉄の駅に向かう二人と別れた。とたんに、冬の冷気が突き刺さる。その冷気に、ほてった頬をさらして歩きながら、一人になれた安堵と、人と交われたという妙な心地よさとを感じる。

東京にいると、ときに埋もれそうになる。田舎よりもはるかに広い空間と無数の人間に。都会という存在に助けられながらも、時折不安で足元が揺れ、めまいがする。今、かろうじて一人で立っていられるのは、仕事という土台と健康な体があるおかげだ。そして、あまり得意ではないけれど、たまに、こうやって人と交わる時間があることも。

ふいにコートのポケットに入れてあるスマホが震えた。誰だろう、網子かなと思ったら、ディスプレイには「母」という文字が表示されている。時間は午後十時過ぎ。

こんな時間に珍しい。何かあったのだろうか。心が怯《ひる》む。怯むけれど、無視することもできない。

幸はおそるおそる画面をスライドすると、スマホを耳に当てた。

「あ、幸ね？　最近進と連絡取ってる？　もうね、あの子が何考えてるかわからんとよ」

母はこちらの居場所や都合も聞かず、いきなり切羽詰まった様子で話し始めた。

「……連絡取ってないよ。そもそも、お兄ちゃんにメールしてもほとんど返事来ないし……」

「そう」

母は、はーっと深くため息をつくと、

「あの子はいつまで引きこもるつもりなんやろう」

と、嘆いた。

「そんなの、私にもわかんないよ。最近お兄ちゃんと話せてないの？」

「あの子がトイレや風呂に行くタイミングで声はかけるとけど、生返事っていうか、曖昧な返事ばっかで。もう、四十も近いのに、本当にもう……引きこもりなんて、この先いったいどうなるとか」

「お兄ちゃんは、正確に言うと、引きこもりじゃないと思うけど……」

幸の言葉の意味が理解できるはずもなく、母は声を荒らげた。

「なんでよ。ほぼ一日、自分の部屋に閉じこもってるとよ。幸がいなくなってからは、夕飯の席にもつかんくなって。働かない。ご飯も一緒に食べない、顔も見せない。めったに外にも出ない。これが引きこもりじゃなくて、なんていうとね」

「うん、だけどさ……」

うまく言えない。だけど、幸にはわかる。兄は、ただ、ありのまま「そこにいる」だけなのだと。引きこもろうと思って、引きこもっているわけでもないし、深く精神を病んでいるわけでもないと思う。結果的に、そうなっただけだ。幸にはわかる。でも、両親には伝わらないだろう。

そもそも、兄の行動範囲が狭まっていったのは、父と母のせいでもある。

兄だって、長崎に帰ってからしばらくは、仕事を探そうとしていたのだ。ご飯をしっかり食べ、夜ゆっくり眠れるようになってからは生気を取り戻し、地元の中途採用向けの就職説明会に行ったり、ハローワークに行ったり、友だちにも会いに出かけたりしていた。兄は、ちゃんと立て直そうとしていたのだ。自分の人生を。

だけど、ある日のこと。兄が「明日からしばらくバイトしようと思っとる」と告げたとき、両親は「バイト?」とすぐさま眉をひそめた。聞くと、中学時代の同級生が経営するガソリンスタンドで人手が足りず、困っているという。

「ほら、バスケ部だった、明憲《あきのり》。明憲んとこ、ガソリンスタンドやっとるやろ。急にバイトが辞めたらしくて。まぁ、短期でね、とりあえず少し手伝う程度で」

兄の声は明るかったが、

「おまえはガソリンスタンドでバイトするために院まで出たとか」

父の鋭い声が飛び、母も「そうよ。せっかくやったら、もっとちゃんとしたところで働きなさい。明憲くんって、高校を途中でやめてた子やろう」と、父を援護射撃した。

「ちゃんとしたって……明憲んところ、すごい伸びとるとって。親父さんの代は細々したもんやったけど、明憲が四店舗まで増やしてさ。廃業した国道沿いのガソリンスタンドを引き取って改装して、洗車ゾーンを広くして、待合室にカフェ入れたらさ、なんか若い世代にすごい受けとるんやって」

「へぇ、すごい」

幸は思わず声に出した。兄の友人である明憲イコール不良、というイメージがあったからだ。

「今度オープンする五店舗目は、コインランドリーも併設するらしくて。ガソリン入れるだけじゃない、今の時代はプラスアルファが大事なんやって、あいつすっかり経営者の顔しとったよ。子供も三人やって。すごいよなぁ」

幸は、兄のこういうところが好きだなと思う。たとえ自分が無職で先が見えない状態でも、友人の成功を喜び、褒めることができる。昔から、こういう人なのだ。だけど、母は懇願するように言った。

「お願いだから、やめて。そんなところでバイトしたら、なんて言われるか。ただでさえ、いろいろ聞かれて肩身の狭い思いしとるとよ。進を東京に出したのは、そんなことさせるためやなか。ガソリンスタンドで働くなら、大学には行かんでもよかったやないの。それに、アルバイトやったら、この先結婚だってできんたい」

「だから、お兄ちゃんはとりあえず短期でって言いよるたい」

そんな言い方はひどい。さすがに腹が立った幸が反撃すると、父は、

「幸、おまえは黙っとけ」

と一喝した。兄はちらりと幸を見て、小さく「ありがと」と呟《つぶや》いた。そこで幸は席を立ち、自分の部屋に戻った。その後、どういう話になったのかは知らない。でも兄は結局、バイトをすることはなかった。それどころか、兄が次に見つけてきた仕事——高校時代の先生が紹介してくれたという、地元の運送会社の営業にも、両親は首を縦に振らなかった。先が見えない小さな会社はダメだ、と。

幸は、兄に「親の許可なんて、いらないんじゃなかと」と言ってみたりもした。兄はもう大人だ。いつまでも親の許しが必要だとは思えない。でも、兄は、首を横に振った。

「んー。けど俺は、今実家の世話になっとるしな。やっぱり親に許可もらわんと、動きづらくて。情けなくてごめんな」

謝る兄を見ていると、それ以上は何も言えず、幸は静観するしかなかった。その後も、母が「いっそのこと公務員試験を受けたら」とか「思い切って何か資格を取ればいい」とか、ことあるごとに勧めているのは見たことがあった。でも、兄がどう答え、どう決断したかはわからない。気づいたときには、兄はあまり外に出なくなり、部屋に籠《こも》るようになっていた。毎晩居間でテレビを観ていた姿も見かけなくなり、同じ家にいても出くわすことがなくなり、必然的に会話をする機会も減った。

そしてその後、今度は幸に動きがあった。例の銀色の地球との出会い、そしてＡＩＤで生まれたことを知ったこと——それがすべてを変えた。

長崎を出る日、父は縁側の椅子に腰かけたまま、仏頂面で「気を付けろよ」と、言っただけだった。反対に、兄は玄関まで出てきて見送ってくれた。でも、もっと話したかったし、もっと聞いてほしかった。半分しか血が繋がっていないことも、それを兄がどう感じているのかも、全部聞いて、話したかった。

家族なんて、同じ家に住んで同じ食卓を囲んでいても、肝心なことはいつだって話せないままだ。むしろ、気まずさや衝突を避けるために、お互い遠慮し合い、探り合い、取り繕うように、どうでもいい話で蓋をする。そして奥底に、どんどん沈めていく。本当に大切なことを。話さなければいけないことを。

「幸、帰ってこんねよ」

電話を切ろうとすると、母がか細い声で言った。

「うん。でも、次、帰省できるのはいつになるか、まだわからんよ……お正月は厳しいかなぁ。病院、年末年始も休みはほぼないしね」

帰ってこいが、帰省することなのか、すべてを引き揚げて長崎に戻れということなのか、そのどちらを指すのかわからないまま、答えた。数秒、間が空いた。そして母は、はぁっと息をつき、

「あんたはよかね。結婚もせんと、東京で、自由にできて、自分のことばっかでよくて。進のこともほったらかし。おかげで、私は大変なことばっかたい」

幸の答えを待つことなく電話は切れた。卑怯な切り方だ、と一瞬、カッと熱くなった。自分は、母の愚痴吸引機じゃない。同じ女でも、母の人生をなぞるように歩けるわけじゃない。そもそも、母が

今こんな状態なのは、自分のせいじゃない。

それに、兄のことだって。

兄のことだって、自分にできることは限られている。兄は、もう子供じゃない。兄妹だからと、どこまで兄の人生に手や口を出し、責任を持たなくてはいけないのか。

だけど、怒りで頰が熱を帯びたのはほんの一瞬だった。もっと優しい言葉をかけてあげればよかった。ただ一言、お疲れ様と言ってあげればよかった——。いつもあとから後悔する。

ふーっと息を吐くと、白い塊がもたつくように目の前に広がった。夜道を一人で歩いていることが怖くなり足を速めると、近くのビルから酔っ払って声のトーンが高くなったサラリーマン集団が団子になって出てきて道を塞《ふさ》いだ。その間を縫うように突破し、また足早に歩き出す。

よし。コンビニに寄って何か甘いものを買って、熱いお風呂に入って、今日は塩を顕微鏡で観察して眠ろう。そうしたら、明日もまた頑張れるから。きっと、大丈夫だから。

東京の夜が、道が、明るくてよかった。車の音が、人の声が、うるさくてよかった。

幸は、地面を蹴る足に力を込めた。

花岡先生は、幸の予想通り瞬く間に人気ナンバーワンになった。

柔らかな物腰、丁寧な物言い、的確な説明。そして、根底にある患者を思いやる気持ち。医師に必要なものが、すべて揃《そろ》っている。さらに患者が口を揃えて言うには、内診も上手らしい。無麻酔で採卵をした患者からも「次も絶対に花岡先生がいい」と指名が絶えないという。

「花岡先生って、バツイチの独身らしいですよ」

午前中の採卵ラッシュが終わり、休憩室でお昼ご飯を食べていると、目の前に座っている有紗がおもむろに口を開いた。

「へぇ」

幸は小さく相槌《あいづち》を打ち、また目線を弁当箱に戻した。

「子供はいないそうです。なんかそんな感じしますよね」

「ふうん、そうなんだ」

いつの間にそんな情報を得たのだろう。いつも思う。有紗に限らず、なぜみんなはそういう情報を、いとも簡単に手に入れるのだろうと。

「ごめんなさい。幸さんは、こういう話あんまり興味ないですよね」

幸の反応の薄さに、有紗が小さく頭を下げた。

「ううん、そんなことないけど……」

この手の話題に、いつもどう反応したらいいのかがわからない。正直言うと、あまり職場の人のプライベートには関心がないのだ。よく考えると、職場だけでなく、人生、ずっとそうかもしれない。恋人や友だちとケンカしたり、誰かと深くとことん付き合ったり。昔から自分にはそういう人間関係が結べない。いつも、表面をなぞるように、さらりと。そういう付き合いしかできない。

気づくと、斜め前のテーブルで桐山が黙々と弁当を食べていた。それを見つけた有紗が「きりっち、お疲れ様」と声をかけた。

きりっち？　いつの間にきりっちと呼ばれるようになったのだろうか。呼ばれた本人は、有紗に向かって小さく頭を下げた。きりっちと呼ばれ、イヤがっている素振りはない。

あとで有紗が教えてくれた。

「桐山くんと打ち解けるために、ニックネームで呼ぼうよって現指導係のはじめさんが言い出したんで、本人に聞いたんですよ。そしたら学生時代はきりっちと呼ばれてましたって。だから、きりっち。微かにですけど、最近本人の態度も少しだけ軟化したような」

「そうなんだ……きりっちか」

幸は苦笑した。

「なんか、意外ですよねー。幸さんも、ぜひそう呼んで下さいね」

「ええっ……」

ニックネーム一つで仕事上のコミュニケーションが取りやすくなれば儲けものだ。でも、自分が桐山翼をきりっちと呼べる日はおそらく来ないだろう。

「それから幸さん。いつか、幸さんから私や杏子先生を飲みに誘って下さいね。私、幸さんに誘われたい。待ってますから」

有紗がにっこりと笑い、去っていく。幸は、その言葉に重いものを感じずにはおれなかった。


。。。


『幸、助けて。うち来て』

翌週、網子から切羽詰まったようなＬＩＮＥが届き、幸は仕事帰りに電車に飛び乗った。送られてきた地図を見ながら入り組んだ住宅街を歩いていると、オレンジ色の街灯に照らされた四階建てのマンションに辿り着いた。各階に四部屋だけのレトロで小さなマンション。幸が１０３号室のチャイムを鳴らすと、待ち構えていたかのように玄関ドアが勢いよく開いた。

「わーっ、幸。マジで来てくれたんだ。うれしー、上がって」

ドアから出てきた網子はエプロン姿で、スウェット生地のワンピに黒い網タイツを穿《は》いていた。網子のうしろからドタバタと男の子二人が顔を出し、「誰が来たんやぁ」「芸能人か？」「おばちゃん誰？」などと矢継ぎ早に質問を飛ばしてくる。瞳がくりくりと大きくて、二人とも網子にそっくりだ。

「こら、うっさい。友だちが来るって説明したやろ。ほら、あの苔玉くれた友だち」

「あーっ、あの緑色の丸うんこか！」

「うおー、うんこ玉星人や！」

そんな。まさか、苔玉がうんこ玉と呼ばれているなんて。

「うんこうんこ、うっさい。ＹｏｕＴｕｂｅ観ていいからあっち行ってな。ほら、幸、入って」

「う、うん。ありがと」

小さな子供の勢いに押されつつ、出されたスリッパを履きリビングに足を踏み入れると、意外なほどモノが少なく、すっきりと片付いていた。散らかっているのはおもちゃ箱がひっくり返っているリビング続きの和室くらい。今しがた騒いでいた二人は、早くもテレビにかじりついている。例の苔玉も、テレビ台の端にちょこんと飾られていた。

「わぁ、綺麗。築四十年だとは思えない。新築みたい。インテリアもすごく素敵！」

「一応リフォームしてあるからかな。今日は幸が来るかもしれないから慌てて片付けただけ」

小さく舌を出す網子からは、切羽詰まった様子は感じられない。気になった幸が、「ところで、助けてって？　何かあったの？」と小声で聞くと、網子はキッチンの床に置いてある大きな段ボール箱に視線を落とし、「これ。これよ」と顎でしゃくった。見てと言われ、幸が封の開いた段ボール箱の中を覗くと、そこには魚の干物や出汁《だし》パック、昆布、乾燥ワカメなどがぎっしりと詰まっていた。

「これ、どうしたの？　ご実家から？」

「そう。これまで実家とは全然連絡取ってなかったのに、突然大きな段ボールが届いてさ。もう、開けてびっくり。見事にぜーんぶ魚ばっかで、潮臭いったらありゃしない」

「でも、日持ちするものばかりだし、大助かりじゃない。出汁パックなんて、買うと高いよ」

「そうなんだけどさ。一週間前にも同じようなものが届いたばかりなの。ていうか、四週間連続。冷蔵庫もパンク状態だし、もう、さすがに参っちゃって」

「えーっ」

三人家族とはいえ、この量が四週連続で届くとなると、さすがに重いものがある。

「そりゃあさ、時々なら本当にありがたいよ。けどさ、見事に海産物だけなんだよ。ちょっとはさ、お金とはいわないから、子供のお菓子とか、折り紙でも入れてくれたら助かるのに。って言うか、ルイもルカも私も魚キライなんだよね。魚の匂い嗅ぐと、とたんに長崎を思い出すとよ」

網子の実家は代々漁師の家系で、鮮魚店も営んでいる。そう考えると、これらはすべて日常的に手に入るものなんだろう。

「よかったら好きなだけ持っていって。ていうか、もらってほしい。ごめん、助けてっていうのはこのこと。大したことじゃなくてごめん。送ろうと思ったりもしたけど、同じ東京におるんやし、どうせなら幸にも会いたいなと」

「う、うん。全然いいけど。食料を頂けるのはありがたいし」

「よかった。寒いし、今日は豆乳鍋にしたの。一緒に食べよう。あの二人は待ちきれなくてさっきもう総菜のコロッケとか食べさせたから」

ダイニングの椅子に座ると、厚みのあるグラスが出てきた。「発泡酒でゴメンだけど」と、網子が溢れそうなほどなみなみと注《つ》いでくれた。

「すごく素敵なグラスだね。手に馴染みやすい」

「これ、前の夫がね、趣味で集めてたバカラのタンブラー。浮気されてムカつくから全部もらってきた。ほとんどメルカリでさばいたんだけど、これだけは気に入って残してるんだ」

網子は幸にグラスを突き出し、元気よく「乾杯！」と声を張り上げた。

「にしても……網子のお母さん、なんで突然荷物を送り始めたんだろうね。しかも、こんな頻繁に……。まだご健在でしょ？　ボケてるとかないよね」

「んなわけないよ。絶対、嫌味だよ。無言の圧力っていうか」

「そっか。たまには帰って来いってことなんじゃないの。孫に会いたいとか」

「そんなもんかな。でも、もしそうなら、ひとことメモでも入れればよかとに。ほんと、気味悪い」

「しとらん。なんか言われるのイヤで。意地だってわかっとるけど」

「荷物届いたよって、連絡はしとるとやろ？」

「でも、連絡するまで荷物攻撃が続くかもよ」

「げー、どうしよ。ね、ところで幸はお正月はどうすると？　長崎帰ると？　まだコロナも気になるといえば気になるけど、幸が帰るなら思いきって便乗しようかなぁ」

「うーん。じつは決め兼ねとる。年末年始は飛行機代も高かしね」

「ほんとそれ。うちなんかチビ二人分も必要やし。ま、とにかく食べよ。幸、好きなもの取らんね」

網子が土鍋の蓋を取ると、野菜や茸《きのこ》に交じって、これでもかと豚バラ肉が入っていた。魚介類は皆無。家中魚で溢れているのに、意地でも入れないつもりらしい。和室からはチビ二人の楽しそうな声がして、目の前の鍋からは湯気が立っている。あたたかい。

「いただきます」

幸は両手を合わせると、湯気と共に、鍋の具をゆっくりと口に入れた。


翌朝、幸は軽い頭痛と共に目覚めた。見慣れない天井。ここはどこだと驚きかけて、そうだ、昨夜は結局網子の家に泊まったんだと思い出す。スマホを手繰《たぐ》り寄せるとまだ五時過ぎだった。信じられないほど音も振動もなく静かで、まるで海の底にいるような感じがする。布団から出ている顔が程よく冷たく、部屋に漂う冷気もどこか瑞々《みずみず》しい。あ、いいな、と思う。

それにしても昨日は飲み過ぎた。しかも、人の家に泊まるなんて。夕食を食べたあと、頃合いを見て帰るつもりだった。が、YouTubeに飽きたチビ二人につかまった。人生ゲーム、ドラえもんのドンジャラ。見覚えのある懐かしいゲームが出てきて、相手をしているうちに、網子が「泊まっていってよ」と言い出した。人の家に泊まるなんて普段なら考えられないけれど、明日が偶然休みということもあり、少しだけ返事に迷った。迷っているうちにマンションの向かいにあるコンビニに連れて行かれ、ショーツを買わされた。ついでに子供たちにお菓子と箱アイスを買って手渡したら、それだけでヒーロー扱いを受け「明日も明後日《あさって》も泊まっていいよ」と手作りの「おとまりけん」まで渡されてしまい、さすがに観念した。そして、泊まったのだ。

幸は、体温で温まった布団の中で大きく伸びをした。久しぶりに深く眠った気がする。しかも、人の家で。

だけど、早朝の静寂は束《つか》の間、その後はドタバタと息つく間もないほどの嵐だった。自分が休みなのでうっかりしていたけれど、今日はまだ金曜日で、世間は通常運転だ。

網子は慌ただしく準備を済ませると、チビ二人をねじ込むように自転車の前とうしろに乗せ、無理やりヘルメットを被せた。ルイとルカが今生の別れかと思うほど身を乗り出して「幸、さちぃー」と両手を伸ばす。その姿が愛おしくて、幸はぎゅっと二人の手を交互に握った。

「ごめん。先に出るけど、幸はゆっくりコーヒーでも飲んでって。合鍵貸しておくから、次会ったときにでも返してくれたら。魚も忘れないでね。来てくれて本当にありがとー!」

網子はいとも簡単に合鍵を手渡すと、重そうな自転車にまたがり出て行った。

さすがに家主のいない家でくつろぐことはできない。幸は家の中に戻るとチビ二人と網子が朝食に使った食器とシンクを洗い、テーブルを綺麗に磨き上げた。床に散らばっている子供たちのパジャマを畳み、おもちゃを片付ける。余計なお世話かと思ったけれど、納戸から掃除機を出して部屋全体にかけた。網子は「古い、古い」を連発していたけれど、幸のワンルームマンションより何倍も快適で、家の中に漂う空気が豊かに感じられる。きっとこれも網子から発せられるものだろう。

最後に何気なくベランダの窓から外を覗いて、幸は「わっ」と小さく声を上げた。ベランダ自体は狭いけれど、黒い鉄柵がかぼちゃみたいな形に膨らんでいて、レトロで可愛《かわい》い。しかも、その一部が扉になっていて、小さなコンクリートの階段が続いている。三段ほど下りると、そこは専用の庭だった。といっても、畳二畳ほどの小さな庭。ところどころに雑草が生えていて、チビたちのものらしいスコップやウルトラマンのゴム人形が落ちている。平和な光景。幸はまた、いいな、と思った。

その日の夜、網子から『家の中が超きれい！　感激。愛してる』とＬＩＮＥが来た。

なんだかとてもうれしくて、いっそのこと、本当に西荻窪に引っ越してしまおうかと思った。


。　。　。


休み明けの午前中、「五十嵐夫妻の妻が妊娠した」という報告が届いた。

妻は五十二歳、しかも初の体外受精で。凍結胚を移植して十二日目。今日が判定日で、ばっちり陽性が出たという。正確には「着床」したことが証明されただけで、胎嚢《たいのう》や心拍の確認はまだこれからだ。でも、受精卵は、今、確かに子宮にしがみついている。

信じられなかった。もちろん、すごいことだと思う。凍結してあった五十嵐夫婦の受精卵を融解し、移植に立ち会ったのは幸だったから。でも、まさか、五十二歳で――。

今回移植したのは培養二日目の初期胚だった。初の採卵で四個の卵子が採れ、うち二個も凍結できたのだ。十個採れても一つも凍結できない人もいる。そう考えるとすごい。本来ならば、胚盤胞と呼ばれる五日目くらいまで培養した受精卵のほうが妊娠率は高くなるけれど、高齢ということもあり、そこまで育たない可能性を考えて初期胚のうちに凍結したのだ。それがよかったのかもしれない。

この先妊娠が継続するかはまだわからない。けれど、陽性判定を受けた本人たちの喜びようはすごかった。夫妻の強い希望で、急遽《きゅうきょ》、幸も診察室に呼ばれ、頭を下げられた。

「あのとき、冷静に、的確に、いろいろ教えて下さって本当にありがとうございました」

「培養士さんのおかげです！　もう一人の男性の培養士さんにもよろしくお伝え下さい」

涙を浮かべてお礼を言われ、幸は二人の勢いに押されるように「いや、そんな」「お体に気を付けて」と、通り一遍のことしか言えなかった。見ると、夫のほうも目を真っ赤にしている。ドアを蹴ったときの、あの鬼のような形相のかけらは微塵《みじん》もない。

さらに妻は、杏子先生に「予定日は来年の八月二十日頃ですね」と、予定日が明記された小さな正方形の紙を渡され、それを拝むように何度も何度も目の高さに掲げていた。

「でもお二人の場合は、ここからのほうが険しい道のりですよ」

と杏子先生が釘《くぎ》を刺しても、「はい、はい」と言いながらいつまでも手を取り合い、「夏生まれ、いいね。うれしい」と顔をほころばせていた。

診察室を後にし、廊下を歩きながら幸は考えた。

そんなにいいものなのだろうか。

妊娠するって、そんなに、うれしいことなのだろうか。

五十嵐夫妻は、ゆくゆくは卵子提供も考えていると言っていた。その大変さを思えば、自身の卵子で妊娠できたことは本当によかった。夫婦が子供を望み、経済的に安定していて、健全に育てられる環境にあるのなら、親になる年齢なんて関係ないのかもしれない。ひと悶着《もんちゃく》あったけれど、幸はこれでよかったんだ、と思った。願わくは、このまま無事に育ってほしい。

あの銀色の地球が、産声を上げる日が来るといい。

だけど、そう思えたのもほんの一瞬のことだった。

五十嵐夫妻は、その後胎嚢は確認できたものの、いつまで経っても心拍が確認できず、最終的には稽留《けいりゅう》流産と診断された。当日は杏子先生がオペをした。

「また落ち着いたら、諦めず治療再開するって言ってたよ」

杏子先生からそう聞いて、幸の中に複雑な思いが広がった。もしかしたら、五十嵐夫妻はこの先、深みにはまるかもしれない。一度は妊娠できたのだからと、頑張りすぎるかもしれない。やがては宣言通り、卵子提供に踏み切るかもしれない。もしそれで子供が生まれたら、その子自身はどう感じるのだろう。ダメだ、どうしても自分と重ねてしまう。そうでなくても不妊治療でつらい思いをする人はものすごく多い。今自分がやっていることは、結局、誰かを救うことになっているのだろうか。


「なんだか暗い顔してますね」

突然休憩室で声をかけられ、幸ははっと顔を上げた。見ると、コンビニの袋を持った花岡先生が、幸のいるテーブルに歩み寄ってくるところだった。

「花岡先生、お疲れ様です。今お昼ですか」

もう午後三時を過ぎている。といっても、幸も今昼ご飯を終えたところだ。

「いやー、覚悟はしてましたが、やっぱ現場は忙しいですね。てんてこまいだ」

うっすらと無精ひげを生やした顎を撫でつつ、花岡先生は、ははは、と笑った。

「花岡先生は人気ですから、患者さん途切れないですもんね。お疲れ様です」

「いや、ラボも大忙しでしょう。長谷川さんこそお疲れ様です」

「……ここに来る前は、確か、北海道にいらしたんですよね」

「はい。薄暗い研究室に籠ってただけですけどね。ところで、どうしたんですか」

さらりと聞かれ、幸は答えに困った。別に、何が、どうってことはない。ただ――。迷ったけれど、幸は五十嵐夫妻のことをかいつまんで話した。

「……私がしていることに意味があるのか、時々わからなくなるんです。妊娠してクリニックを卒業する患者さんがいるのも事実ですけど、そうじゃない患者さんがいるのも事実で。今培養室にいる子たち、みんながみんな、元気に生まれてくれればいいのに、そうは絶対にいかなくて」

「長谷川さんは、愛情深いんですね。受精卵のことを『子たち』って」

「いや、そんなことはないです。ただ……」

自分のやっていることにもっともっと意味がほしい。そうじゃないと、自分が消えてしまいそうになるから。だけど、それをうまく言葉にすることができない。

「僕は、なんとなく長谷川さんの気持ちはわかりますよ」

花岡先生は幸に優しい眼差しを向けると、手に持っていたおにぎりの袋を豪快に破き、ほんの二、三口で食べてしまった。そしてまた、次のおにぎりに手を伸ばし、同じように口に放り込む。その気持ちのいい食べっぷりに、つい見とれてしまう。お弁当を作ってくれる人はいないのだろうかと考えて、幸は、花岡先生がバツイチであることを思い出した。優しくて、患者さんからの評判も良くて、見た目も熊みたいに頼りがいがあって。今だって短い休憩がてら、幸の思いに寄り添ってくれようとしている。それなのに結婚生活がうまくいかなかったのは、なぜだろう。幸は、花岡先生の手元を見つめ、考える。厚みがあって、大きな手。ものすごく温かそう。触ったらどんな感じなんだろうか。

そこまで考えて、幸は我に返った。

「それにしても、北海道、いいですよね。行ったことないので、行ってみたいです。やっぱり、スケートとか、スキーとかお得意なんですか？」

慌てて話題を変えると、

「いやいや。僕は、もともと生まれも育ちも九州なんですよ。福岡県の糸島市《いとしま》。地元の大学を出て、しばらくは福岡や大分の病院で働いてたんですけどね」

「えっ、そうなんですか。私は長崎出身です」

「おお、長谷川さんは長崎かぁ。好きだなぁ、長崎。学会でも何度か行きましたよ」

花岡先生の表情がパッと明るくなる。その笑顔に、体の奥底にある何かが反応した。

「あの、花岡先生」

幸が口を開く。と、同時にドアが開いて、有紗が今にも泣きそうな表情で入ってきた。

「幸さんっ、休憩中にすみません。よかったら助けてもらえませんか。今、面談してるんですけど、どうしても患者さんが納得してくれなくて、もっと上の人の話聞きたいって、それで」

有紗は珍しく半泣きになっていた。

「わかった。行きます」

もう少し話していたかったな。後ろ髪を引かれつつ、幸は休憩室を後にした。


「今日は、本当にありがとうございました。幸さん」

「ううん。大変だったね」

仕事が終わってスタッフルームで着替えていると、有紗に頭を下げられた。

「はい。ああいう面談は初めてでした……」

今日、有紗が担当したのは、二人目不妊に悩む女性だった。一人目は男の子で難なく授かったものの、その後五年経っても二人目ができない。体外受精にチャレンジすることを決めたまではよかったけれど、「絶対に女の子がほしい」という希望が強く、有紗に「どうにか、女の子の受精卵を作ってほしい」と持ちかけてきたのだ。

だけど、日本では特別な事情がある場合を除いて、着床前診断による男女の産み分けは禁止されている。受精卵を調べて性別を判別することは技術的には可能だけれど、希望の性別を選んで移植することはできない。ましてや、胚培養士自身が「女の子の受精卵を作ろう」なんて胚を操作することは絶対に不可能だ。

だけど、有紗が何度そう説明しても、

「婦人科で働く友だちができると言っていた」

と納得してくれない。あなたじゃ埒《らち》が明かない、上の人を呼んでほしいと言われ、幸が呼ばれたというわけだ。

ただ、幸もすでに有紗が説明したこと以上のことは言えなかった。一般的に行われている、自然妊娠での男女の産み分け法――女児の場合は、排卵日二日前の性交と、ピンクゼリーを膣内に注入するゼリー産み分け法くらいしかない。男児の場合は、リンカルというカルシウム剤を服用することでより可能性が上がるが、女児の場合はそういった類のものはない。パーコール法で人工授精や体外受精をする方法もあるけれど、こちらも確実性や科学的根拠はない。

「でも、どうしても女の子がほしいんです……」

弱々しくすすり泣きをする患者に、幸は、口を開いた。

「海外で……アメリカではファミリーバランシングといって、受精卵を調べて性別を判別し、移植することが認められています。どうしても性別を選びたいのなら、外国での移植に踏み切るか、または日本で海外の病院と提携しているコンサル会社に受精卵を託して調べてもらう方法もあるそうです。ただ、どちらもかなり高額と聞きます。うちのクリニックではそういう方法は推奨していないので、あとはご自身で調べて行動して頂くしかないです」

「……高額ってどれくらいでしょうか」

「それは私たちにもわかりませんが、安くても三百万円以上はするんじゃないでしょうか。渡航する場合はもっとかかるかもしれません。そのことも含めて、一からご自身で検討をお願いします。産み分けについて、こちらから言えることは、以上となります」

　複雑そうな表情を広げる患者を前に、幸は毅然とした態度で面談を切り上げたのだ。


「面談で、女の子の産み分け方法を聞いてくる人って結構いますよね。二人目以降だと、とくに」

「確かに。でも、田舎では、男の子を希望する人もいるとは聞くけどね……」

「うちのクリニックで治療している人は、授かれたら性別はどちらでもいい、という人が圧倒的に多いですけど、中にはこだわる人もいますもんね。そもそも男女の産み分けはできないのに、体外受精なら可能だと誤解されがちというか。説明に困ります」

　有紗の言葉に、幸は「本当にそうだね」と深く頷いた。

「本当はお礼にお茶でもご馳走《ちそう》させて頂きたいところなんですけど、今日、排卵日なんでうちも頑張らなくちゃで。幸さん、お疲れ様でした！」

「あっ、ああ。うん。お疲れ様。また明日！」

バタバタと去っていく有紗の後姿を見ながら、幸は、有紗なら花岡先生の年齢を知っているだろうかと思った。


。。。


結局、帰省することにした。そう決めたのは、網子が「幸と一緒なら帰る」と言い出したからだった。行き帰りの飛行機を同じ便にして、空港集合、空港解散にした。

チビたちが寝ていたせいもあるのか、行きの飛行機の中で、網子はほとんど口を利かなかった。

やがて、長崎空港が近づいて飛行機の高度が下がると、海の上にぽつぽつとカメの甲羅のような小島が見え始めた。その先に、海面にぺったりと貼り付くようにして浮かぶ滑走路が姿を現し、飛行機は静かに着陸した。

「とうとう帰って来ちゃった」

到着ロビーに足を踏み入れると、網子が観念したように肩を落とした。

「じゃあ、幸、またね。帰りにね」

「うん、また三日に。三人共、よいお年を」

一瞬だけ笑顔を見せると、網子は眠そうなチビたちの手を引いて消えていった。

帰省したのはかなり久しぶりだ。実家の幸の部屋は、いつ帰っても上京したときそのままの姿で、ベッドの上の布団だけがきれいに干されて畳まれていた。もしかしたら兄が迎えに出てくれるかと思ったけれど、家の中のどこにもその姿は見えない。

幸は二階に上がると、遠慮がちに兄の部屋をノックし、声をかけた。

「お兄ちゃん、帰ってきたよ。ただいま」

しばらく待ったけれど、返事はなかった。耳をそばだててみたけれど、とくに物音もせず、気配もない。寝ているのだろうか。

「三日にはまた東京に帰るね」

一応、そう告げて部屋の前を立ち去った。階段を下りながら、幸は、兄には今、曜日や日にちの感覚があるのだろうかと思った。

大晦日《おおみそか》に帰省しても、特段やることはなかった。すでに家の中も片付いていて、庭木もきちんと切り揃えられている。父も母も相変わらずテンションは低めだったけれど、母の表情は思ったよりも明るかった。幸は共に台所に立ち、鍋の中でふつふつ煮える黒豆を静かにかき回した。

「今年は皺《しわ》が寄らず綺麗に仕上がったとよ」

「ほんと。つやつやしてて、おいしそう」

母は毎年黒豆を煮る。黒豆は皺が寄りやすく、失敗した年は「来年は家族みんな用心せんばねぇ」などと言う。長谷川家では、次年度の運勢を決める、ちょっとした占いみたいになっているのだ。

「来年はいいことあるね」

何気なく言うと、

「いいことなんて、この先あるとやろうかね。こんな家に」

と自虐的な返事がきて、幸は内心、始まった、と思った。

「あると思うしかないじゃん」

つい、強めに声が出た。母は何かを察したのか、

「……そうね」

とだけ言い、ゆっくりとした動作で鍋の火を止めた。


新年は静かに明けた。

朝から快晴。冬には珍しく、絵の具を強くベタ塗りしたような、くっきりとした青空が広がっている。朝から、父と母と三人で、母の作ったおせちと雑煮を黙々と食べた。兄は下りてこなかった。でも、夜中にトイレに行く気配がしたし、シャワーも浴びていた。とりあえず生きているし、体を洗う気力もあるらしい。そう思うと、まだ大丈夫な気がする——と、母に伝えたら、「それがなんね」とそっけなく言われてしまった。母が求めるレベルは、そんなものではない。それはわかっている。「幸が帰省したら、進も一緒にご飯を食べるかと思ったとに」とも言われた。それは幸自身も期待していた。もしかしたら、と。でも、もう……。今の自分にはそんな効力はないのだ。

昔のお正月は賑やかだった。近所に住むいとこたちと遊び、おじいちゃん、おばあちゃんや親戚からお年玉をもらい、お札の枚数を数え、机の引き出しに仕舞うときのとろけそうな喜び。お正月というだけで、空も風も真新しく輝いて見え、子供心を浮き立たせた。でも、今は。

父と母とは、ぽつぽつと世間話をするだけだ。黒豆おいしいね、今年は数の子や海老《えび》が不漁なのか高かった——。幸が聞かれたことといえば、東京に魚は売っているのか、仕事は順調か、くらいだ。

テレビはもともとそんなに観ない。となると、その後はもうすることもなく、幸は時間を持て余した。数少ない友人に連絡でもしてみようかと思ったけれど、この年齢になると、大抵の人は結婚して子供がいる。お正月は家族と過ごすはずだ。結局は、誰にも連絡が取れない。網子も、今頃は久々に家族と再会し、くつろいでいるはず。なんといっても、あのチビ二人は愛嬌《あいきょう》があって可愛い。どんな経緯があったとしても、孫の顔を見たら、厳しいご両親もデレデレだろう。この家にも子供がいればよかったのかもしれない。兄の子か、自分の子か。多分もう、どちらも無理だけれど。

でも、万が一自分がこの先子供を産んだとしても、それは父の孫にはなり得ない。どのみち、自分にできることはないのだ。何も。

そうして退屈な元日をなんとかやり過ごし、夜、こたつでぼんやりとテレビを観ていたときだった。スマホが震え、網子からLINEが届いた。

『幸、ごめん。私、明日の朝一の飛行機で東京に帰ることにした。運良く空席あったし』

えっ、と思った。もともと、明後日の三日には帰る予定なのだ。それなのに、そのたった一日を我慢できないほどのことが……何か、あったのだろうか。

『わかった。気を付けてね。また私でよければ話聞きます』

『ありがとう。もうやっぱ実家無理（笑）！　幸はゆっくりしてきてね』

ご両親と、とくに厳しいというお父さんとケンカでもしたのだろうか。網子の実家である網元家は、幸の実家がある山を下った海沿いにある。立派な石垣に囲まれた、広い庭と蔵のあるお屋敷だ。

高校生のときの網子は、読書家で、頭もよく、立ち居振る舞いにも育ちの良さが滲《にじ》み出ていて「近寄りがたい人だな」と思っていた。三年生からは理系の特進クラスに振り分けられていて、てっきりどこかレベルの高い大学に行くのだろうと思っていたのに、高卒で就職したと聞いて驚いた。あれもお父さんの意向が大きかったのだろうか。いろいろ気になったものの、結局『ありがとう。また東京で会おうね』とだけ返信した。

翌朝もいい天気だった。かなり早くに目が覚め、幸はこっそり庭に出た。

空にはまだ、夜と朝の境界線が残っている。藍色の空の下から差し込むオレンジ色の光。その神々《こうごう》しくて温かな光を、冬の冷気と共にめいっぱい吸い込む。

じつは、うずうずしていたのだ。昨日、コンクリート塀の下にヒメツルソバが群生しているのを見つけていたから。地を這うように黄色い根を伸ばし、ピンク色の金平糖のような花を咲かす野の花。一年中どこにでも生える、馴染みのある雑草だ。子供の頃は「おいしそう」と思って何度口に含んだことか。幸はポケットから虫メガネを取り出すと、地面にしゃがみ込み、ヒメツルソバを覗き込んだ。

小さな花がぎゅっと集まってこんもりと丸くなっている。

遠目から見ると金平糖みたいで、虫メガネで覗き込むと上生菓子みたいな花。

先端が三つに分かれためしべが一本、おしべが八本。幸はゆっくりとそれを数え、満足し、深呼吸をした。はぁ、落ち着く。なぜか、心底落ち着く。

大人になると、子供の頃のように虫メガネを使えなくなった。当たり前だ。その辺で、大の大人が虫メガネを握り締め、しゃがんで草花や苔を覗き込もうものなら、変な目で見られてしまう。子供の頃はよかった、何もかもがよかった、「虫メガネのさっちゃん」と呼ばれていたあの頃は、兄が近くにいてくれたあの頃は。

好きなときに、好きな場所で、好きなだけ虫メガネが使えたあの頃。顕微鏡に憧れたあの頃。ほしくてたまらなかったものがあった、あの頃。

「……幸」

頭上から小さく声がし、幸はとっさに上を見た。すぐ近くに兄がいた。着古したスウェットにダウンを羽織り、髪はぼさぼさ。足元はサンダル。まさか、まさか、庭にいるとは。

「……お兄ちゃん、おはよ」

「昨日は顔出せなくてごめん」

久しぶりに聞く兄の声。幸は胸がいっぱいになった。

「……コンビニ？」

兄の手に白いレジ袋が握られているのが見え、思わず聞いた。

「そう。いい運動」

「うん、確かに結構遠いよね」

最寄りのコンビニまでは、歩いて二十分以上かかる。帰りは坂を上るからもっとかかる。兄は、普段から人目につかない早朝に買い物に行くのだろうか。今日がたまたまなのか、いつものことなのか。そもそもお金は持っているのか。

「幸は……虫メガネか」

「うん。これ……昔、買ってもらったやつだよ。お正月に。いまだに持ち歩いてる。東京でも」

「うん」

そこで兄はようやく表情を変えた。覚えてるよ、まだ持っててくれたんだ、そんな顔に見える。

「この花、ヒメツルソバがかわいくて。あ、あのさ、私、明日帰るよ」

「うん。気を付けて」

それだけを言うと、兄はすっと玄関に吸い込まれていった。まるで影のように、暗く気配を消して。兄がこんな生活を始めてもう何年経つだろうか。おそらく今年で十年目、だ。長崎に戻ってきた当初と比べて、瞳の色が弱くなり、体も小さくなり、すっかりいろいろなものを諦めたように見える。きっと自分には何も発言する資格はないと思っているに違いない。仕事はどうだ？　ちゃんと食べてるか？　そんな当たり前のセリフを言うことすら、今の兄にはハードルが高いのかもしれない。そんなことないのに。なんでも聞いてくれていいのに。だけどうまく伝えられない。話したいことはたくさんあったはずなのに、いざ兄を目の前にすると、明けましておめでとうすら言えなかった。


朝食後、来客があった。

「いえね、お正月早々に失礼かとは思ったのですけど」

新年の挨拶もそこそこに、玄関先からやたら甲高い女性の声が響く。父が「誰ね」と聞いてきたけれど、幸にわかるはずもない。残された父と二人でお茶をすすっていると、母が顔を出し、幸に向かって手招きをした。

「幸、ごめん。ちょっと来て」

「私？」

怪訝に思いながら玄関に顔を出し、幸は思わずぎょっとした。

そこには見るからに圧が強そうな、化粧の濃い年配の女性が立っていた。藤色の訪問着をきっちりと纏《まと》い、濃紺の帯を締めている。誰だろう。でも、微かに見覚えがあるような。

「ほら、相川さん家《ち》のお母さま。幸、娘さんの涼子《りょうこ》さんと、同級生でしょう」

幸がなかなか声を出せないでいると、見兼ねた母が慌てて説明した。

「あ……相川さんのおばさん……。お久しぶりです。明けましておめでとうございます」

「まぁ、幸さん。ご無沙汰しております。ねぇ、ずいぶん大人になって。うちの涼子と同級生ですもんね。ということは今年で三十三歳？　東京にいらっしゃるのよね。一人で暮らしながら、お仕事してらっしゃるんですってね。えらいわ。涼子はすっかり専業主婦が板についちゃって、もう、近くに住む孫も毎日うるさくてね。幸さんみたいに落ち着いた雰囲気、うらやましいわ」

これは素直に褒め言葉と受け取っていいものか、いや、そうではないだろう。幸が曖昧に微笑んでいると、母はあろうことか「お茶でも淹《い》れてきますね」と下がってしまった。

突然二人で残され、幸は困惑した。が、相川のおばさんは、一向に帰る素振りも見せず「失礼しますわね」と、玄関に置いてある小さなベンチに腰を下ろした。そして、

「ところで幸さん、これこれ」

と、おもむろにのし袋を取り出し「これね、お年玉」と、サッと幸の手に握らせた。

「いや、あの。もうこんな年ですし、お年玉なんて頂くわけには」

強く押し戻したけれど、「いいの、いいの。遠慮せんでね」とさらに強い力で押し切られてしまった。そして、「申し訳ないんだけど、ちょっと相談があるの」と、突然幸に向き直った。

「幸さんは、その、お仕事で、子供の治療をされてるんでしょう？」

「……子供の？　いえ、私の仕事はいわゆる生殖医療というもので……不妊治療の一環です」

「そう、それ。子供を作るお仕事ね。立派だわ」

子供を作る、という表現に違和感を覚えたけれど、幸のそんな様子には気づくはずもなく、

「ところで、うちには涼子の上に、兄がいるのよ。富太郎《とみたろう》。知ってるかしらね。涼子は嫁ぎ先で三人の子宝に恵まれたんだけど、肝心の長男の富太郎のところにね、子供が一向にできないのよ」

「……そうなんですか」

「もうご近所さんもご存じでしょうけど、富太郎は最初の嫁との間に子供ができなくてね、離縁しているの。それで今の嫁とは再婚になるんだけど、年齢的にはまだ子供が望めるはずなのに、なかなかできなくてね。こちらもほとほと困っているのよ。ほら、うちには田畑もあるし、土地もあるし、やっぱり長男のところに継がせたいじゃない、ねぇ」

「………」

だんだんと見えてきた。要は、いい病院を紹介してくれとか、そういうことだろうか。でも、長崎の不妊治療クリニックのことはほとんど知らない。

「そこでねぇ、幸さんにお願いできないかと思って」

「……何をでしょうか」

「だから、子供よ。うちの嫁を東京の、その、幸さんの病院で治療してくれないかしら。子供を作って頂きたいのよ。嫁ももう二十九歳で若くないの。なるべく急がんと、って主人も言うもんですから。嫁も嫁で焦ってるそぶりもなくてね、本当にのんきでイヤになるわ。だから私がこうしてお願いに上がったのよ。ほら、一番目の嫁も失敗したし、今度は必ず子供がほしいのよ。それも男の子。東京の病院はいろいろ進んでいるんでしょうし、どうにか、お願いできないかしら?」

あぁ。何から説明すればいいのだろう。幸が考えあぐねていると、母がお盆にお茶とお菓子をのせて戻ってきた。幸が羽田空港で買ってきたとらやの羊羹《ようかん》が見たこともないほど分厚く切られ、皿の上に上品に盛られている。

「よろしかったらどうぞ」

母が差し出した緑茶をひとくち口に含むと、相川のおばさんはまたにこにこと口を開いた。

「本当に幸さんは立派ね。東京に住んで、きちんと自立されてて。幸さんのようなお仕事をしている方も他に知らないし。最先端の医療っていうのかしら？　長谷川さんも立派なお嬢さんをお持ちで、鼻がお高いでしょう」

完全にお世辞だとは思ったが、母は意外にも「いえいえ。医療系の専門職に就きたいと言ったときはどうなるかと思いましたけど、なんとかやっているようで」とうれしそうに言い、「相談に乗って差し上げてね」と幸ににこやかな笑顔を向けた。

「それでどう？　今から治療をするといつ頃子供が生まれるのかしら。今年中には間に合う？」

相川のおばさんは、もう生まれることが決定しているとばかりに前のめりになっている。困ったことになった。今から自分が伝えることは、母と相川家の間に不協和音を生むかもしれない。でも……。

「あの、失礼なんですけれども。息子さんの奥様は、婦人科……いわゆる、不妊治療のクリニックには行ったことがないんでしょうか？」

「いえ、それがね。私が口を酸っぱくして言いましたら、検査に行ったって言うんですよ。どこにも異常はありませんでしたって。でも、それも本当かどうか怪しいもので」

「そうなんですね。最初の奥様との間にも子供ができなくて、そして、今の奥様との間にも子供ができないとなると、可能性としては……」

可能性としてはたった一つだろう。なのに、なぜ、それがわからないのか。

「男性不妊の可能性があります」

言い切った幸の顔を、相川のおばさんは目を見開いてまじまじと見つめた。

「男性不妊、ですって?」

「はい。つまりは、妻側に原因があるのではなく、夫側……つまり息子さんに原因があるということです。息子さんは……その、富太郎さんは、男性不妊の検査はされましたか?」

「いえ。そんな、まさか。息子が検査に行くなどということは」

「そうですか。それならまずは、男性不妊の検査をしたほうがいいと思います。とくに精液検査を」

「せいえき……」

相川のおばさんは、初めて聞く言葉とばかりに目をぱちくりさせる。

「精液は、つまり精子のことです。精子に異常がないか調べること、そこからです」

「そんな……富太郎が……息子が病院にですって」

「はい。不妊というと女性に問題があると思われがちですけど、男性不妊の割合も同じくらい高いんですよ」

「そんな。だって妹の涼子には三人も子供がいるし、こちらの家としては問題ないかと」

「たとえ兄妹でも、涼子さんのことはまったく関係ありません」

おばさんの顔が赤くなる。が、幸はだんだんと仕事モードになってきた。

「それから奥様は二十九歳ということですが、まだまだ充分に子供を望める年齢です。若いほうがいいというのも事実ですが、焦らなくてはいけない年齢ではありません。まずは、何よりご夫婦で話し合って、富太郎さん……息子さんの検査に行かれることからです。治療は、東京でも長崎でもやることは同じですから、長崎で評判のいいクリニックを探したほうがいいです。時間もお金もかかるし、通うのも大変なんです。それに、子供は治療したからといってすぐにできるものではありません。中には数年単位で治療を続けるご夫婦も多いんです」

相川のおばさんは、ようやく察したのか、唇を微かに震わせた。

「幸さんは、うちの息子が悪いとおっしゃるの」

「悪いのではなくて、男性不妊の可能性があると言っているだけです……」

相川富太郎の最初のお嫁さんだった人物は、離婚後、別の男性との間に子供を授かっている。それも元気な男の子二人。幸は、そのことを、よくよく知っている。だから、最初のお嫁さんに不妊の原因があったとは考えにくい。そう伝えたらどんな顔をするだろう。もちろん、絶対に言わないけれど。

「でもね。どうしても、男の子がほしいのよ。わかるでしょう。何か方法はあるでしょう？」

相川のおばさんは憮然とした表情で尚も食い下がった。

「それは……それは、親ではなく、息子さんとお嫁さんが話し合って決めることだと思います。それに、不妊治療をしても性別は選べません。そういう治療は日本では禁止されています」

「そんな」

「……もう一つ言うならば、赤ちゃんの性別を決めるのは、精子です。つまり、息子さん側です。だから、お嫁さんではなく、息子さんに伝えたらいいと思いますよ。男の子お願い、って。希望の性別の子供が生まれなかったとしても、それはお嫁さんのせいではないです。絶対に」

強く言い切った幸を、母が肘で小突いた。幸はそこでハッとした。言い過ぎたかもしれない。でも、本当に、世間の姑たちはみんな同じだ。まさか自分の息子に原因があるとは考えもしない。姑からのプレッシャーが、いちばんの不妊の原因になっているかもしれないのに。

「私から言えることは以上になります。生意気なことを申し上げてすみません」

幸は渡されたのし袋を玄関に置いたまま、その場を立ち去った。言うべきことは言ったはずなのに、心の中に得体の知れない苛立ちが渦巻いている。母が必死に「本当にもう、無愛想な子で……ぶしつけに失礼なことを申し上げて、誠に申し訳ございません」と、必死に謝っているのが聞こえた。

。　。　。

「あはははははは」

相川家の最初のお嫁さん——網元百合子が、大きな口を開け、楽しそうに笑っている。

「幸、ありがと。よく言ってくれたね。私、なんか……何年も経って、ようやくすっきりできたかも。まさか、幸が敵《かたき》を討ってくれるなんて。ほんと、ありがとう」

今日まで、今この瞬間、網子に事の次第を話すまで、幸はずっと心にモヤモヤを抱えていた。東京に戻ってからも、せめてもう少し優しい言い方はできなかったのかと、後悔していた。でも今こうやって泣き笑いしている網子の顔を見ると、ほんの少しだけ救われた気持ちになる。

「ほんっと時代錯誤やね。でも、元々旦那、やっぱ男性不妊なのかな。これでも、当時は自分が悪いんだって、かなり落ち込んだんだけどね」

「うーん。なんとなくその可能性が高いのかなって。まぁ、精子と卵子の相性もあるけどさ。それよりも、おばさんが、女が悪いって決めつけてるのが許せなくて……クリニックにもものすごく多いの。姑プレッシャーに悩んでる患者さんが。中にはお姑さんに連れられて治療に来る人もいるくらい」

そう、これは相川のおばさん——網子の元々姑に限ったことじゃない。あの世代の人たちは不妊治療に疎《うと》い人も多く、無知の塊だ。そこに田舎というエッセンスが加わると、さらに厄介になる。ちょっと聞きかじっただけの情報を勝手に脳内で膨らませ、都合のいいように変化させていく。

その点では、母も当時は苦労したのだろう。父方の祖母……姑から受けたプレッシャーは相当なものだったに違いない。じゃなかったら、あの時代に、他人の精子を使っての治療にまで踏み切るだろうか。その結果生まれたのが自分だ。そのことが、やっぱり念頭にあった。得体の知れない苛立ちも、モヤモヤも、きっとそこから生まれている。蔓《つる》のように伸びて、心に絡みつき、決して幸を解放してはくれない。

「その後、大丈夫だったの?」

「うん。まぁ、母にはすごい怒られた。言い方が悪いって。相川さんは町内会長なんだからこっちの立場も考えんねって……。最後には、『お宅も息子さんを病院に連れて行ったら』なんて嫌味言われたらしい」

「あちゃー。それは、なんかごめん。私が言うのも変だけど」

今日は、仕事が休みだった網子が「早く会いたい」と、こちらの昼休みに合わせてクリニックの近くまで来てくれた。そして、会うなり話してくれた。網子がお正月に一日早く東京に戻った理由。それはやはり、お父さんとのケンカが原因だったらしい。

「次は俺の言う通りの人とおとなしく結婚しろ。それで人生の失敗を取り戻せ」

と、一回り以上年上の男性との結婚を勧められたらしい。しかもだいぶ横に広く、お腹が出ていて、見るからに覇気のない男性。お見合い写真を突き付けられた網子は猛烈に怒った。

「私の今までの人生を失敗……って。そりゃあ、結婚生活そのものは失敗だったよ。離婚したんだもん。バツ2だもん。しょうがない。だけどさ、ルイとルカが生まれたことまで失敗みたいに言われた気がして。父は私のすべてが気に入らないの。ルイとルカに、カタカナの名前を付けたのもイヤだったみたい。というか、もう何もかもがイヤなんだろうね。思い通りにならなかった娘のすべてが。私もつい感情的になっちゃって。母は昔から父の言いなりだけど、時々意味不明なヒステリー起こすし。にしても、なんであんな威張ってるんだろう、父親って。あー、ほんと、もう疲れた」

「そっかぁ……私は親とケンカとかできないから、言い合えるのはうらやましい気がするけど……きっとそれも疲れるよね。すごく」

「うん。マジで疲れるよ。そうそう折り合いなんて付かないし、やめたがいい」

「そっか」

結局兄とも、あれきりだった。父と、母とも、とくに深い話はしなかったし、されなかった。ただ、おせちを食べ、相川のおばさんと会い、母に小言を言われただけの帰省。母から長崎に帰って来いだの、結婚しろだの言われるかと身構えていたけれど、拍子抜けするほどそんな話は出なかった。兄がコンビニに行っていたことは告げたけれど、母は「そう」とあまり関心を示さなかった。結局のところ、父も母も、今の状態に慣れ切っているのだろう。

相川のおばさんは、幸に渡したのし袋を置いて帰った。それを、母が幸の知らぬうちにバッグの中に入れていたのだ。困った幸は、今日、のし袋ごと持ってきて網子に渡した。なぜか、そうするのがいちばんいいと思ったから。

「今日使っちゃおうよ。ランチ代に」

いひひひ、と網子が楽しそうに封を開けた。中には千円札が三枚。つまり三千円が入っていた。

「げっ。三千円ぽっちで幸に面倒な頼みごとしようと思ってたわけ？　もー、ケチの極み」

「でも、本当に必死なんだよね。おばさん。やり方も考え方も間違ってるけど、必死で……」

「ねー……。土地があるっていっても、あそこは全部で五百坪くらいだよ。田舎じゃまったく珍しくないじゃんね。それを継がせるためにあんなに必死になってさ。子供、子供って。なんか……そんなに血が大切なのかな。そんないいもんじゃないのに」

とたんに、網子の顔が曇る。

母も相川のおばさんも、自分が網子と繋がっていることは知らない。幸の実家と、網子の元々嫁ぎ先の微妙な距離感。狭い人間関係で構築されている田舎の世界を思うと、黙っておいたほうがいいだろうと、帰省前に二人で決めた。

幸も、相川家の長女、涼子とは家が近いこともあって小学生の頃はよく遊んでいた。

顕微鏡――。そう、幸が憧れてやまなかった、あの顕微鏡。あの顕微鏡の持ち主が、涼子の兄で、網子の元々夫の富太郎だったのだ。幸は、富太郎と話したことはないけれど、小学生のときに何度も家に遊びに行ったことがある。縁側のある庭に面した、広々とした和室に置かれた顕微鏡。その凛々《りり》しい姿を今でも鮮明に思い出す。幼い幸に一つのきっかけを与えてくれ、ここまで導いてくれたもの。銀色の地球と出会わせてくれたもの。その最初の光は、確かに、あの家にあったのだから。

昼休みは短い。最後に幸は、網子に一枚の紙を見せた。

「ところで網子。私ね、ここに決めたの」

とたんに網子の顔がほころぶ。ふわりと甘い匂いがしたと思ったら、網子に抱きつかれていた。

「うそ。うれしい。本当に？　こっちに引っ越してくるの？」

「うん。来月から杉並《すぎなみ》区民になります。ご近所さん、よろしくね」


。　。　。


その日、幸は朝から精子調整に当たっていた。提出された精子を、遠心分離機を使って振り分け、成熟した良い精子のみを抽出する作業だ。さらに、ごく少量の精液を10×10マスの格子状の機械に載せ、専用のカウンティングチャンバーという道具で精子をカウントする。動いている精子、動いていない精子を目視で数え、それを三回ほど繰り返して、平均値から運動率を出す。

地味な作業だけれど、嫌いではなかった。精子調整室は、ラボ（培養室）よりも室温が低く設定されていることもあってか、なぜか妙に落ち着く。常に室温が二十七度設定になっているラボは、マスクやキャップをしていると、時に汗が流れ出て、息苦しさを感じるほどなのだ。

「なんか、精子っていいよなぁ……」

近くに人の気配がないことで気が緩み、つい、そんな言葉が流れ出た。

うねうね、ちょこちょことマス目の上を行き来する精子たち。その様子は行き場がわからず戸惑っているようにも見え、何も考えていないようにも見える。

妊娠するために精子がしなければいけない仕事は、とてもシンプルだ。精子が持っているのは、人間を形作るデータ（ＤＮＡ）の半分のみ。ただそれを載せて、卵子の中に入るだけ。もちろん、それだって大変だけれど、運んでしまいさえすれば、仕事はもう終わりだ。

でも卵子はそうはいかない。卵子には、ＤＮＡのもう半分、そしてその後、受精卵が育っていくための材料がすべて詰まっている。運ばれてきた精子のＤＮＡを受け取り、そしてやがて産声を上げる日が来るまで、少しずつ形を変え、十億倍もの大きさになっていく。それはもう、この世界を根底から支える奇跡中の奇跡だと、幸は思う。だけど、ちょっと嘆きたくもなる。これって、女性側の責任が大きすぎない？　と。こんな小さなうちから、どれだけ働いているのだろう、と。

相川のおばさんに断言したように、性別を決めるのは精子だ。男性となるＹ精子か、女性となるＸ精子か。二種類のうち、どちらの精子が卵子に入ってくるのか、それは卵子には決められないし、胚培養士にも決められない。決めるのは精子だ。

もしも、三十年以上前に、今のような生殖医療技術があったなら――。

長谷川家の二番目の子として生まれてきたのは、自分じゃなかったんだろうな。父は無精子症ということだったけれど、顕微授精をするためには、たった一つ、生きている精子がいてくれればいい。もしタイムスリップができるなら、自分がその一つを見つけ出し、母の卵子と受精させて、新たな命の誕生を手助けできるかもしれない。なんて。

こんなこと、想像してもしかたがないのに――。

ないのに、幸は時々考える。時空を超えて、三十数年前に辿り着く自分。若い父と母に会い、二人を説得し、ちゃんと血の繋がった子供が生まれるように手助けする自分。それができたなら、いいのに。満足なのに。もう、消えてもいいのに。

あの家で、あの場所で、家族が心から笑えた日があるのだろうか。


ラボに戻ると、インキュベーター（培養器）の近くに培養士が数人集まっていた。

何かあったのかと声をかけると、中にいた有紗が「あ、幸さん！」と笑顔で手招きをする。

「どうしたの？」

「これ。ここ、ここを見て下さい。なんと、ハート形の桑実胚《そうじつはい》ができてるんです」

そう言って有紗がインキュベーターの映像を見せてくれた。クリニックでは、タイムラプスインキュベーターというカメラが内蔵された培養器を使用していて、受精卵をいちいち外に取り出さなくても中の様子を観察し、こまめに撮影することができる。受精卵の培養は最大で七日間。順調にいけば、培養五日目には胚盤胞となり、より妊娠率の高い受精卵として凍結できる。桑実胚はその一歩手前、培養四日目あたりの受精卵のことをいう。桑の実に似ているから桑実胚。

「あ、ほんとだ」

有紗の言う通り、小さな泡粒が集まってハート形になっているのが見えた。完全なハートではないところがまたいじらしい。つぶつぶもこもこと、懸命に細胞分裂を繰り返した証《あかし》だ。

「可愛くて、癒されますねぇ。今日はいいことあるかも」

有紗の無邪気さがうらやましかった。だけどそれ以上にハート形の桑実胚は愛らしく、とてもとても美しい。つい数分前まで、心にまとわりついていた鬱蒼としたものが吹き飛ぶほどに。目の前にある銀色の地球は、こんな小さなうちから、人を感動させる力を持っている。

「ぼく、がんばっておおきくなるからね」

そう声が聞こえてくる。この子は、きっと生まれてくる。

「きっと、この子、明日には胚盤胞になるよ。凍結して、移植できる」

幸の力強い言葉に、有紗が笑顔で頷いた。

「ですね。そう信じます」

「しかも、男の子じゃないかな」

「えーっ、なんでそんなことわかるんですか」

「なんとなく、だけど」

そう言ったあと、幸は無造作に目元を拭った。拭ってから、目尻に涙が溜《た》まっていることに気づいた。

「幸さんが言うなら、きっと胚盤胞になりますね。よしよし、あと一日頑張るんだよー」

有紗と会話しているところを、少し離れた場所から桐山が無表情で見ていた。きっと呆《あき》れていることだろう。でも、それでもいい。幸は桐山を憚ることなく、もう一度目元を拭った。


「長谷川さん、ちょっとお時間いいですか」

花岡先生に声をかけられたのは、今日の業務があらかた終わって、翌日の準備に取りかかろうとしているときだった。

「あ、はい。今から明日使う分の培養液を分注するので、あと少し待って頂いていいですか」

「もちろんですよ。良ければ見ていてもいいですか」

「え？　何をですか？」

「培養液を分注するところを、です」

「あ、はい。もちろんいいですけど……ただ、とくにおもしろくはないと思いますが……」

背中にのっそりとした気配を感じながら、幸は手元に集中した。今目の前にある培養液は、いわゆる胚（受精卵）を育てる液体で、体外で育つ受精卵にとっては「子宮」の代わりになる。幸がやっているのは、翌日使う予定の培養液を小分けにして保存する作業だ。片手で保存容器のフチを炎に当てて滅菌しながら注ぎ入れ、蓋をしていく。分注した培養液は、すぐには使えない。一晩インキュベーターで寝かせ、温度や酸素、二酸化炭素濃度を子宮内と同じにして、ようやく使用可能となる。

「すごく丁寧なんですね。手つきが。速いのに丁寧で的確で……びっくりしました」

作業後、花岡先生の診察室に行くと、心底感心したように言われた。

「いえ、そんな。あれくらいのことはみんなできます。ところで、何かありましたでしょうか」

わざわざ呼ばれるなんて、もしかしたら何かやらかしてしまっただろうか……内心ドキドキしていると、花岡先生が口を開いた。

「じつは今日、僕が担当した患者さんで、近々、培養士面談を申し込みたいという方がいて」

「はい、そうなんですね」

「野々村しおりさんとおっしゃるんですけど。ご存じでしょうか」

――野々村しおり。幸はその名前を小さく舌で転がし、すぐに「あ」と顔を上げた。

「知っています。以前うちに通ってた患者さんで……その、トラブルがありまして。私もお会いしたことはないのですが、一度お電話でお話ししたことがあって、だいたいの経過は把握しています。そのときは確か、治療を終了しますとおっしゃっていた記憶が……」

「そうなんです。治療をおやめになるつもりが、半年経過していろいろ心境の変化があったみたいで、また再開しようかと思っているそうです。とりあえず今日は、受診だけしにいらしたみたいで」

「そうだったんですね」

あれから——あの電話からもう半年が経つのか。桐山が「全滅しました」と告げ、傷つけてしまった患者さん。幸の脳裏に、耳に、あのときの会話が蘇る。

「長谷川さん、面談を担当されますか？　中島室長が、この面談は長谷川さんに任せたいと言っていて。僕もさっき経緯を聞いたばかりなんですが、僕自身は、長谷川さんが無理に担当することもないかと思うんです。野々村さん自身も、なんだかちょっと不安定な感じがして。もし気が進まないようでしたら僕から室長に伝えますよ」

「あ、いえ。大丈夫です。やります。それに、そろそろ自分の順番ですし。いろいろ気遣って頂きありがとうございます。でも、大丈夫です」

あっさりOKをしたのが意外だったのか、花岡先生はなおも心配そうにこちらを見ている。

「私も、その後、どうされているかと気になっていたんです。当時桐山くんを指導していたのは私なので、私が面談に出ます」

「そうですか。では、どうぞよろしくお願いします」

「はい」

その後、間が空いた。こういうとき、有紗なら和やかに世間話に入れるんだろうな。でも幸は、微妙な間や沈黙をうまく切り替える術《すべ》を知らない。できれば、花岡先生の年齢が知りたい。でも、ここでいきなり「何歳ですか」と聞くのはあまりにも脈絡がなさすぎる。

「あの、じゃあ……これで失礼します」

頭を下げて診察室を後にしようとしたとき、花岡先生の机の上に置いてある白い布のようなものが目についた。四角い台の上に、白くて細長い布が縦に数枚並んでいて、上部が大きなクリップで固定されている。ひらひらとした、小さなのれんのようなもの。

「あの、それはなんですか？」

遠慮がちに尋ねると、花岡先生がパッと笑顔になった。

「これはね、かんぴょうです」

「かんぴょう？　かんぴょうって、あの……海苔《のり》巻きとかで使われるかんぴょうですか？」

「そうそう、それ。ユウガオの実を剥いて乾燥させた、いわゆるかんぴょうです。これでね、縫合の練習をするんです。かんぴょうはね、じつにいいんですよ、人間の皮膚の弾力に似ていて。値段も医療用の練習キットよりだいぶ安いし、使ったあとは食べられるし」

「へぇ、そうなんですか！」

かんぴょうで縫合の練習。あまりにも意外で、幸は大きな声を出してしまった。

「札幌では学生たちの実習も担当してたもので、かんぴょうで縫合の練習をやっていたんです」

「でも、花岡先生はベテランじゃないですか。それなのに、今でも練習をするんですか？」

「します、します。準備運動みたいな感覚ですね。初心を忘れないようにというか、無心になりたいときとか。診察の合間とかにちょこっとやると、リラックスできます」

「いいですね。すごく」

「見ますか？　縫ってるところ」

「いいんですか？　ぜひ見たいです」

花岡先生は、紫色の糸がついた、先の曲がった針をピンセットでひょいと持ち上げると、瞬く間に二枚のかんぴょうを縫合し始めた。すいすいと、まるで歌うようにリズミカルに縫い目が作られていく。上から見ると、二つのずんぐりとした拳がゴツゴツ動いているだけに見えるのに、その下にある白いかんぴょうは、瞬く間に縫い合わされていく。見ているだけで心地よく、いつまでも飽きない。おもしろい。

幸は、感嘆の息を漏らした。

「はぁー、すごいです。速い。しかも縫い目が綺麗です」

「そうですか。ありがとうございます」

うれしそうに笑う花岡先生を見て、幸は今なら聞けるかもしれないと思った。

「あの、そういえば、花岡先生って……」

年齢を聞くだけだし、なるべく、自然に、にこやかに。そう言い聞かせつつ、口を開く。

「あー、それはもしや、かんぴょう君じゃないの？」

そのとき、杏子先生が診察室の裏の通路からひょいと入ってきて、机の上のかんぴょうを指差した。

「お、わかるか？」

「わかりますよ、私もやりましたもん。かんぴょう縫合。懐かしー」

「最近はかんぴょうが主流なのかな。僕の時代は、鶏の胸肉や豆腐でもやったけど」

「やったやったー。私はスポンジでもやりましたよ、百均でスポンジ買ってきて家中スポンジだらけになったりもして」

「ははは。それはおもしろい」

ぽんぽんぽんと診察室中を会話が飛び跳ねる。すごい。

花岡先生は、幸と話すときとは違う、ずいぶんとくだけた様子で杏子先生と会話をしている。二人はまるで昔からの友人のようで、距離にも、言葉にも、まったく垣根がない。

「あぁ、さっちゃん、お疲れちゃん。今日は採卵件数多かったっしょー」

杏子先生は、圧倒されている幸に気づくはずもなく、笑顔で言う。

「あ、はい。私は、今朝は精子調整室の担当でしたけど。多かったみたいですね」

「そっかそっか。花岡先生、さっちゃんはね、ラボのエースなんですよ。何やっても、めっちゃ手際いいの」

「うんうん、僕もさっき拝見したよ。すごかった。ぜひ今度、顕微授精も見学させて下さい」

二人の視線を同時に浴び、幸はとたんにいたたまれなくなる。

「あ、ありがとうございます……」

「長谷川さん。その技術を維持するためにも、目を大切にして下さいね」

花岡先生に言われ、幸は「目ですか」と聞き返した。

「はい。この仕事は目が大事です。僕はもう最近老眼がすごくて。いつまでオペできるか……」

「あー、おっさんはつらいねぇ……でもまだまだ頑張らないと、せんせー」

杏子先生が花岡先生の背中を軽く叩くと、花岡先生は「老眼のつらさ、きみも五十過ぎればわかるさ、ふふふ」とちょっと自虐的に胸を張った。

「え、花岡先生って……五十代なんですか」

動きを止めた幸を見て、「あれ。もしや、もっと上に見えましたか」と、花岡先生は苦笑いをした。

「いえ、あの、逆です。もっとお若いかと……四十代半ばか、後半くらいかと」

「正真正銘、今年の五月には五十三歳ですよ」

「そうなんですね……じゃあ、私とちょうど二十歳違います……」

とっさに計算をして呟くと、

「うわぁ。二十歳も違うとさ、もう親子だねー。そう考えるとさっちゃんは若い」

杏子先生の茶化《ちゃか》すような言葉が届き、幸は息を呑んだ。

「親子……」

親子。そうか。やっぱり、そういうことになるのか。

わかっていたけれど、言葉にして聞くと、ずしんと重く響く。重い。なぜ、重いのか。重いとダメなのか。いったい、何を考えようとしているのか。思考をどこに向かわせようとしているのか。

「あの。私はこれで失礼します。お疲れ様でした」

足早に診察室を出る幸の背中に、「お疲れー」「お疲れ様」と、二人の声が重なって届いた。


帰りの電車でも、家に帰ってからも、ぐるぐると思考が止まらなかった。

花岡先生は今年で五十三歳。幸は、今年で三十三歳。年齢差は、二十歳。幸が生まれたとき、花岡先生は二十歳。つまり、大学生だ。現役で医学部に合格していたとしたら、二年生か三年生だ。

そこで、幸の心臓が、どくん、と大きく音を鳴らした。

医学部の学生。福岡の大学。二年生か三年生。

母は確かに「精子の提供者は当時の医学生」だと言っていた。

ということは……もしかしたら。

可能性は、なくはない。

何を考えようとしているんだろう。悪い癖だ、自分が精子提供で生まれたと知った日から、幸の中で一つ習慣づいてしまったもの。無意識に探ろうとしてしまうもの。

出会う男性ドクター一人一人の年齢から自分の年齢を引き、ほんのわずかでも、極小の砂粒ほどでも、自分の父親である可能性があるのかどうかを計算してしまう。暇さえあれば、いろんな病院のホームページの医師一覧を漁り、経歴を確認する。運良く大学の卒業年数が掲載されていればおおその年齢を計算し、顔写真が載っていればそれを凝視して、自分と重なる面影を探す。

いったい何がしたいのだろう。どうなれば満足なのだろう。幸にもわからない。わからないから苦しいし、やめられない。年齢を知ったところで、その先に踏み込めるはずもないのに。

半透明なままで終わりたくない——といえば、それまでだ。自分の存在を、その命の源がどこにあるのかを確かめたい。そうすればきっと育ての父のことも受け入れられて、もっと優しくなれるから。わかっている。自分は、ここ数年、父に笑顔を向けていない。見せていない。父の笑顔も見ていない。たまの帰省、ぎこちない会話、薄い氷の上を歩くような、気を抜いたら割れてしまいそうな——そんな関係が、単にもうイヤなのかもしれない。家族がイヤなのかもしれない。父だけでなく、母も兄も、長崎という場所も。帰っても、くつろげない。心の置き場が見つからない。あの日から、ずっと。ただふわふわと、行き場なく浮遊しているだけ。

花岡先生が、父親である可能性はあるんだろうか。

なんて――バカみたいだ。当時、福岡の医学部に通う学生はどれだけいたことだろう。九州や全国なら、もっとだ。その人たちすべてに可能性があるのに、たまたま目の前に花岡先生が現れたからって「もしかしたら」と思うなんて。バカげている。失礼にもほどがある。わかっている。でも。でも。

それでも幸は、花岡先生に何かを感じてしまう。

初めて会ったときから、あの廊下で会ったときから。採精室の使用を拒み、妻に威張り散らす横柄な男性を、共に鎮めたときから――。あのとき見た、人懐っこい笑顔に、なぜか猛烈に懐かしさを感じた自分。あれは、なんだったのだろうか。いわゆるデジャブとでも表現すべきだろうか。強いて言えば、何か、一筋の光のようなものが胸に入ってくるのを感じた気がする。今までに、どんな人にも感じたことがなかった光を。あの瞬間、確かに。

決して恋などではなくて。もっと、大きくて、強いもの。

その後、同じ九州出身だと知って、さらにその光は強くなった気がする。

知りたい。先に進みたい。

幸の血液型はA型、母もA型だ。だから、父親の血液型としては、A、B、O、AB型すべての可能性がある。母は「提供者もA型だったはず」と言っていたが、正直血液型はあまりあてにできない。

とにかく、肝心なのは、花岡先生自身が精子提供をしたことがあるかどうか――だ。

まず、そこを確かめなければいけない。でも、多分ないだろう。あの当時、医学部の学生が精子提供をしていたといっても、実際に経験がある人はほとんどいないだろう。

でも、もし二十歳そこそこで、自分の精子を善意で差し出す人がいたとしたら。それは、花岡先生みたいな人なんだろうな……とも思う。

沼に落ちていく。

知りたい、求めたい。純粋にそう思っているだけなのに、なぜか、沼のような、底の見えない暗い世界へ足を踏み入れてしまうような感覚。足元がひやりと冷たくすくむ。

もしかしたら、答えに近づいているのだろうか。でも、やっぱりバカみたいだ。たまたま同じ病院で働くようになったドクターを、父親かもしれないと疑うなんて。

帰省や引っ越しでバタバタして、疲れが溜まり、おかしくなっているのかもしれない。

一度、冷静になろう。

幸は冷静になる方法を知っている。虫メガネを握る。顕微鏡を覗き込む。小さな世界に入る。誰もが日々見過ごしてしまう、知らずに踏んで潰《つぶ》してしまう、小さな世界を覗き込めばいい。そこに生きる声を聞けばいい。

幸は、自作の苔テラリウムを抱きかかえて膝に載せると、虫メガネを使って中を覗き込んだ。

ハリガネゴケの群生が目に入る。街中どこにでもある、平凡な苔。優しい黄緑色をしていて、日の当たり具合によっては、半透明にも見える苔。乾燥するとキュッと葉が縮こまって小さくなり、水分を含むとふわっと広がる。だからか、雨上がりに見るのがいちばん美しい。

幸は、霧吹きで、乾いて縮んだ葉に水をかけた。水滴が丸い水晶玉のようにあちこちに垂れ下がり、瞬く間に世界が変わる。幸は、静かに耳を澄ます。

よいしょ、よいしょ。苔たちは、そう言いながら葉を広げ、たっぷり水を飲んで、懸命に大きくなろうとしている。その様子を、そっと覗き見る。ハリガネゴケは、もこっとした丸いクッションみたいに群生することもある。それを、ごそっと採って膝の上に抱き、顔をうずめたらどんな感じだろう。そんなことを考えているうちに、呼吸が整ってくる。よし、大丈夫だ。大丈夫。

幸はゆっくりと立ち上がり、コーヒーを淹れる。

新しい、引っ越したばかりの部屋が、コーヒーの香りで満たされていく。

もう少しよく考えよう。先走るのはよくない。花岡先生に迷惑をかけるのもよくない。病院は職場で、自分のルーツを探る場所ではない。あの場所では、胚培養士としての務めを果たさなくちゃいけない。プライベートは持ち込めない。

あそこにいるのは、あくまで、胚培養士としての長谷川幸なのだから。


だけど、翌週、揺れる心に追い打ちをかける事態が起こった。

それは、有紗の何気ない一言だった。

「あれぇ。花岡先生と幸さんの手ってすごい似てません？　なんというか、形が。ていうか、親指の爪、激似ですよ！」

幸は、花岡先生と思わず顔を見合わせた。その日、花岡先生は幸が顕微授精をするところを見に来ていたのだ。幸と有紗がバディとなって顕微授精をし、それが一通り終わって、受精させた卵たちをインキュベーターに移し、ようやくホッと一息ついたところだった。

有紗に言われ、幸と花岡先生は、どちらからともなく手を広げ、互いの指を見比べた。

「ほう。確かに、親指の爪が似ていますね」

先に声を発したのは、花岡先生だった。幸も、本当に、と思った。

幸の指の爪は、いわゆる女爪と呼ばれるものだ。だけどどうしたことか、親指の爪だけは、男爪に近く、平べったくて、表面がガサガサしている。根元には白い筋が何本も入ってひび割れているように見え、お世辞にも綺麗とは言い難い。他の四本の指はそんなことないのに、昔から親指だけが違うのだ。よくよく見ると、花岡先生の親指も、幸とまったく同じ形をしている。ただサイズが違うだけで、見た目はほとんど一緒だ。

「似てますね……」

言いながら、めまいがしてきた。またどくどくと体の内側から音がし始める。

「ねー、珍しいですねー。でも私は全部が男爪なのでうらやましいですー」

屈託のない声で有紗が笑う。

「それに、二人とも、下の名前に幸っていう漢字が入ってますよね。幸太郎と幸ってなんかいい感じ。って、これは関係ないか。でも、なんとなく目元とか、雰囲気も似てますよー」

「そういえば、そうですね。偶然にも名前の漢字が一緒ですね」

また花岡先生が同調した。幸は、有紗の観察力にほとほと感心してしまう。仕事にはムラがあり、なんでも任せられるわけではないけれど、有紗はとにかくどんなことにも「よく気づく」子だ。幸とて、花岡先生の手を見るのは初めてではないのに、爪の形まではまったく視界に入っていなかった。でも、これは、よくある話だ。「幸」という漢字は、名前に使われることも多い。なにも、自分と花岡先生だけに共通することではない。爪の形だって、きっと。

だけど、幸は覚悟を決めた。気分を害するかもしれないけれど、やっぱり知りたい、と思った。それには、直接、本人に聞くしかない。

「花岡先生、過去に精子提供をしたことがありますか？」

「いえ。ないですね」

そう。こんなふうに、早ければ五秒程度で終わる会話だ。

でも、その五秒が重くて怖い。どうしよう。どうやって聞き出そう。職場では聞けない。となると、誘うしかない……例えば、お茶や、食事に。

そんな芸当が自分にできるだろうか。その段階で断られたらどうしよう。

幸は、ほとほと自分が情けなくなる。昔から人を誘うことがほとんどなく、いつも受け身で生きてきたせいか、人の誘い方がわからない。どうすれば、感じよく人を誘えるのか。しかも、目上の人を。

有紗にも以前言われた。「幸さんに誘われたい」と。その後、実際に幸は何度かトライしようとしたことがある。でも、相手の気分や都合がわからないまま、突然声をかけるのは憚られた。何より、声をかけるタイミングも難しい。意気地なしと言われればそれまでだけれど、「やっぱり自分に人付き合いは向いていないんだな」と、勝手に結論を出して落ち込んでしまっていたのだ。

誘い慣れている人からすれば、さぞかし、うじうじした面倒くさい人間に見えることだろう。

でも。今回だけはやらねばならない。花岡先生と二人で話せる時間を作る。近いうちに。

そして、聞く。

幸は、震える足を両手でぐっと押さえつけ「落ち着け」と何度も自分に言い聞かせた。

第三章　半透明

その後、花岡先生と話す間もなく、例の患者、野々村しおりとの面談の日がやってきた。

「初めまして。長谷川といいます。よろしくお願いいいたします」

応接ルームに入り、幸が頭を下げると、野々村しおりは座ったままゆっくりと顔を上げた。

「あ、野々村です……。よろしくお願いします」

細く、華奢《きゃしゃ》な人だ。電話の声を聞く限りでは、泣きながらもしっかりと意見を言える女性のように思えたけれど、こうして目の前にすると、ずいぶん儚《はかな》げに見える。どこか魂が抜けているような。

室内に漂う独特の空気に、幸は一瞬たじろいだ。

「あの……。半年前、お電話させて頂いたのは私です。その節は、本当に失礼いたしました」

再び頭を下げると、野々村しおりは記憶を手繰り寄せるようにして一瞬黙り込み、そして、

「いえ、こちらこそ。失礼しました」

と深く頭を下げた。頭頂部の生え際に白髪が見え、幸は目の前の患者が四十二歳になったということを思い出す。三十代半ばから通院をはじめ、四十二歳の今に至っても、出産はおろか、妊娠にも辿

りつけていない女性。多くはないが、たまにこういうケースもある。全力は尽くしてきたはずなのに、心底申し訳なく、不妊治療の限界を突き付けられたようで虚しくなる。

「これまで当クリニックを卒業に至っていないとのこと、お力になれず申し訳ございません。今日はお聞きになりたいことがあれば、遠慮なくなんでも聞いて下さい」

「あぁ、いえ……治療歴は長いのですが、途中二年近く別のクリニックに行っていたこともあって、また戻ってきたりして……。フラフラしてたんです。でも、昨年、本当に治療をやめようと思って。こんな不毛な闘い、体力と気力を消耗するだけですから。それに、まわりから散々言われて。治療をやめたとたん子供ができることがあるから、治療をやめたらって。不妊治療自体が、ストレスの根源で、悪だって……。でも結局、治療をやめても子供はできなかったんです。確かに通院ストレスは減りました。でも、それだけです。治療をやめて子供ができるなんて、稀ですよね」

「そうですね。データを取っているわけではありませんが、体外・顕微授精をした結果妊娠をした人と、治療をやめて自然妊娠をした人を比べたら、やはり前者が多いと思います」

「やっぱりそうですよね。でも、まわりの声が、本当につらくて」

「そうですか……。ご主人は、なんとおっしゃってるんですか」

「好きにしていいと言っています。続けるなら協力すると。実際に病院に通うのは私なんだから、私の決めたことが夫婦の答えだって……。お金は気にしなくていい、とも……」

「優しい方なんですね」

「……はい。優しいけど、無責任です」

「無責任……」

野々村しおりは小さく頷くと、虚《うつ》ろな表情を見せた。

「任されるって苦しいんです。実際、家計を管理しているのは私ですから、夫はお金のことはよくわかってないですし。それに、長年治療していて、夫が病院に来たのは三回だけです」

「三回ですか」

「はい。一度目は、最初の男性不妊の検査。二度目は、初の採卵のとき。三度目は、初の移植のとき。それだけです。精液は、毎回自宅採取で、私が病院まで持ってきています。だからか、どうしても一人で頑張っている気になります。いつも」

「本当に不妊治療は、女性側の負担が大きすぎるのがつらいところです。でも、野々村さんの場合は、まだご主人に理解があって何よりです。子供をほしがる割に、治療に非協力的な男性もいますから」

「それは、そうなんでしょうけどね……」

それから野々村しおりは、自分のこれまでの受精卵がなぜ着床に至らなかったかの見解を求め、過去に行った「着床の窓」検査や子宮の細菌環境を調べる特殊検査のこと、培養液の種類やメーカーによって効果に違いがあるのかなど、治療歴が長い患者なら知り得ているようなことを質問し、幸の答えを一つ一つメモに取った。時折涙ぐみつつも、しっかりせねばと自分を奮い立たせているようにも感じられ、そのアンバランスさにはどこか暗い陰りが見えた。

それもそうだろう。野々村夫妻の場合はいわゆる「原因不明不妊」というものにあたる。不妊治療では、不妊の原因を「これだ！」と特定できるほうが珍しく、多くのカップルが原因不明不妊とされる。野々村夫妻も、これまでの検査ではとくに異常は見つからず、強いて言えば、毎回精子の運動率や濃度が低いくらいだ。ただそれも、絶望的というわけではない。野々村しおり本人も、不育症でもなければ、各種ホルモン値や甲状腺に問題があるわけでもない。

夫婦は、不妊であることを除けば至って健康体だ。

一応、精子と卵子が正常に受精できない受精障害や、卵子をうまく卵管に取り込めないピックアップ障害があると仮定して、体外受精や顕微授精を繰り返してきた。でも、一向に妊娠しない。それならばと、一度ステップダウンして、人工授精やタイミング法に戻ったこともある。が、結果は同じだった。原因がわからないことほど、もどかしいことはない。その事実は、患者を闇に追い込んでいく。

あっという間に予定していた一時間が経過し、幸がやんわりとそのことを伝えると、

「あの、では、最後にこれを見て下さい」

野々村しおりは横に置いてあるバッグからクリアファイルを取り出し、幸の目の前に置いた。

「これは……」

受精卵だった。野々村しおりの受精卵の写真。これまでの治療でできた卵一つ一つの写真。中には成長を止めたものもあれば、胚盤胞《はいばんほう》まで育ったものもある。クリニックでは、その写真を毎回プリントアウトして渡している。野々村しおりは、それを日付順に並べ、クリップで留めていた。

受精卵の写真の下には、各卵のグレードが印字してある。あるものは「発育停止」、あるものは「胚盤胞4AB」。

だけど、野々村しおりが取り出した紙に書かれていたのは、それだけではなかった。

「この初期胚の子は、萌絵《もえ》。この子は頼人《らいと》。こっちは、茉莉《まり》で、この子は律《りつ》。このちょっぴり不恰好で愛らしいのがつぐみで、こっちの胚盤胞は、秀都《しゅうと》といいます。秀都はちゃんと五日目に胚盤胞まで育ったから、きっと頭のいい優秀な子だなって。グレードも5AAだったんですよ」

あろうことか、野々村しおりは、一つ一つの受精卵の写真の下に、自分で考えた名前を書き込んでいた。幸は絶句した。でも、野々村しおりは、構うことなく続けた。

「みんな、私の子供です。そうですすよね？」

「………」

幸は、グッと足の裏を床につけ、野々村しおりの顔を真っすぐに見据えた。

「そうです。受精卵は、発育停止したものも含めて、野々村さんとご主人の小さな小さな分身です」

「そうですよね。よかった……」

一瞬にして、野々村しおりの表情が緩み、そして崩れていく。

「夫も、母も、私のことをおかしいって言うんです。受精卵に名前をつけるなんておかしいって。名付け本まで買って、付箋をつけて、真剣に名前を考える私のことをおかしいって。でもね、この子たちは、みんな我が子じゃないですか。なのに、親として何もできなかったんです。だから、名前くらい付けてあげてもいいじゃないですか。私、間違ってますか。おかしい……ですか？」

「おかしくないです。全然、おかしくないです」

「ですよね」

野々村しおりはふーふーと荒い息を吐くと、マスクをずり下げ、紙コップに入ったお茶を一気に飲み干した。目はうるみ、頬は紅潮し、肩で息をし、それを抑えつけるように頬をぱちぱちと叩くと、また口を開いた。

「けどね、全部ダメだったんです」

「……何がダメだったんですか」

「名前。子供が生まれたら、付けたかった名前。全部、他の人に横取りされちゃう。私が結婚したときは、まだ彼氏すらいなかった友だちが、もう二人目とか、三人目とか、産んでるんです。みんな、どんどん子供を産むんです。私以外のみんなは、どんどん。私が大切に温めておいた名前や漢字が、その度に使われてしまう。わざとかよって思うほど、どんどん、使われてしまう。世の中には、できる婚する人も、望まない妊娠をする人もいるのに、なんで、私は……ふふふ。なんかもう、笑えてきます。ふふ。ふふふふ……ふふふふふ」

幸は、花岡先生が野々村しおりのことを、「不安定な感じがする」と言っていたのを思い出した。おそらく、彼女はギリギリのところまで追い詰められている。治療を中断して、心身共にリラックスできる場合もあるかもしれない。でも、そうならない人もいる。野々村しおりにとって、この半年間は、ただただ諦めがつかず、つらいだけの日々だったのかもしれない。どうしたら、彼女は救われるのだろう。自分は今、何を言うべきなのだろう。幸は、名前の書かれた受精卵の写真に目を落とし、しばし考えた。

「あれ」

「培養士さん？　どうしたんですか」

「いえ……この子。この子には名前が付いていませんね」

一つだけ、受精卵の写真の下に、名前がないものがあった。

「あ、この子……この子には、いい名前がまだ思い浮かばなくて。いちばん末っ子なんですけど」

「そうですか。なんとなくですが、この子は女の子な気がします」

胚培養士だからといって、見た目で性別がわかることは絶対にない。でも幸は、なんとなくそう感じた。理由は説明できないけれど、いつも感じる。そして、聞こえるのだ。

「えっ。培養士さんもそう思いますか？　じつは私も、女の子じゃないかと思ってたんです。じゃあ、今、名前考えます。えっと、この子は二月の寒い日に採卵してできた子なので、冬っぽい名前がいいんですよね」

「冬っぽい……となると、雪とか、そのまま冬という漢字を使うとかでしょうか。あとは、白とか」

「そうですよね。あ、雪音《ゆきね》ちゃんとか、可愛くないですか。あ、ダメだ。夫の知り合いの子供が……確か雪音ちゃんでした。それならええと、深冬《みふゆ》ちゃんとか。深い冬で、深冬」

「あ、いいですね。情緒があって、奥ゆかしくて」

「……そうですよね。じゃあ、この子は深冬です。野々村深冬」

うれしそうにはにかむと、野々村しおりは、ボールペンを握り、受精卵の写真の下に「深冬」と書き始めた。書きながら、手が震えていることに気づいたのだろう。左手で、右手をぎゅっと押さえつけるようにして書き終え、そして、そのまま涙をこぼした。

「ありがとうございます……ごめんなさい。でもこうするしかないんです。ありがとうございます、本当に、すみません、ごめんなさい……どうか、どうか」

　野々村しおりの手が突然伸びてきて、幸の手の甲を包んだ。一瞬戸惑ったけれど、振り払うことはできなかった。代わりに、腰を浮かしてもう片方の手を伸ばし、野々村しおりの肩をゆっくりとさする。見た目以上に細く、骨ばった肩。そのひんやりとした感触が、そのまま彼女の心の温度じゃないかと思うほど、冷たく伝う。

「この子たちの命や名前が、いつか報われるよう、私も最善の努力をします。それしか言えなくてごめんなさい。つらい思いをさせてごめんなさい」

ほとんど自分に言い聞かせるように、幸はごめんなさいを繰り返した。同時に、この、ゴールのない孤独な闘いを、どうにか終わらせなければいけないと強く思った。

でも、いったい、どうすれば。

そもそも、自分にどれほどの力があるというのだろう。結局、自分はただの人間だ。

だから。だからこそ。

今、神様が見ているのなら、どうか聞き届けてほしい。神でも救い主でもない、ちっぽけで無力な自分に、ちょっとだけでいいから、奇跡の力を分けてほしい。この世界に、確かに存在している銀色の地球たちが産声を上げられるよう、どうか助けてほしい。見捨てないで。絶対に、見捨てないで。ここに、頑張っている人がいる。もがいている人がいる。望んでいる人がいる。そして、半透明の自分もいる。見捨てないで。


面談後、幸はくたくただった。重力が何倍にもなったように、足が重い。知らないうちに体に力が入っていたのかもしれない。あちこちに、筋肉痛のような痛みすら感じる。結局今日は、残業になってしまった。なんせ、あの後もズルズルと話が続き、面談は三時間にも及んだのだ。野々村しおりは、面談費用を三万円払った。幸にはわからない。自分との面談に三万円の価値があったかどうかが。でも、それでもうまく終わらせられず、最後はぶつ切りのような形になってしまった。

「長谷川さん。次の予約の患者さんがお待ちです。すぐ来て下さい」

と、状況を察した有紗が助け舟を出してくれなければ、野々村しおりはあの後も延々と話し、泣き、嘆き続けていただろう。幸自身、患者の深い悲しみを目の当たりにしたのは初めてだった。あの細く小さな体には、これまでの治療で積み重なってきた悲しみが隙間なく詰まっていて、ちょっとしたきっかけで、崩れてしまいそうで。だから、最後まで聞いてあげたかった。途中からは、もう「いっそ気の済むまで」と腹をくくってしまったのだ。

だけど、翌朝のミーティングでは、幸の面談が問題になった。時間を大幅に超えてしまったことで、本来担当するはずだった業務に戻れなくなり、同僚たちにそのしわ寄せがいってしまったのだ。幸は昨日の面談内容をおおまかに報告し、「みんなに迷惑をかけて申し訳ありませんでした」と謝罪した。

その「しわ寄せ」を受けた桐山翼が「これだから面談はイヤなんです。だいたい、予約時間を超えてダラダラ居座られても困る。うちには不妊カウンセラーもいるんだから、そういうのはそっちに任せて、培養士の面談は即刻廃止するべきだ」と怒り、「自分は絶対にやりたくない」と言い出した。

「昨日の面談は、うまく切り上げられなかった私の責任です。今後は気を付けます。でも、私は、胚培養士面談は今後も続けるべきだと思います」

きっぱり告げると、桐山翼の鋭い視線が幸を射貫いた。

「長谷川さんは、万事甘いんです。胚培養士の仕事はそこじゃないでしょう」

「でも、私たちの話を直接聞きたい患者さんもいると思う。面談はそう多く申し込みが入るわけでもないし、今ここで目くじらを立てることではないと思います」

「別に、目くじらなんか立ててませんよ」

ああ。この感じ、久しぶりだ。こうなると、桐山には何を言っても無駄だ。幸は心でため息をついた。

「……深海なんですって」

気まずい沈黙を変えたのは、有紗の声だった。

「私たちは、深海魚みたいなものなんですって」

「は？」

桐山が苛立ったように有紗を見やる。

「私、以前、子宮がんの患者さんの面談を担当したんです。子宮頸《けい》がんが判明して、これから抗がん剤を始める三十歳の患者さん。治療の前に受精卵を凍結したいっておっしゃって、それで面談の申し込みがあったんです。待合室に溢れる患者さんのことを見て『心底、うらやましい』って、涙ぐまれて。だって、がんの治療が終わるまでは、いくら受精卵を凍結したとしても、移植できないから。今すぐ妊娠に向かって走れる健康な人たちがうらやましいって。それ聞いて、あぁ、そうだなぁって」

「それがなんで深海魚なんですか？」

「まぁまぁ、きりっち。続きを聞いてよ」

尚も苛立ちを隠せない桐山に向かって、有紗は優しく諭すように手を振った。

「その患者さんが言ったんです。自分は今、見たこともない大海原の前にいるみたいだって。その先に何があるかわからなくて、混乱してるって。がんが判明しなければ、不妊治療の世界を知ることもなかったし、胚培養士っていう存在も、どんな仕事をする人たちなのかも、知ることはなかったかもって。『私にとって、不妊治療は深海。胚培養士さんは、深海魚みたいな存在です』って泣き笑いしながら言われて……私、思ったんです。私たちの仕事は、やっぱり世間的には全然知られていない。ヒトの受精卵を育てるという重要な役目を担っているのに、いまだに国家資格にもならないし、どんな仕事なのかも正しく理解してもらえていない。めったに姿を見せない深海魚みたいだって言われて、なるほどなぁと。だからこそ、面談を通して、知ってもらえたらいいですよね。機械じゃなくて、ちゃんと命のある人間が受精卵を見守ってることを。いつか、深海じゃなくて、日の当たる海面に出られたらいいのに……って、長くなっちゃいましたけど、私も面談は続けるべきだと思います。それに、幸さんはいつも、みんなを手伝ったり、フォローしてくれるじゃないですか。たまには逆の日があってもいい。だから、昨日のことは問題にしなくてもいいと思います」

「あ、ありがとう……」

幸が有紗の言葉を一つ一つ嚙《か》みしめていると、桐山がフンと、鼻を鳴らした。

「岸さん、おかしいですよ。だいたい、深海魚は海面に出たら形が崩れます。それか内臓が破裂します。結局、水深二百メートルより深い海でしか生きられないんです。それを海面に出たいなんて」

とんちんかんな受け答えに、幸は「ぷっ」とふきだした。立場的に笑うところではないかもしれないけれど、大真面目な顔をして深海魚のウンチクを述べる桐山が、あまりにも的外れでおもしろかったのだ。が、桐山は神経質そうな顔を崩さぬまま、ぴくっと眉毛を震わせた。

「長谷川さん、何がおかしいんです？　僕は別におもしろいことなんか言ってませんよ」

「わかってる。けど、ちょっと……」

だめだ。幸は桐山から見えないように顔を背け、必死に笑いをこらえた。が、室長や有紗は笑いを隠すこともなく、楽しそうに顔を見合わせた。

「なんか、おもしろいな。このやり取り」

「うん。きりっち、おもろいー。今日は冴《さ》えてる」

「ていうか、深海魚って、水深二百メートルより深いところに棲《す》む魚のことなの？　桐山くん、物知りだね」

「メンダコも深海生物でしょ？　あれ、かわいいよね」

突如ざわざわ、がやがやと和んだ場に、桐山の甲高い声が響いた。

「なんなんですか、みんな。論点がすり替わってますよ。いいですか、僕は絶対面談には反対です」

ぴしゃりと言うと、桐山は勝手に輪から抜け、隣の精子調整室に消えた。後姿をちらっと見ると、耳が真っ赤に染まっていた。それが怒りから来るものなのか、恥ずかしさから来るものなのか、幸には判断できなかった。できなかったけれど、気分は不思議と悪くなかった。

翌週、しばらく音信不通になっていた網子から連絡があり、幸はすぐに家を訪ねた。訪ねて、ダイニングの椅子に座るや否や、幸は聞いた。気軽に人を誘う方法を教えてくれと。

「へぇぇ、人の誘い方？」

網子は、素《す》っ頓狂《とんきよう》な声を上げ、「誰を誘うの？」と聞いた。

「誰って……ちょっと、職場の人を」

「男？　女？」

「男性。じつは、男性のドクターにちょっと話したいことができて……」

「男性ドクター？　もしかして、ラブが芽生えたの？」

「いやいや、そうじゃなくて……ちょっと込み入ったことを聞きたくて、職場じゃまずいかなと」

慌てて否定する幸を見て、網子はうれしそうに「あやしいっ」と叫んだ。それから「ちょっとアルコール入れようよー」と、食器棚からグラスを二つ取り出し、見慣れないお酒の瓶を持ってきた。

「これ、実家からの荷物に入ってたの。スパークリングの焼酎だって」

「へぇ。ラベルがピンクでかわいいね」

「ここの焼酎、父が昔から好きでさ、母がわざわざ酒蔵まで買いにいくんだよね」

「てことは、お母さん、魚以外のものも送ってくれたんだね」

「今回はたまたまだと思う。もうさ、母は、他にやることないとよ。いまだに私が東京に逃げたことを父にくどくど言われ、その鬱憤を発散するためにこうやって毎週荷物送ってるんだよ。友だちもいなさそうだし、父にも、何も言えないの。正月に帰省したときも、百合子、帰ってきて、帰ってきてって涙目で訴えるだけ。けどさ、あの家は、私が帰ったからどうなるもんでもない。もう無理」

網子に対する、実家からの「魚攻撃」はまだ続いているらしい。お正月に帰省してからも、まだ、ずっと。網子が「せめて月一回にして」とお願いしても、週に一度は届くという。干物、いりこ、あごだし、魚粉、ワカメ、ひじき……ひっきりなしに届く荷物を前に途方に暮れていたところ、家からそう遠くない場所に、偶然、こども食堂を見つけたのだという。

「こども食堂って存在は知っとったけど、これまで縁がなくて。もしかしたら、出汁系や乾物とかなら受け取ってもらえるかなと思って、聞いてみたんよね」

おそるおそる中にいる人に申し出たところ、喜ばれ、さらには子供を連れて食べにこいと誘ってくれた。後日、実際にルイとルカを連れていくと、想像していたより何倍もおいしく、彩り豊かな定食が出てきて感激したらしい。高校生までの子供は無料、大人は二百五十円。スクールカウンセラーに連れてこられた子供たちや、シングルマザーやファザーの家族も利用していて、食後には勉強や遊びもできる仕組みなのだという。

「開いてるのは、水曜と土曜だけなんだけどね。私、水曜は仕事が休みやし、人手も足りないからなるべく手伝いに行ってて。ついでにルイとルカもそこでご飯食べて遊んで。小学生が遊んでくれたり、ボランティアの大学生が絵本読みに来てくれたりもして。なんというか、賑やかで、結構居心地よくてさ。これならいくら実家から魚が届いてもなんとかなるしね。そんなわけでバタバタしとって、幸の引っ越しも手伝えないどころか、メールの返信もなかなかできなくて、ほんとごめん」

幸は、はぁと感嘆の息を漏らした。本当に、すごい。

「すごいね、網子。ただでさえ忙しい毎日やとに、そんな活動まで始めて。本当にすごい」

「いや、そんな褒められたものじゃなかよ。ほら、東京でシンママやってると心細いことも多くてさ。いざというときに、地域に知り合いが多いほうがいいかなっていう打算もあって」

「そっかぁ……それでもすごかよ。こども食堂かぁ」

「うん。結構地域と連携しとるとよ。なんか物事ってさ、掘っていけば深いし、いろいろ繋がっていくよね。子供持つまでは、こんな世界があるって知らんかったけど……」

「子供を持つって、やっぱりいい？　幸せ？」

その場で湧いた疑問をぶつけると、網子はうーんと考える仕草をし、ルイとルカがゲームに夢中でこちらの会話を聞いていないことを確認してから、

「どうとも言えん」

とぼそっと答えた。

「そうなの？」

「変な話だけど。子供を産んでから、子供のいない人生も大いにありだなって思った。もちろん我が子は可愛いし、産んでよかったよ。だけど、それとは別で、子供を持たない人生もいいって思う」

「えっ。それはどうして？」

「だってさぁ」

網子はスパークリング焼酎を一気に飲み干し、グラスを勢いよくテーブルに置いた。

「すっごく大変やから。人間一人、無事に社会に巣立つまで育てるのがめっちゃ難しいから。そこに意識が行き過ぎて、すべて吸い取られそうになって、時々自分が消えそうになるから。変よね、最初の結婚のときはとにかくまわりに子供子供って言われて、子供さえ産めば幸せになれるって思っとったけど。結局、その日その日が幸せかどうかなんて、その人次第じゃなかと？　子供がおるとか、結婚してるとか、関係なかよ。子供を持たず、自分だけの人生を生きるのもいいと思う」

「そうなのかぁ……でもうちのクリニックには、子供を望む人が溢れてて。どうにかならんとかなぁって毎日思う。本当に妊娠って難しくて。受精卵が移植できる状態に育っても、そこから先が難関で。ルイとルカ見てると、どんだけの奇跡くぐり抜けてきたとーって。ほんと、奇跡だよ、妊娠と出産って。でも、私には、そんな奇跡を起こす力はないんよね。何もできん。ほんと、それがつらい」

酔っ払った。口当たりが優しく、まろやかで、炭酸もきつくなくて。白くて細かくて、ぷちぷち弾《はじ》ける泡粒が、だんだんと銀色の地球に見えてくる。上へ、上へと真っすぐにのぼる泡。つい、グラスの中に指を入れ、その銀色の泡に触れたくなる。つかまえて、指でそっとつまんで、そして。自由自在に、望む人のところへ。

「この世界はアンバランスよね。ほんと。アンバランスで、理不尽なことだらけでさー」

「幸、今日、酔うの早くない？　これ、あんまりアルコール度数高くないんやけど。ねぇ、それでなんやったっけ？　誰か誘うんやろ？　その話してよ」

「うん。ねー、それよりもさ、ヒトの受精卵ってどれくらいの大きさか知っとるー？」

「え、知らんよ、そんなん。てか、幸、顔赤い。水。まずは、水飲みな」

普段は顕微鏡を通して見るけれど、ヒトの受精卵は肉眼でもかろうじて見ることができる。人間の持つ細胞の中で、いちばん大きなもの。それが卵子であり、受精卵だ。

「それならオレさぁ、光の粒やったときのこと、覚えてるぞ」

すでにとろんとしかけている幸の耳に、網子の長男、ルイの声が響いた。右手に仮面ライダー、左手にウルトラマンのゴム人形を持ち、その二つをふわふわ揺らしながら幸の瞳を覗き込む。

「……光の粒？」

「おう。オレさ、昔、光の小さなつぶつぶでさ、ふわーっと宇宙を泳いでた。あれ、すっごく気持ちいーんだよ。でも生まれるって決めてさ、神様にお願いして、下におろしてもらった」

「そうなんだ。でも、おろしてもらうって、どこに？」

「どこって、地球しかないっしょ。雲の上。そこからは超絶速い、高速滑り台なわけ。あれはマジ、すごいんだよ。ばんばん飛び跳ねて、背中やおしり、六回くらいぶつけたし。いや、八回かな。てか、幸ってさー、大人なのに、そんなことも知らんの？　バカやなぁ」

大人びた口調で言うと、五歳のルイはけけけ、と子供らしく笑った。こら、バカとか人に言わない！　明日休みだからっていつまでもゲームしてんじゃないよ！　網子の声が響き、幸はふふっと笑ってしまう。

「ルイもルカも、最近なぜか生まれる前の話をし出してさぁ。ルイはもう五歳だし、作り話だとは思うとけど。でも実際、ルイの背中とおしりって、生まれつき青アザがすごくて。本人は地球に生まれるときに、滑り台でぶつけてできたって言うの。いわゆる胎内記憶ってやつなのかな。おもしろかよね」

「うん、なんかいい。しかも、宇宙に漂う光の粒かぁ……いいね」

目の前に差し出された水をごくごく飲みながら、幸は想像してみる。自分が光の粒で、宇宙をふわふわ漂っているところを。その感覚を。地球に降り立つときに滑るという、滑り台の感触を。その滑り台に、おしりをぶつけるときの衝撃や痛みを。

ルイはまだ「神様ってさ、毎日穴の開いたジーンズ穿《は》いてんの。髪はけっこうぼさぼさ。だってめちゃ忙しいからね。ねー、幸、知ってる?」などと延々と話し続けている。綱子は相手にしなくていいよと言うけれど、幸は、ルイの話を聞くのが楽しくなってきてしまった。

あのさ、神様って白い布を体に巻いてるわけじゃないと? そんなん絵本の世界だけの話やし。フツーに体操服みたいなのも着てっし。でも羽はあるし。そーなんだ、神様ってけっこう普通なんだね。普通っていうかおっさんやし。そうなんだ、おっさんなんだ……。ねえルイ、背中見せてよ。どこを滑り台にぶつけたの? は、やだし。幸、酒くさいし。くさくないよ、水飲んだし。あ、そろそろ帰らなくちゃ。明日も仕事なんだ。えー今来たばっかりじゃんかよ。ケチ、幸は、ケチ大魔神ヤロー!

やがて話はあちこち飛んで、原形を留《とど》めなくなる。合間合間に綱子の怒った声が入り、最終的にはルイとルカがケンカをする声を聞きながら、幸は、帰り支度を始めた。「幸、これ忘れ物!」と、紙袋に入った干物を渡され、玄関で見送られた。綱子が「近いし、またすぐにね」と笑顔で言う。

幸は、左手にずっしりとした重みを感じながら、夜の街を歩いた。

家に帰り、シャワーを浴び、少しだけ窓を開けた。隙間から、ひんやりした冬の空気が遠慮なく入り込む。網子の家の最寄り駅でもある西荻窪に引っ越して以来、窓を開けるのが楽しみになった。同じ都内なのに、風の匂いが違う。夜の空もほどよく暗くて、網子が「夜はちゃんと眠る街だ」と言っていたのがよくわかる。東京は、街ごとに色も音も匂いも、ときには時代すら変わって見える。電車通勤になったのは大変だけれど、それを差し引いても「引っ越してよかった」と心から思う。

幸は、出っ張った窓枠に腰をかけ、空を見上げた。冷たく乾いた空のはるか遠くに、遠慮がちに光る星が見える。輪郭が薄く、ぼんやりとした星たち。あの中のどれかに、ルイが言う「光の粒」があるのだろうか。それとも星は、みんな光の粒で、命のかけらなんだろうか。

幸は乾いた布で、苔テラリウムの入った丸いガラスや顕微鏡を拭いた。好きなものだけを置いた空間は静かな安心感に満たされ、不満はどこにもない。ないけれど、時折、ふと穴に落ちる。

――このままずっと一人なんだろうか。

網子の家の賑やかさに触れたあとだからか、その落差が大きく姿を現し、幸の心を揺らす。おそらく結婚も出産もしない人生になるだろうし、実際にそのほうがいいと思う。もともと一人が好きで、いちばん落ち着く。だから、これからもそうあるつもりだ。だけど、寂しい。この矛盾した気持ちをどうやりくりしたものか、時折迷っては思考の穴に落とされる。

そして、兄は今。兄は今、何を思っているんだろうか。実家の六畳の自室で、そこだけが世界のすべてで。たまには窓を開けて空を見上げたり、深呼吸をしたり、何かを思っていたりするのだろうか。

そもそも兄は、どういう人なんだろう。自分はちゃんと知っているのだろうか。

二月も明日で終わり、もうすぐ春の季節が始まる。明日は早番で七時半出勤だ。アラームをセットするためスマホを取り出すと、実家から二回着信履歴が残っていた。まったく気づかなかった。

『電話出れなくてごめんね。急ぎだった？　そうでなければ、今日は遅いからまたかけます』

母にメールをしてベッドに入った。それに対して、返信はなかった。が、翌々日に突然荷物が届いた。

『野菜とカステラを送ります。ちゃんと食べて、体を労《いた》わって下さい。それから、進のこと、プロにお願いしようと思っています。母より』

箱の中にそう書かれたメモが一枚入っていた。

プロって？

幸は首をかしげつつ、バタバタと旅行カバンに荷物を詰めた。明日から急遽、札幌に行くことになってしまったのだ。


。　。　。


雪。ものすごい雪だ。

どこもかしこも、かちかちに、硬い雪。まるで壁のように、ガードレールに沿って高く積み上げられている。冬の間は、除雪車が夜中のうちに横断歩道や車道に積もった雪を除雪し、このようにブロック塀のようになるのだという。おまけに地面にも硬くなった雪が灰色になって広がり、気を抜くとすぐ滑りそうになる。幸は足元に全神経を集中させ、前重心でちょこちょこと歩幅を狭くして歩いた。

「柔らかい新雪が積もっても、たくさんの人や車が踏めば、すぐカチカチになりますからね」

「にしても、さっちゃん、ビビりすぎじゃない。もはやペンギンのペンちゃんだよ。もっと力抜いて歩かないと、明日筋肉痛になるよ」

余裕たっぷりに歩く花岡先生と杏子先生のうしろを、幸は必死に追いかける。

つい数か月前まで札幌に住んでいた花岡先生と、北海道出身の杏子先生は、雪道に慣れっこだ。同じ人間とは思えぬほど、すいすいと悪路の中を進んでいく。

「ごめんね、さっちゃん。やっぱタクシー乗ればよかったねぇ」

「いえ。こちらこそ本当にすみません」

会場のホテルが札幌駅から徒歩十分と聞いて、二人に「歩きましょうか」と言ったのは、他ならぬ自分だ。杏子先生は「地下道を通る手もあるよ」と言ってくれたのに、「札幌の街を見たいから」と外を歩くことを希望したのだ。でも、甘かった。まさか雪道がこんなに歩きづらいなんて。

「腰でも打ったら大変ですから。無理せずにゆっくりでいいですよ」

「はい。ありがとうございます」

初めての北海道。初めての雪国。東京に住んでいても、北海道はどこか遠い外国のような存在だった。それが飛行機でわずか一時間ちょっと。あっけないほど近かった。

今日から札幌で、第一回日本新ＡＲＴ学会が開かれる。ＡＲＴとは、体外受精・顕微授精のことを指す。幸は、その学会に急遽一泊二日で参加することになったのだ。

それも、昨日の朝まで、まったくそんな予定はなかった。だって、本来ここには、自分ではなく先輩培養士のはじめさんがいるはずだったから。だけど、当のはじめさんは、昨日の朝、右足の指を骨折してしまった。朝一番に本院で診察を受けてギプス姿でクリニックに来るや否や、幸に「頼む！代理で行ってきてくれ」と頭を下げた。しかも、札幌で学会があるのはもちろん知っていたし、花岡先生や杏子先生が参加するのも知っていた。しかも、杏子先生はプレゼンターとして自分の研究結果を発表する予定だ。花岡先生はその指導役で、はじめさんがその補佐として壇上で杏子先生のアシストをするはずだった。それが、まさか、自分に回ってこようとは。

「にしても、三月に札幌で学会やんなくてもねぇ。あー、疲れた。寒いと眠くなるし」

ここ最近、杏子先生が準備で忙しそうだったのは知っている。そして、それを花岡先生が親身になって手伝っていたことも。有紗が「あの二人、最近なんだかいい感じなんですよね。お互いバツイチで、結婚のほろ苦さも知ってるからですかね。お似合いですよねー」と無邪気に話していたことも。それもあって、花岡先生に「話がある」とは言い出しづらくなっていた。そこに来て、この学会だ。

なりゆきとはいえ、完全にお邪魔虫ではないかと腰が引けてしまう。

「さっちゃん。悪いけど着いたら軽く打ち合わせよろしくね」

「はい、こちらこそよろしくお願いします。まだちゃんと細部までレジュメを見れてなくて」

「昨日の今日だもん、そりゃそうだわ。大丈夫。なんとかなるっしょ」

幸の役目は杏子先生の発表の流れに合わせて、パワポを操作してスクリーンの画像を切り替えたり、必要なタイミングでデータや資料を出したりすることだ。作業自体は難しくないけれど、発表の流れを頭に入れていないとうまくアシストできない。

「あー、着いた着いた」

交差点の角を曲がると、大きなグレーのホテルが見え、すぐにタイル張りの車寄せが現れた。雪が積もっておらずホッとして大きく足を踏み出すと、ツルッと滑り、完全に左足が宙に浮いた。

あ。転ぶ。

一瞬のうちに悟ったけれど、次の瞬間、花岡先生がしっかりと幸の体を支え、体勢を整えてくれた。おかげでゆっくりと地面に腰を下ろす形になり、どうにか転ばずに済んだ。さらに、花岡先生はこちらに向かって手を差し出し、そのまま軽々と持ち上げてくれた。

「大丈夫ですか。ゆっくり立ち上がって下さい」

「すみません。本当にすみません」

ふいに握られた手。自分とまったく同じ形の、白い筋が入った親指。ほんの数秒だけ握られた手はとても大きく、厚く、強かった。まるで、まるで、親が子供の手を引っぱるような、強さで。

頭が、じんとする。

「気を付けてね。一見、雪がない場所が滑るんよ。建物とか、地下道の階段の入口とかね」

今にも騒ぎ出しそうな血を鎮めたのは、いつも通り、涼しい顔、涼しい声をした杏子先生だった。でも、その目が笑っていないような錯覚に囚われ、ハッとする。幸は二度と滑らぬようにと、再び地面を凝視しながら歩いた。

夕方六時を過ぎ、無事、初日の学会が終わった。

プログラム後半に予定されていた杏子先生の発表も滞りなく終了し、幸もなんとか、その役目を終えた。アシスタント役とはいえ、最後の質疑応答が終わったときは心底ホッとした。

「さっちゃん、ほんとありがとね。超助かった」

いつもはひょうひょうとしている杏子先生も、さすがに疲れた表情を見せている。今回、杏子先生が発表したのは『SEET法の有効性と培養液の課題』というタイトルの研究だった。

SEET法とは、受精卵を移植する前に、受精卵を培養した「培養液」をあらかじめ子宮に注入しておき、子宮内の妊娠準備を整える方法だ。そして、その二〜三日後に、胚（受精卵）そのものを移植する。そうすることで、妊娠率の向上が見られる。現在クリニックでは、積極的にこのSEET法を推奨している。

「えー、本来はね、みなさんご存じのように、受精卵というのは、受精したあと、子宮に向かって卵管をころころ転がりながら、子宮内膜にテレパシーを送るわけですよね。そろそろ行くわよー、そっちの準備はいい？　ってね。でも、受精卵を培養器で育てている場合は、残念ながらそのテレパシーが送れない。そこで、二〇〇〇年頃から注目されてきたのが、このSEET法ってわけですね。先に受精卵を育てた培養液を注入しておくことで、子宮がテレパシーを受け取り、着床準備に入る。つまり、自然妊娠のときのようなプロセスを辿れて、妊娠率の改善が見込めるわけです。ここに着目した先生は本当にすごいですよね。はい、基本のきーちゃんですが、もう一度おさらいしましょう」

途中までは、完全にいつもの杏子先生節だった。まるで学生に言い聞かせるかのように、基本からわかりやすく、要領を絞って、端的に。でも、質疑応答に入ったとたん、意地悪な質問が飛んだ。

「そちらのクリニックでは培養液はどこの何を使っているんですか。医師としてそのすべてをきちんと把握できてるんですか。日本では、いまだに培養液をヒトの治療に使うことが認められていませんが、それについては、どう思われますか」

やや的外れとも言える質問。幸が杏子先生の視線を感じて顔を上げると、杏子先生の口が小さく「お願い」と動いた。

その後マイクを渡された幸は、クリニックで使っている、全十四種類、合計二十五にも及ぶ培養液の名前とメーカー名を、淀《よど》みなくスラスラと答えてみせた。今現在だけでなく、過去に使用したことのある培養液の名前も挙げ、なぜそれを使わなくなったのかも簡単に説明を加えた。会場が小さくどよめくと、杏子先生は満足げに聴講している関係者を見渡した。

「今みなさんにお話ししていたのが、うちのクリニックで一番凄腕《すごうで》の胚培養士です。私は医師ですが、どの培養液を使っているかは、正直、全部把握していません。この点においては、私たち医師は胚培養士を心から信頼しています。そして、今や日本でも、十四人に一人の子供がＡＲＴ（体外受精、顕微授精）で生まれています。日本で初めて体外受精児が誕生したのが一九八三年。そこからわずか四十年で、すでに百万人近い子供たちがＡＲＴで誕生しているんです。それなのに培養液そのものが日本ではまだヒト用に認可されていない。他にも、日本はさまざまな点で大きく出遅れています。ついでに言うと、胚培養士も、国家資格にすらなっていない。学会認定の資格はありますが、それも数年働かないとはく奪されちゃうんです。はははは、ちゃんちゃらおかしい現状です。それなのに、治療費だけが先走って保険適用になっちゃって。それも超ギリギリに。みなさんご存じのように、現場は大混乱の乱太郎でしたよね。この辺、ぜひ一緒に問題意識を持ち、声を出していきたいものですね」

不妊治療は、他の医療と同じく、日進月歩だ。昨日は常識だったものが、明日には古くなる。これだけ不妊治療が当たり前になっても、培養液どころか、胚培養士の存在すら、きちんと国に認識されていない。だから、病院によって差が激しい。中には胚培養士が一人しかいないクリニックもあるし、いまだに医師が、胚培養士が担うべき仕事をやっているところもある。

培養液も、その使い方も、すべてクリニックの独自のルールや見解によるものが大きい。当然、技術面、成績面にも差が出る。大きな軸となるような指針がない。現場の声が反映されにくい。吉本院長は、その現状をとても危惧している。

「持っているもの、わかっていることは、惜しみなく伝えたい」

院長は、その使命感のもと、頼まれればあちこちで講演し、地方のクリニックや病院を訪ねては、その技術を伝えている。医師はもちろん、幸たち胚培養士にも積極的に学会や勉強会に出ることを推奨してくれ、費用も負担してくれる。

今回杏子先生は、誰もが疑問に思いつつ、でもなんとなく有耶無耶《うやむや》にしてしまっていることを、明らかにしたかったのかもしれない——幸は発表を聞いて、そう感じた。医師だけれど、胚培養士のことまで考えてくれる、すごい人。それがよくよくわかった。

「はー。このまま三人で打ち上げといきたいところだけど、私、ちょっくら実家帰るわー」

会場の出口で杏子先生が予想外のことを言い出し、幸は「えっ」と大きな声を出してしまった。そんな話は聞いていない。

「ごめんね。実家の猫が具合悪いらしいんだよ。もう十八歳だからヨボヨボなんだけどさ」

「杏子先生のご実家ってお近くなんですか？」

「ううん。となりの江別《えべつ》市。レンガの町。でもまぁ、札駅《さつえき》から電車で割とすぐだよ。てなわけで、打ち上げは二人でやってねん。花岡先生、さっちゃんにうまいもん食べさせてやってよー。なんせ、培養液を呪文のように唱えた魔法使いなんだから」

「ま、待って下さい。いいんですか？」

「えぇ。何さそれ。いいんですかって何が？」

私と花岡先生が二人で食事をしてもいいんですかってことです——心の中でそう発言しつつ、実際には何も言えなかった。杏子先生は「んじゃ！」と笑顔で軽く言うと、ううんと大きく伸びをしながら去っていってしまった。

「えっと。それじゃあ飯でも行きましょうか。昼は弁当だったし、お腹が空《す》きましたよね」

「は、はい。確かにお腹が空きました」

どぎまぎしつつも、これが天から降ってきたレベルのチャンスであることはちゃんとわかった。この前、網子にも、言われたのだ。「誘いづらい人を誘うんだったら、覚悟決めな。数少ないチャンスを逃さずに。覚悟決めてれば自然と流れはやってくるよ」と。

もし話す機会が巡ってきたら、どうやって話し出すか、何から伝えるか、ずっとシミュレーションをしてきた。それを実行するときが来たのかもしれない。幸はきゅっと唇を噛みしめた。


ぼすんとベッドの上に体を投げ出す。硬いマットレスが、幸の体を跳ね返す。うつぶせのまま動きを止める。時が止まったように、部屋の中がしんとしている。窓の外からは、微かに、車の音。でも、大通りに面しているホテルにしては、とても静かだ。空から降る雪が、積もった雪が、音を吸収しているのかもしれない。

疲れた。呼吸をすることすら面倒くさい。このまま埋もれていたい。何も考えたくない。だけど、今夜は眠れそうにない。じんじんと頭が痺《しび》れている。この数時間で、一生分の緊張をし、一生分のパワーを使った気がする。

力を振り絞って、なんとか仰向けになる。見慣れぬクリーム色の天井をぼんやり見上げていると、自然と涙が湧き出てきた。そのままじっと、目尻から流れる涙の感触を受け止める。

傷ついているわけでも、悲しいわけでも、うれしいわけでもなく、ただただ混乱している。

幸は、目を閉じて、苔たちの姿を思い浮かべた。

緑の、赤の、白の、透明の、苔の森。細く伸びる朔《さく》。水に濡《ぬ》れて光るさま、風に耐え、いじらしく佇んでいるさま。太陽に照らされ、じっとりと熱を帯びるさま。

つぶつぶの、とげとげの、まるまるの。いろんな形の、小さな世界を。

「あー」

そのうち、声が出て、口が動きを取り戻す。同時に、涙の勢いが少し弱まってくる。

「あーあーあー。疲れた。どうしよう」

言葉が出た。疲れた。どうしよう。どうすれば。

幸は、数種類の言葉だけを繰り返し呟いた。

どうしよう。どうすれば。でも、すぐには答えが出ない。

コートから、首に巻いたマフラーから、微かに煙の匂いがする。顔をうずめ、匂いをかぐ。やっぱり、煙の匂いがする。つまり、夢じゃない。夢じゃなかった。

さっきまで、花岡先生と向かい合って、ジンギスカンを食べていた。生まれて初めてのジンギスカン。とてもおいしかった。臭みもまったくなくて、柔らかくて、スッと胃に馴染むように落ちていって。緊張で食欲なんてまるでなかったはずなのに、しばらくは、箸を持つ手が止まらなかった。食べながら、当たり障りのない世間話をしていた。花岡先生は話し上手で、聞き上手だ。沈黙で場が止まっても、気にする素振りはまるでなく、あくまで自然に振る舞う。その空気感が心地よかった。でも、そろそろ切り出さなくては。自分が話しベタなのは重々承知している。幸は烏龍茶《ウーロンちゃ》をごくごく飲むと、意を決して口を開いた。

「あの、すみません。私、今日は花岡先生にどうしてもお尋ねしたいことがあるんです。じつは前々から二人でお話できないかと思って、お誘いする機会を窺《うかが》っていました。お疲れのところ本当にすみません。よければ話を聞いて頂けますか？　というのも、私の身の上話から始まるのですが」

暗記していた文章を吐き出すように、一気に口を動かした。花岡先生は、唐突な話しぶりに一瞬面くらったような顔をしたけれど、すぐに「はい、なんでも聞きますよ。しかも長谷川さんの身の上話ですか。僕でよければ喜んで」と、いつもの笑顔で、にこやかに答えてくれた。

幸は、安心して、再び口を開いた。

「じつは、私は精子提供で生まれた子供なんです。父が無精子症で、母が精子提供に踏み切ったそうです。人工授精、いわゆるＡＩＤで私は生まれました」

「そうだったんですか……」

花岡先生は驚いた顔をしつつも、ゆっくりと頷いた。

それから、間髪を容《い》れずに、一気に話した。家族のこと、兄のこと、自分の出自を知ったのが二十四歳のときで、大きな衝撃を受け、それ以来見えない父に囚われていること。精子提供者である実の父のことを、無意識に知りたいと思ってしまうこと。家族の中で、勝手に疎外感を感じていること。育ての父との間に流れる微妙な距離感と、幼い頃から漠然とあった違和感を。

花岡先生は、考え込むようにやや目線を下に落としつつも、静かに聞いてくれていた。一通り話し終えると、幸はまた、烏龍茶をごくごく飲んだ。グラスの中で、氷のかたまりがざらりと揺れる。それを見た花岡先生がスッと手を上げ、店員を呼んだ。

「同じものにしますか?」と聞かれ、幸は、思わずビールをオーダーした。花岡先生が「では僕もビールを」と告げる。店員が去っていくと、一瞬だけ目が合った。それを合図に、花岡先生が口を開いた。

「僕が言うのもなんですが、いろいろと、大変な思いをされてきたんですね」

「すみません。突然こんな話をしてしまって……それで、じつは、まだ続きがあるんです。精子提供者は、当時の医学生なんだそうです。その、九州の大学の、医学部に通う学生で、血液型がA型であることは、母も知らされているそうです。でも、それ以上のことはわかりません。だから、どうしても、生みの父に辿り着くことができません。そもそも、辿り着く必要がないことも、わかっています。戸籍上は、私は育ての父の実子です。でも、そう思っていても、心が時折大きく揺れるんです。この日本のどこかに、自分という人間の、半分を作ってくれた人がいるんだと」

「……なるほど。そう思うのが自然なのかもしれませんね」

「はい……。今は、たとえ無精子症でも、一つでも、生きている精子がいてくれたら、妊娠の可能性があります。当時は、まだそうではなくて、田舎に住む母に選択肢がなかったことも、事情もわかるんです。でも、兄がいるんだから、私はいなくてもよかったのにとも思います。頭では理解していても、心ではうまく受け入れられないまま、年月が過ぎてしまいました」

そして。そして、花岡先生。花岡先生と出会いました。

光を感じました。本当に、勝手に。かなり一方的に。この感情が、花岡先生にとって無意味で迷惑であることも、ちゃんとわかっているのに。

「あの、花岡先生。ごめんなさい。お聞きします。失礼なことを聞きます。絶対ないとは思うんですけど。あの、違うと思うんですけど……その、花岡先生は、学生のときに……精子提供をされたことは、ありますか？」

怖かった。怖かったけれど、幸は顔を上げ、花岡先生の顔を見て聞いた。

視線がぶつかる。交わる。ゆっくりと動く、やや太めの、八の字に見える眉毛。レストランにいる人々のざわめきが、遠くに、うしろに、波が引くように下がっていく。テーブルにある、山のような形の黒い鉄板が、少しだけ、じゅう、と音をたてる。でも、それもすぐに聞こえなくなる。なぜか耳鳴りがする。奥のほうで、キーンと鋭く。

花岡先生は答えた。

「はい、ありますよ。僕は、精子提供をしたことがあります」

しっかり、はっきりとした声だった。

。　。　。

「有紗、おはよう。これお土産。留守中はありがとう」

帰京した翌朝、幸は、院内の廊下でバッタリ会った有紗に六花亭《ろっかてい》の紙袋を手渡した。

「わぁ、六花亭！　うれしいっ。ありがとうございます！」

有紗は顔をほころばせると、愛おしそうに紙袋を受け取った。

「もしかして……これ、私個人へのお土産ですか？」

「うん。みんなへのお土産も別であるけど、これは有紗専用」

「すごい。こんなにたくさん。幸さん太っ腹です。六花亭、大好き。でも、なんでこんな特別待遇してくれるんですか」

「この前、かばってくれたでしょう。桐山くんからいろいろ言われたとき。うれしかったので、お礼。あのときは、本当にありがとう」

考えてみれば、仕事をする上で、有紗の人柄に助けられることは多々ある。噂話や人のプライベート話が好きなところは理解できないけれど、それでも有紗は、自分のような人間に懐いてくれている貴重な存在だ。くるくると変わる表情や、常にテンション高めの天真爛漫《てんしんらんまん》な性格は、憧れですらある。

「やだ、どうしよう。泣いちゃいそうです。うう……」

「えっ。そんな、大げさな」

「大げさじゃないですよー。最近妊活もうまくいってなくて、落ち込んでて。だけど、元気出ました。今日はうれしい日です！」

有紗はもう一度紙袋の中を覗き込むと「今のうちにロッカーに入れてきます！」と元気よく向きを

変えた。が、すぐに「そういえば」とくるりと振り返る。

「どうでした？」

「ん？　何が？」

「花岡先生と、杏子先生です。やっぱり、札幌でもいい感じでした？」

「ああ、そのこと」

うーん、と幸は考え込んだ。それどころじゃなかった。確かに二人の空気感はまとまりがあって、入り込めないような感じもしたけれど……。恋人同士かと言われると、よくわからない。

「うーん。よくわからなかった……確かに、仲がいいとは思うんだけど、杏子先生って、誰に対してもフレンドリーだし。私にはよく……」

「そっかー。杏子先生って道産子《どさんこ》だし、北大ですもんね。すごいですよねぇ。化粧っ気はないけど、美人さんだし。元旦那さんも北大で、道産子で。超優秀カップルだったんですもんね……」

「ところで、こっちは大丈夫だった？　変わったこととかなかったかな」

話が変な方向に行きそうだったので、幸は慌てて話題を変えた。有紗は「あっ」と声を出し、

「そういえば、五十嵐さんご夫婦。あの奥様が五十代の……三回目の移植も、着床しなかったみたいです。昨日が判定日でした。私、融解して移植立ち会ったんで、気になってたんですけど。でも、この一年で三回も移植できてることが奇跡ですよね」

「そっか。以前、三回で治療を終えるって聞いてたけど、どうされるかなぁ……」

「そうそう割り切れるもんじゃないですもんね。でも、もう一度採卵からとなると、いろいろ大変ですよね。体力的にも」

「うん……まぁ、でも、ご夫婦が決めることだしね……」

子供を望む熱量が高い夫婦だけに、宣言通り卵子提供や代理出産に踏み切るかもしれない。世間には、なかなか妊娠できない人に「養子をもらえばいいのに」と悪気なく言う人もいるけれど、それはまったく別次元の話だ。辿り着く場所も答えも、その夫婦によって違う。だからこそ難しい。

「あ、あと、ポリビニルピロリドン（精子不動化処理液）がなくなりかけてやばかったです。在庫なくて。きりっちが発注し忘れてました。ギリギリで、多分今朝納品されるはずです」

「えっ、大丈夫かな。あれがないと顕微授精できないし」

「はい。はじめさんが業者に連絡して、超急ぎでお願いしてました。きりっちは、はじめさんに怒られて、昨日はずっと無言で。不気味なくらい、無言でした」

クリニックでは、培養液などの備品の発注、清掃、器具の洗浄は、主に新人や若手の仕事だ。培養液をはじめとする薬剤の発注は、桐山と一年先に入った若手培養士の二人が担っている。

「そっか……。でも、珍しいね。割とそういうところは完璧にやるタイプなのに」

二日いなかっただけで、問題が山積みだ。仕事はもちろん、個人的にも。花岡先生のこと、これからのこと。でもここは職場だ。とにかく、今日の仕事をきちんとこなさなければ。

幸は「よし」と小さく気合いを入れた。気合いを入れながら、すっかり母に連絡するのを忘れていたことを思い出した。


「あぁ、幸ね」

夜、電話を入れると、母の眠そうな声が響いた。

「ごめんね、全然連絡できなくて。ちょっと学会で札幌行ってて、バタバタで。荷物、ありがとう」

「そうね、札幌で学会……。寒かったやろう」

「うん。三月でも、向こうは真冬だった。すごかったよ、雪」

「そう。大変やったね」

「お土産送ったから。いくつか、ご近所さん用のも入れといたよ。六花亭のバターサンド」

「そう。わざわざありがとう。助かる」

簡単な会話なのに気を遣ってしまう。普段は物静かな母だけれど、どこで愚痴のスイッチが入るかわからない。なるべく地雷を踏まないようにと、幸は言葉を選びながら話した。

「ところでだけど。手紙に書いてあった、お兄ちゃんのことプロにお願いするって……あれはどういうことなの？」

「ああ、あれね……。まぁ、そうね、もう少し決まってから話してもと思ってたけど、でも」

「ん？　どういうこと」

「まぁ……なんというか、進のこと考えたらね、このままじゃいかんって思うとよ。お父さんも私も、いつまでも生きとるわけじゃなかし」

「うん。そうよね」

「いまさらやけど……最近、引きこもりの親の集いとか、行ってみたりしてね」

「そうだったんだ。親の集いみたいなのがあるんだ。よく見つけたね」

「うん。市役所っていうか、市がね、主催してるのがあってね。お父さんと二人で行ってみたとよ」

意外だった。両親、とくに母が行動を起こすなんて。専業主婦だった母は、基本的に家から出ない。

田舎の人間には珍しく運転できないというのもあるけれど、元来あまり人との交流を好まない。近所の人とはそれなりに付き合ってはいるけれど、幸が小さいときから内向的だ。

昔は、学校の行事も必要最低限しか関わらず、保護者が行う懇親会にも行かなかった。子供心に「もっと他のお母さんたちと仲よくしてよ」とやきもきもした。

でもその性質は、見事に自分にも遺伝していると思う。人に頼らず、周囲には弱みを見せず、なんでも自分で解決しようとする——その母が、行政に頼るなんて。

「そこで、知り合った人がね。その人の息子さんはまだ二十代らしいんやけど、ちょっと暴力的っていうか、暴言吐いたりするとって。まぁ、つまりは、進より深刻たい。で、その人がね、引きこもりやめさせ屋を見つけたらしくて、一緒にどうかって言われて」

「引きこもりやめさせ屋？　何それ……」

「なんか、家から連れ出してくれて、共同生活をやって、社会復帰を目指すって。農作業とか、料理とか、運動とか、みんなでやるみたいで。まぁ、お金はかかるけど、しかたないね」

「ええっ、ちょっと待ってよ。大丈夫なの、そこ」

「大丈夫っていうか……ＮＰＯ法人がやってて、一応保健所でもらった冊子にも載ってたところやけん。そもそもこっちには選べるほど選択肢なかし」

「前にテレビで観たことあるよ。体格のいい男性数人が力ずくで引きこもりの男性を引っ張り出して、車に乗せて。ろくな支援も受けられなくて、軟禁状態で、結局逃げ出してきたとか、暴力振るわれたとか。それでいて、お金はすごくかかるとか。そこ、本当に大丈夫？　というより、そもそもお兄ちゃんは、了承しとると？」

「了承しとるもなんも、会話ができんとやもん」

「メモに書いて、部屋のドアの下から入れとくとか」

「……そんなん、もう意味ないとよ」

「え?」

「進の了承とか、あの子がどういう気持ちとか、そんなんはもう見てる余裕がないとよ。この家だって古かし、そのうち処分せんばいかんごとなる。私もお父さんもいつまで体が動くかわからん。いちばん動ける年齢の進が、ずっと家にいたままでどうなると? もうあの子の都合はどうでもいいと」

「どうでもいいってことはないでしょう。お兄ちゃん自身のことだよ。せめて事前に伝えようよ」

「じゃあ、なんね! なんね。幸は、なんかしてくれるとね!」

突然、母の感情が飛んだ。合わせてこちらの感情も飛び散りそうになる。でも、幸はかろうじてそれを抑えた。代わりに、乾いた、冷たい声が出る。

「じゃあ、お母さんはさ、私になんば望んどると? 私が何をすれば満足すると? 私がどうあればよかと? ねぇ。この際やけん、教えてよ」

震える。声が震えて、スマホを持つ手も震えて。顔がチリチリと痛みを帯び始める。

「そんなん。そんなん……」

「いいよ。なんでもいいけん、望むことを言ってみてよ」

「……ちゃんとせんねよ」

「ちゃんと?」

「ちゃんと、人並みに生きんね。仕事ばっかりせんと、結婚して、子供産んで、家庭ば持たんね。進のことも、兄妹なんやけん、ちゃんと協力せんね。進も、幸も、普通でよかとに。人並みでよかとに。それ以外はなんも望まんとに、あんたたちは、なんでそれができんと」

「ふーん。お母さんの言う、ちゃんと協力って何？　私がどう協力すればよかと？」

「それは、いろいろあるやろう？　進と話をして説得するとか、一緒に暮らすとか」

「一緒に暮らして面倒を見るの？　私が？　もうすぐ四十歳になるお兄ちゃんの？　なんでそこまでせんといかんの？　妹やから？　私だって自分のことで精一杯なのに？　あと、家庭を持つことにどんな意味があると？」

「それは、みんなそうして生きてるからやないの」

「結局、みんなと同じように生きろってこと？　でもさ、なんて説明すればいいと？　仮に私に相手ができたとして、なんて言えばいいと？　相手や相手の親に」

「……どういう意味ね」

やめて。もう、やめよう。幸。わずかに残った冷静な自分が必死に語りかける。なるべく、どうにかして、その声を受け入れようとしてみる。目を閉じて、じっと耐えて。でも、無理だ。開けられてしまった。見えないように、蓋をして、隠していたもの。どうにか、覆い隠してきたもの。でも、所詮は隠せるはずがなかったもの。長谷川幸という人間の、大部分を覆っているもの。

「父とは血が繋がってないんです。だから、子供ができたとしても、どこの誰かわからない血が入ってますー、ごめんなさーいって、頭下げて、相手やその親に許してもらって、それで結婚して、子供産めばよかと？　パートナーがそれを受け入れてくれると思う？　ねぇ。お母さんが、二人目がほしいっていう欲だけで、世間体を気にして無理やり二人目を産んだことで……こうなったとよ。そこまで想像してた？　なんでお兄ちゃんだけで満足できんかったん？　誰かわからない、赤の他人の血が流れてることが、私に、どんだけ重い呪いを植え付けたと思っとると？」

「いい加減にしてっ」

「それはこっちのセリフやけん！　お兄ちゃんのことなんか知らんよ。勝手にすればよかたい。だいたいね、昔、お兄ちゃんがガソリンスタンドでアルバイトするって言ったとき、お父さんとお母さんが反対したけんよ。あれが、そもそもの元凶よ。世間体気にして、ご近所さん気にして。それがいったいなんになったと？　結局、お兄ちゃんや私が人並みになれてないのは、お父さんとお母さんのせいじゃないいっ。私はなんもできん。だって、家族じゃないから。お父さんの娘じゃないから。関係ないから！」

翌朝、あり得ないほどまぶたが腫れあがっていた。

電話のあと、子供のように泣き疲れて眠ってしまったのだ。毛布も何も被っておらず、足が半分ベッドからずり落ちた状態で目が覚めた。頭もほとんど動いていない。体も重い。それでもなんとか洗面所に行き、顔を洗った。冷たい水に殴られたような衝撃がやたら気持ちよく、何度も、ごしごしと洗った。できるなら、頭の中も全部取り出して、丸ごと洗いたかった。すべてを水に流して、そのまま自分も、どこかへ流されてしまいたかった。

鏡をよくよく覗き込むと、目がない。開かない。まぶたを冷やして寝るべきだった。視界も狭い。これでは仕事にならない。午前中だけ休ませてもらおうか。いや、いちばん忙しい午前中に突然休むなんて、非常識過ぎる。しかも、今朝は集中力のいるＰＧＴ―Ａ（着床前診断）をやることになっている。受精したか気になる卵もある。だけどこんな半端な状態で、仕事のクオリティが保てるだろうか。何より、この腫れ上がったまぶたを同僚たちにどう説明したらいいのか。有紗は、「幸さん、何があったんですか!」と、大騒ぎするに決まっている。

時間は六時を過ぎたところだった。今朝は八時半出勤だから、家を出るまでにはまだ時間がある。それまでに少しでも腫れがおさまるだろうか。

窓を開けると、細い糸のような雨が降っていた。アスファルトが黒く濡れ、近くの常緑樹の緑が濃さを増して視界に届く。空の重さ、緑の暗さ、音のない雨。

――休もうか。いっそのこと、丸々一日、仕事を。

朝早かったけれど、中島室長におそるおそるメールをしてみた。体調不良と言い訳をしてしまえばいいのかもしれないけれど、そんな小さなうそすらうまくつけず、幸はただ、今日は休ませて頂きたい、とだけ送った。

『いいよー! 学会のあとだし、たまには休めってずっと言いたかったんだよね。こちらはOK』

すぐに明るい返事が届き、ホッとする。ホッとして、そして、気づく。今のクリニックに勤めて十年目。こんなふうに突然休むのは、初めてなことに。

休めるとなると、この腫れあがったまぶたも、もう、どうでもいい。幸は再びベッドに体を横たえ、そっと目を閉じた。今日は一日、こうやってダラダラと過ごしてみようか。

でも、だめだ。この暗い朝……雨の中、家にいると、ざわざわして、吐き気がして、どうしようもなく不安になる。叫びたくなる。それならば、思いきって雨が似合う場所に行こうか――。

どこか、どこか、小さな世界へ。

緑。緑、茶、白、銀、緑――。

雨上がりの森に、薄く細い霧が流れている。足元を流れる清流と、岩や石を覆う緑の苔。その群生の中から、天に向かって伸びる木の芽。微かに届く日の光が、森を半透明に輝かせる。

一つの岩から、種類の違う、たくさんの植物が芽吹いている。大きな森の中の、小さな島。

そこにひっそりと息づく、さらに小さな命たち。

幸は、心地よく流れる小川に、採取した苔を浸《つ》け、何度か揺らして汚れを落とした。小さなしぶきが飛び散り、水が、さらさら、しゅわしゅわと、音をたてる。

水面が森の緑を反射し、視界のほぼすべてが緑色に染まる。かと思えば、岩にぶつかった水が、銀色になって目の前で飛び散る。いくら見ていても飽きない。冬から目覚めたばかりの森。

これほど美しい世界には、めったに出会えない。

緑は、魂を鎮め、修復してくれる色だと強く思う。

近所の公園――善福寺公園に苔の採取に出かける予定が、気づけば電車に乗っていた。ほんの気まぐれな行動。気まぐれなズル休み。

公園への道すがら、厚い灰色の雲の奥、そのわずかな隙間に淡い水色の空を見つけた。じきに晴れる。その瞬間「近場じゃなくて、森へ行こう」と思い直した。そのまま回れ右をし、駅でおにぎりとチョコレートを購入して、高尾《たかお》方面の中央線に乗った。乗ってから、スマホで検索し、行き先を決めた。

東京にも、森はあった。

洗った苔を、持参したビニール袋に入れる。入れてから、また少し先の岩場に新しい苔を見つける。ミズゴケだ。直立した茎から下に向かって枝が伸びていて、なぜだかそれがヒゲに見えるので、幸は勝手に「緑の仙人」と呼んでいる。虫メガネを取り出し、しばらく観察してからお好み焼き用のへらでこそげ取り、また小川で洗って、ビニール袋に入れる。

ここまで「森」と呼べる場所に来たのは初めてだった。苔は本来どこにでも生えていて、歩道の脇、民家のブロック塀の隙間、駐車場の隅っこ――都会でも簡単に見つけることができる。

誰もが知らない、意識しないと見つからない世界。でも、本当は、どこにでもある世界。

再び歩き出すと、足元にどんぐりを見つけた。半分にぱっくりと割れたどんぐりから、新芽が伸びている。それも、何個も。しゃんとして、やたら姿勢の良い芽。幸は「わぁ」と歓声を上げ、再び虫メガネを取り出した。苔だけじゃなく、なんでもある。どこまでも飽きない。ずっといられる。

ぷくぷく、ぷちぷちと、あちこちから命が芽吹く音が聞こえる。

昨夜は、かなり久しぶりに大声を出した気がする。そんな自分に失望し、泣き疲れて、寝て、起きて。そして、森に来た。夢中で虫メガネを覗き込み、苔を採取して、小川でじゃぶじゃぶと顔を洗った。

三月上旬。春の命は芽吹いていても、冬の冷気を残した川は氷のように冷たく、腫れたまぶたに痛みを伴って響いた。

腕時計を見ると、十二時を少し過ぎたところだった。あたりには人の気配もない。幸は程よい大きさの岩に腰を下ろし、持参した水筒を取り出した。直接口をつけ、熱いコーヒーを喉に流し込む。

誰もいない。

視界は、当たり前のように、緑と、白と、銀色と。そして、木々の茶色だけだ。

昨夜は、あのあと、自分から電話を切ってしまった。ああいうふうに冷たく突き放してしまったけれど、幸の中にも、「兄をなんとかしたい」という気持ちは存在する。実際、引きこもり始めの頃は、役立ちそうな本や雑誌、兄の好きな和菓子を見つけては送っていた。手紙も時々書いていたし、たまに電話も入れていた。癒しになればと、帰省した際には自作の苔テラリウムを差し入れしたり、兄を外食に誘ってみたりもした。誕生日には贈り物もしている。それだけは、今も、ずっと。

それに、東京に呼ぼうと思ったことだって、何度もある。「気が向いたらいつでも来てね」と、やんわり、重荷にならぬよう伝えてきたつもりだ。でも、結局、兄にとってどう響いたかはわからない。すべては自己満足で、お節介だったのかもしれない。

だんだんと反応が鈍くなり、返事さえ来なくなり、本当に、ゆっくりと、兄との繋がりは細くなってしまった。どうすればよかったのか、他に道はなかったのか——それは後悔として心に残り、今でも重く存在する。最初は自慢の息子の変貌にただただ戸惑い、怒りを見せていた両親にも、引きこもり関連の本などを探しては、送っていた。母の愚痴も度々聞いた。泣いている母をなだめもした。

そう。できることは、やってきたつもりだった。だけど——。

結局は、何もしてあげられなかったのかもしれない。兄にも、母にも。そして父にも。

幸は、西荻窪駅で買ってきたおにぎりを取り出した。三角形のプラスチックケースの中に、おにぎりが二個と漬物が添えてある。漬物から口に入れ、ぽりぽりと嚙み、胃に落とす。それから、おにぎりを取り出す。青菜と胡麻《ごま》、梅のおにぎり。

花岡先生のように、ものの数口で食べようと、大きく口を開けて、無理やり詰め込んでみる。だけど、すぐに限界がくる。とてもあんなふうに軽やかには食べられない。

「もしよかったら、DNA鑑定をしてみましょうか」

学会の一日目。札幌でジンギスカンを食べながら、花岡先生は、事もなげに提案した。とても穏やかに。そして、極めて冷静に。

「えっ……」

予想外の展開に、幸のほうが固まってしまった。

あのとき、自分はどんな顔をしていたのだろう。

しかも、花岡先生は、A型だった。大学二年生、二十歳のときに精子提供をしたのだと話してくれた。当時慕っていた医学部の教授が、学生たちに精子提供を呼びかけていたらしく、何人かが迷わず手を挙げたらしい。その教授自身も、過去に三回ほど、提供した経験があるらしかった。

「いい先生だったんですよ。とても。だから、その先生がやってるなら……人助けになるなら……くらいの感覚でしたね。正直。若かったですし、その先のことは何も考えてなかったです」

花岡先生は、当時、骨髄バンクにもドナー登録し、もしも脳死した場合は角膜や心臓など、臓器提供をすることも決めていたらしい。その流れで、本当に、深く考えずに精子提供を決めたのだという。

「大部分の人間が、そうだったと思いますね。中には、『俺の遺伝子を、この世にたくさん残したい』と豪語する輩《やから》もいましたけれど、僕の場合はそんなことは微塵も思いませんでした。提供したのも一度きりで、その後どうなったのかはもちろん知る由《よし》も、知る権利もなかったですし。正直、今の今まで、忘れていたくらいです」

「そうですか……そうですよね」

迷ったけれど、幸は、花岡先生と手や爪の形が酷似していることが、妙に引っかかっていること、初めて会ったときに、懐かしさを感じたこと——も正直に話した。そして、可能性はとても低いけれど、勝手に何かこう、ある種の予感がしていることも。

「あとはちょっと顔つきや髪質も似ているような気がしています。なんて、気持ちの悪い話をして申し訳ありません。私の一方的な事情を押し付ける形になってしまって……本当に、すみません」

幸は、何度も平謝りを繰り返した。

聞いてはみたかった。精子提供をしたことがあるかを。でも、返事は当然NOだと思っていた。それこそ、自分の妄想だと。それを打ち砕いてもらうために、目を覚ますために、敢《あ》えて踏み出した……それが正直なところだった。でも、まさか、本当に——精子提供をしていたなんて。

その後、どうするか。どうしたいか。そこまでは考えてもみなかった。

幸が迷い、戸惑い、まごついているのを見兼ねたように、花岡先生は提案したのだ。DNA鑑定をしてみましょう、と。

「そのほうがいいんじゃないでしょうか。長谷川さんにとって」

「で、でも……。花岡先生はそれでいいんでしょうか。これは私の勝手な妄想というか、推測で」

「でも、可能性はゼロではないですよね。限りなくゼロに近いとは思いますが、でも、ゼロではない。僕らの普段の仕事は、そのゼロに近い奇跡を信じることです。だからこそ、やったほうがいいです。何より、長谷川さんのこれからの人生のために。それにね、僕は、女性の第六感というものは、無下にはできないものだと思っています」

諭すような、静かな言い方だった。でも、その瞳には、どこか冷たい光が宿っているようにも見えた。その正体がなんなのか、今の幸には探ることも、知ることもできない。

「今すぐにとは言いません。心が決まったら、また声をかけて下さい」

最後にはいつもの穏やかな笑顔に戻って言い、

「それにしても、精子提供をする側にも、受ける側にも、本当はいろいろと覚悟がいるのですよね。当時の僕は、理解不足で……そこが甘かったです」

と、頭を下げた。それから、幸と花岡先生は、精子提供について、ごく自然に議論を交わした。今現在、認可を受けている病院で精子提供が受けにくい現実について。そのせいか、SNSなどを通して、一般人による精子ビジネスが横行していることについて。法の手が届かず、なんでもありの世界になり果て、トラブルが多発していることについて。

そして、そうまでしても子供を望む人がいることについて。そして、おそらく。

その世界に行かねばならぬほど、「子を持つ普通」がこの社会に根強く存在していることについて。いつだって、人々を苦しめるのは、社会の中の「普通」だから。自分の中の普通ではなくて、社会の、この、日本の中の普通だから。

人並みであろうとする、生き物。どうにか、その輪の中に入らねばとする生き物。

「違う」を許さぬ生き物。輪にいないものを、「はみ出し者」と笑う生き物。

そこから弾かれた自分。うまく属せない自分。そしてやっぱり、半透明の自分。

いったい、人並みとはなんだろう。母の言う、普通とはなんだろう。

息子は東京でバリバリ働き、盆と正月には孫を連れて帰省をする。娘は地元で就職して結婚し、親の近くに住む。子育てを手伝うかわりに、老後の面倒も見てもらう――。

母はそんな未来を、「普通」として、思い描いていたのではなかろうか。

結婚し、家庭を持つ普通。子供を持つ普通。

だけど、そのどちらをも実現できなかった、息子と娘。

家から出ない息子。かつては確かに輝いていて、希望の星だった息子。

近くにいてほしい娘。でも、結婚もせず、遠くで暮らし、父親と血の繋がりがない娘。

両親がまだ、この状況を受け入れられず、叶《かな》えられなかった世界に囚われているとしたなら、子育てとはなんと重く、悲しいものなのだろう。父はとっくに七十歳を超え、母ももうすぐ七十代に突入する。確実に忍び寄る老いと向き合いながら、いい年をした子供たちの今を、未来を憂う。

それでも母は。それでも母は、自分が送った北海道土産を片手に、近所を回るはずだ。

「これ、娘が学会で札幌に行って来たので、よかったらどうぞ」

そのわずかな会話で、小さな行動で、なんとか自分を保って。笑顔を貼りつけ、そして、普通を振る舞い、近所を回るのだろう。それで母は、一瞬でも、幸せを感じられるのだろうか。

遠い地に住む両親のため息が、耳元で聞こえる気がする。それを振り切るように、幸は、思い切り頭を左右に振った。

西荻窪駅に戻ると、人込みと喧騒《けんそう》の中に押し出され、両耳からあらゆる音が流れ込んできた。幸は、今までいた森との違いに、めまいを覚えた。いつもは自分も、この人の流れに乗り、通勤し、退勤し、買い物をし、家に帰っている。でも今日は、手には苔が入ったビニール袋を持ち、背中にはリュック。

足元は泥で汚れたスニーカー。明らかに浮いている。

なんとなくだけれど、このまま家に帰ったら、うまく現実に戻れない気がする。幸は、スマホを取り出し、網子に電話をかけた。自分にしては、かなり大胆な行動だった。でも、誰かと会いたかったし、話したかったし、網子しかいなかった。

「あれー、幸？　珍しい！」

すぐに網子が出た。

「あ、突然ごめんね。あの、もしよかったら、迷惑じゃなかったら、今日、少し会えないかな」

一気に告げると、網子が「グッドタイミング！」とうれしそうに声を上げた。

「私もね、電話しようとしてたの。お願いっ。よかったら助けて！」

網子の慌てた声。でも、どこかで聞いたことがあるセリフ。

「助ける？　まさか、また魚？」

「ううん。でもね、今、溺れそうになってて」

「え、どういうこと？」

「とにかく来て。来てもらえたらわかる！」

幸は、「わかった」と短く言い、駅の南側、網子の家に向かって歩き出した。

「えっ。これは……缶詰？」

「ね、すごいでしょう」

缶詰の海だった。そう広くない空間に、たくさんの段ボール箱が積み重なり、その中に缶詰がぎゅうぎゅうに入っている。いろいろな種類、形、色の。とにかく、すべてに缶詰が入っている。段ボール箱から取り出された缶たちも、テーブルや床、椅子の上を占領し、あちこちに散乱している。みかん。桃。さくらんぼ。パイナップル。サバ。さんま。コーンやツナ、うずらの卵。ミックスビーンズ。アスパラ。やきとり、スパム、カレー。なんでもある。いくらでもある。

網子の言う通りだ。見ているだけで、缶詰の海にただただ溺れそうになる。

つい三十分前。網子の自宅マンションに向かうと、入口で網子が今か今かと待ち構えていた。幸の恰好を見たとたん、目を見開き「どこ行ってたの？」と聞いた。幸が「ちょっと、森。苔を見に。あ、割れたどんぐりから芽が出てるのを見つけたから、ルイとルカにどうかなと思って持ってきたよ」と言うと、網子は「えっ、どんぐり！」とのけぞり、「幸ってすごい」と、なぜか拍手をされた。

何がすごいのかはわからなかったけれど、そのまま、近くにあるこども食堂に連れて行かれた。広くはないものの、もともと中華料理店だったという空間は綺麗にリフォームされていて、ヘリンボーンの壁には、メニューや子供たちの写真、イベントのお知らせが貼られている。

テーブル席と、畳敷きの座敷と。その奥に厨房《ちゅうぼう》があり、事務作業用なのか、パソコンデスクもある。

「今日、私が来たときに、シャッターの前に段ボールがたくさん積まれててさぁ。そしたら、いちばん上の段ボールに、ただひとこと、寄付です、ってマジックで書いてあって。それで、めっちゃ重かったけど、頑張って中に入れたんだよ」

「えー、寄付！　すごい。こんなに？」

「うん。でもさ、この缶詰、全部、賞味期限が切れてんの」

「えっ……うそでしょ」

「私もうそだと思って、すべての段ボール箱を開けて、中身を確かめたんだけど。でも、どの缶詰も、賞味期限が切れてる。いちばん古いのは、二年も前に切れてるものとか」

「ひどい。なんでそんなものを……」

「んー、偽善だよね。賞味期限切れのものでもありがたいだろって押し付け。これだけの量、個人じゃなくてどっかの業者だろうけど。在庫の管理誤って、どうしようもなくなって、捨てるのが面倒だから、寄付しちゃえーみたいな感じなんじゃない」

誰が持ってきたかもわからない。だけど、量が量だけにそのまま放置もできない。警察に相談することも考えたらしいけれど、結局他のスタッフとも話し合って、今回は捨てることにしたらしい。

「ねー、こっちだって暇じゃないのにさ。寄付はありがたいけど、賞味期限切れのものを子供に食べさせられるわけないじゃん。なんでそれがわからないんだろうね。でも、たまにいるの。もう着られないようなボロボロの古着やタオル持ってきて、子供たちにあげてとか言う人。ほんと、理解不能」

網子の言う通りだ。あまりの量に、関係ない幸ですら憤りを感じる。今日、仕事が休みだった網子は、缶詰を開けて中身を捨てる作業を、黙々とこなしていたらしい。

「一人でやるのもなんか息が詰まってさ。んで、幸に電話してみようかなー、でも迷惑よね、仕事かなーとか思ってたら、電話かかってくるんだもん。でも、ごめんね。関係ない幸を巻き込んで」

「ううん」

「他のスタッフが明日の朝作業に来てくれるみたいだから、今日、できるところまでやろうかなって。もしよかったら、ほんの少しでもいいから手伝ってもらえると助かる」

「いいよ。やろう。缶詰開けて、中身捨てて、缶を洗って、ゴミ袋に入れていけばいいんだよね」

幸は上着を脱ぎ、腕まくりをした。なぜだか闘志がみなぎっている。

「そういえば、幸、どうしたと？　電話かけてくるなんて珍しいし」

「うん。ちょっと母とケンカして。というか、私のほうが切れちゃって。自己嫌悪に陥って、泣いて、朝起きたら、目がなくてさ。それで……仕事さぼっちゃった。ほんと、ダメダメで情けない」

「そっか。幸が親とケンカなんて珍しいね。そういえばまぶたが少し腫れてるかも」

「うん。朝はもっとすごくて」

「たまにはいいよね。切れるのも、おさぼりも。幸は、いつも、ひたすら真面目に頑張ってるもん。たまには吐き出さないと潰れちゃうよ。だから安心した。ところでさ、これ見て」

網子が手にしているのは、タラバガニの缶詰だった。金色の平べったい缶に、大きなカニの絵が描かれた缶詰。

「カニの缶詰？　すごく上等そう」

「ねー。カニの缶詰ってさ、めっちゃ高いんだよね。しかも、タラバだよ。なんでこんないい缶詰、うまくさばけなかったんだろ。賞味期限は二か月前に切れてるけど」

「二か月か……考えようによっては、割と最近だね」

言ってから、網子の視線を感じた。いたずらっ子みたいな、ルイとルカそっくりの顔がにんまり笑う。

「食べちゃう？」

うん。食べちゃおう。幸は迷わず返事をする。網子が「で、なんでも聞くよ。私でよければ」と小さく付け加えるように言う。こちらを窺うような、遠慮がちで優しい声。不覚にも泣きそうになり、幸は慌てて缶詰のプルタブを引っ張り、中を覗き込んだ。見たこともない、大きいカニの身がぎゅうぎゅうに詰まっている。

「なんこれ。おいしそう。てか、でかい！」

網子は歓声を上げると、迷わずカニの身をつまみ上げた。幸もそれに続く。歯ごたえと弾力のある身が口の中でじゅわっとほどけて、カニの旨味が甘く広がる。

悔しいけど、絶妙においしい。そして、おかしい。

今日は、朝から仕事をさぼって、森に行き、苔を採取して。そして今、網子と賞味期限切れのカニの身を食べている。まったく予想できなかったことが起こる、不思議な日。だけど——。

なんとか、明日からまた仕事に行けそうな気がする。よかった。今日森で、一瞬だけ思ってしまったのだ。「もしかしたら、明日も仕事に行けないかもしれない。このまま、兄のように引きこもりの世界に入ってしまうかもしれない」と。それが、怖かった。だって。

前々から、ずっと思っていたこと。

なんで、なんで。

なんで自分は、不妊治療の世界にいるのだろうと。精子提供で生まれたことを、まったく受け入れられていないくせに、なぜ、不妊治療をする側にいるのだろうと。自分のやっていることが、第二の自分を生み出すキッカケになるかもしれないのに。

いったい、誰が、何が、そうさせているのだろうと。

なぜ、こんなにも、この世界に惹かれるのだろうと。

血。自分の中を流れる血が――長谷川幸という人間を、この世界に導いたのだろうか。

考えても答えは出ない。

だから幸は、必死に缶詰のプルタブを開け続けた。何個も。ずっと。海が消えるまで。


。。。


「はーい、移植そろそろ始めますよー。心の準備はいいかな?」

「……はいっ、大丈夫です!」

処置室に、患者の緊張に満ちた声が響き渡る。

「じゃあ、まずは名前と生年月日をお願いします」

杏子先生が、明るい声で話しかける。

「新庄《しんじょう》あかりです。生年月日は、一九八五年八月九日です」

患者の名前、生年月日。手首に巻いたバーコード付きのバンドも含め、何度も確認したけれど、必ず口頭で最終チェックをする。絶対に、万が一でも、ミスがあってはならない場面。

銀色の地球を、正しく、お母さんの子宮の中へ還《かえ》さねばならない。

「はい。名前、生年月日OKです。本日の移植胚は、胚盤胞5BBです」

幸の声を合図に、杏子先生がクスコを挿入し、膣洗浄に入る。

「よし、消毒終わり。新庄さん、初めての移植で緊張してるだろうけどさ、こっからは、ぜひモニター見てて」

「はい……あぁ、緊張します」

幸は、胚（受精卵）が入ったカテーテルを手際よく杏子先生に渡した。

「大丈夫だから、体の力抜いてね。今から受精卵が入るから。ちかっと光って見えると思うよ」

「……そうなんですか」

「うん。じゃあ、卵ちゃん入りのカテーテル入れるね」

「……はい」

うっ。小さいうめき声が聞こえる。幸は、杏子先生の近くでその様子を見守る。子宮の断面を映したエコーモニターに、カテーテルが細く白く映る。

「これ、見える？　この細くて白く映ってるのがね、今、子宮に入ってるカテーテルの管。細いチューブみたいなやつ」

「はい」

「この先から、空気と一緒に卵ちゃんが出てくるからね。一瞬だから、見逃さないでねん」

「はい……あっ」

次の瞬間、カテーテルの先から、ピュッと受精卵が飛び出す様子が白く映った。

銀色の地球が、ようやく、お母さんの中へ還っていく。

がんばれ。そのまま、しっかり、しがみつくんだよ。幸も、力を込めて祈る。

「見えました……」

新庄あかりが感極まったように言う。

「うん、無事入ったね。流れ星みたいだったでしょう？」

「流れ星……」

「そう、流れ星。しかも、すごくいい位置に入った。はい、カテーテル抜くよん」

杏子先生がカテーテルを抜き取り、また幸に手渡す。

「ごく稀に、カテーテルの中に卵ちゃんが残っちゃうことがあるから、今、ちゃんと移植できたか確認するね。ちょっと待ってて」

「……はい」

幸は手早く胚が残っていないことを確認し、杏子先生に「ＯＫです」と合図を送った。

「はーい、お疲れ様。これで、移植終了です」

「ありがとうございました」

トータルで十分程度の移植時間。でも、その短い時間の中に、患者のこれまでのすべてが詰まっている。注射、エコー、採血、採卵、点滴、麻酔。それから数多くの薬——経口薬、座薬、膣薬、貼り薬、点鼻薬。タイミング法や人工授精のときとはまるで違う、肉体的、金銭的な負担。

なのに、多くのものを犠牲にしても、なかなか結果が出ない世界。移植まで辿り着くのも並大抵のことではない。でもそれだけに、移植の瞬間はとても神秘的で尊い。

「無事、着床しますように」

杏子先生が、おまじないをかけるように、患者のお腹を優しく撫でる。

「うう……ありがとうございます。まさか、流れ星って言われるとは思わなくて。感動です」

緊張が解けたのか、新庄あかりはぼろぼろと涙をこぼした。

でも、幸も感動した。杏子先生の移植にはこれまでに何度も立ち会ったことがあるけれど、移植した胚を「流れ星」にたとえているのは、初めて聞いたから。

でも、言われてみれば、本当に流れ星……なのかもしれない。

銀色の地球。それが流れ星のように、スッと柔らかく弧を描き、お母さんの子宮――深く、果てしない宇宙に入っていく。

もしかしたら、本当に、子宮は宇宙そのものなのだろうか。

やっと還れた場所。ずっと会いたかった人。まばゆい光の欠片《かけら》。

どうかどうか、消えずに、輝き続けられますように。やがて、産声を上げて、お父さんとお母さんに抱かれる日が、やってきますように。

「さあ、判定日まではリラックスですよ。あまり気にし過ぎず、好きなこととして過ごして下さいね」

看護師が声をかけると、患者――新庄あかりは、ただひとこと「トイレ」と声を発した。

「え？　トイレ？」

「……トイレですー。あの、我慢の限界です。すみません、トイレに行ってもいいですか……ってすみません。ムードぶち壊しで」

「あぁ。はいはい、そうだよね。よく我慢しましたね。さ、お手洗い行きましょう」

幸のクリニックでは、移植直前の患者に、限界ギリギリまで「尿溜《だ》め」を行ってもらう。尿が溜まっているほうが、エコーが綺麗に映り、患者側も痛みが少なく済む場合があるからだ。

「ありがとうございました！」

診察台から下りた患者が看護師に促されて処置室を出ていくと、幸は、杏子先生に声をかけた。

「杏子先生。胚を流れ星にたとえるなんて、感動しました」

「えーっ、そう？　なんか、今、突然そう見えたんだよねぇ。どうしよう、私、頭の中がメルヘン畑になっちゃったのかな。柄にもなく恥ずかしーわ」

「いいえ、全然です。すごくいいと思います。これからもぜひ、そう声をかけてあげてほしいです。って、私が言うのもおこがましいのですけど……」

「そーお？　さっちゃんが言うなら、そうしようかな。よーし、次の移植、いってみよー」

やたら上機嫌の杏子先生が鼻歌交じりに大きく伸びをする。今日の胚移植はあと四人続く。幸は次の患者の準備を始めながら、流れ星が、夜空を悠々と泳いでいる姿を思い浮かべた。


仕事が終わり、スタッフルームに戻ると、幸は真っ先にスマホを取り出した。兄から返信が来ていないか確かめるために。でも、期待に反して、受信メールはゼロだった。

「やっぱ、来てないか……」

母とはあれ以来、連絡を取っていない。悩んだ挙句、幸は兄にメールを送ったのだ。それも、かなり長いメールを。

お母さんが、専門施設で生活をさせようとしていること。詳細はわからないけれど、突然誰かが迎えに来て、どこかに連れて行かれるかもしれないこと。もしイヤなら、きちんと親に話をしたほうがいいこと。無理なら紙に書いて、親が出かけているうちに、居間のテーブルにでも置いておいたほうがいいということ。施設に行くのも、家にいるのもイヤだったら、東京に来てもらっても構わないこと。なんとか、手助けをしたいと思っていること。そして、今回は、返事がほしいことを。

幼い頃の恩というものは、意外と忘れられない。妹だから兄に面倒を見てもらうのは自然なことかもしれないけれど、それでも兄は、自身の貴重な時間を使って、よく遊びに付き合ってくれた。無口な父、内向的な母に代わって、いろいろなことを教え、話し、そして守ってくれた。

幸が虫メガネを持ってあちこち歩き回り、迷子になっても、いつも兄が見つけてくれた。だから、安心して冒険に出かけられた。同級生に「長谷川虫がっぱ」とあだ名をつけられ、からかわれても、全然平気だった。全部、兄のおかげで。

両親でさえ風変わりな娘を心配していたのに、兄だけは、幸の好きな、小さな世界を理解してくれた。

「幸の発見は、いつもおもしろか」

と。単純に、兄が好きだった。頼れるからではなく、守ってくれるからではなく、単純に家族として、好きだった。だから、力になりたかったし、大人になって自立した今、できることはしたかった。

でも、何が正解かはわからない。もしかしたら自分も、あの賞味期限切れの缶詰を押し付けた人みたいに、的外れなことをしてきたのかもしれない。

母ともケンカをした。兄からのメールは返ってこない。

なんだか八方塞がりだ。力が抜ける。やっぱり自分には、健全で、正しい人間関係は築けないのかもしれない。親とでさえ、兄とでさえも、こうなのだから。

スタッフルームを出ると、廊下の先に、偶然、花岡先生の背中を見つけた。瞬間、なぜか、反射的に体が動いた。幸は、その背中を小走りに追いかけ「花岡先生！」と声をかけた。よれよれになった白衣、ちょっとぼさぼさの頭。そして、がっしりとした広い背中が、ゆっくりと向きを変えた。

「ああ、長谷川さん。今帰りですか。お疲れ様です」

「花岡先生。この間のお話なんですけど……やはり、お願いしてもいいでしょうか」

半ばやけくそだった。かなり衝動的に、もう、どうにでもなれと。結局、どう転んでも、どうにもならないのだから、もう、いっそのこと、と――。

そう思ったから。

でも、誰が聞いているかわからない院内で声をかけてしまい、一瞬のうちに後悔が襲ってきた。が、花岡先生はさして周囲を気にするでもなく、鷹揚に頷いた。

「わかりました。いいですよ。ただ……」

珍しく、言い淀む。幸は、息を呑み、静かに続きを待った。

「ただその前に、一つお聞きしておきたいことがあります。よければ今、お時間頂戴できますか」

「はい、もちろんです」

それから、幸と花岡先生は、誰もいない応接ルームに入り、向かい合って座った。

「花岡先生、すみません。突然お呼び止めしてしまって」

「いえ。大丈夫ですよ」

「検査の費用のことや、段取りは、当たり前ですが私が全部担います。花岡先生には、ただ、検体だけご提供頂ければ……」

「いえ、そのあたりのことは全然いいんです。ただ……もし、僕と長谷川さんの間に血縁関係が認められた場合、どうしますか？　長谷川さんは、僕に何を望みますか？」

思いがけない質問に、幸はゆっくりと瞬《まばた》きをした。

親子関係が認められたら。

もし、花岡先生と血が繋がっていたら。

親子だったならば。

何を望むのか。何をしたいのか。

「いえ……その」

幸は、下を向いた。

「すみません。こんな言い方はおかしいかもしれませんが、何も、望みません。望まないです。ごめんなさい。ただ、知りたいだけなんです。親子の付き合いがしたいとか、援助をしてほしいとか、そういうことはまったく思っていません。知りたい。それだけです。巻き込んでしまってすみません」

でも。でも——。

「でも。もし、花岡先生が私の半分を創ってくれた人だったらいいな、と思う気持ちもあります。だから、私は、この世界……不妊治療の世界に惹かれたんだって納得できると思いますし。もちろんそれも、私の都合の良い考えだと思いますが」

だけど、それが、心の中にある本当の気持ちだ。花岡先生が、生みの親だったら、どんなにいいか。どんなに救われるか。だから今、自分はここにいるのだと。

この世界に、いてもいいのだと。

「なんというか……いやはや、ドラマですよね。もし、僕たちの血が繋がっていたら」

花岡先生は、前髪をくしゃっと潰すように握り、困ったように笑った。

「でも、事実は小説より奇なりとも言いますし、前にも言った通り、女性の第六感や直感は侮れませんから」

「……はい。それと、私は、花岡先生のことを尊敬しています。患者さんからも信頼されていて、スタッフからも人気があって、いつも優しくて。先生が来てから、このクリニックはなんだか明るくなった気がするんです。だから、だから、だから……」

だから――。

「長谷川さん。一つ言っておきますが、僕はそんな素晴らしい人間じゃないです。自分勝手で、鈍感で、どうしようもない男ですから。ついでに言えば、僕は昔から、家族の絆《きずな》や血というものを忌み嫌っています。かなり強く」

「……え。そうなんですか」

初めて異変を感じた。穏やかな顔つきが消え、突然、瞳が暗く沈んだ気がして。幸の戸惑いをよそに、花岡先生は、はっきりと告げた。

「長谷川さん、これだけは言えます。血は、すなわち愛じゃないです」

第四章　真実

東西線《とうざい》に乗り換えたとたん、兄からメールが届いた。待ち焦がれた返事。幸は、震える指でたどたどしくスマホを操作し、ゆっくりとメールボックスを開いた。

でも、そこに書かれていたのは『ありがとう』と、たったひとことだけだった。

「………」

何が「ありがとう」なんだろう。施設の件は？　行くのか、行かないのか。結局何もわからない。「了解、親と話してみる。ありがとう」という意味なのか、「施設に行くよ。ありがとう」なのか、単に「メールをありがとう」なのか。

たった五文字の言葉は、何も教えてはくれない。次の一歩にも繋がらない。突き放された感じすらする。もしや「もう放っておいてくれ」ということか。それならそう言ってほしい。

幸は、兄に対して、初めて怒りを覚えた。

何が不満なのか。何がイヤで、部屋に閉じこもっているのか。確かに大変だったと思う。心優しい兄が、激務に耐え、競争の世界で生きた四年間。ろくに眠れなかった日々。最後には病気になり、痩せこけ、それでもなんとか長崎に戻ってきたときの、あのぼろぼろに疲れ切った表情。心底、帰ってきてくれてよかったと思った。その気持ちはうそじゃない。

でも、まるでわからない。知ろうとしているのに。聞こうとしているのに。一緒に、悩みたいと思っているのに。力になりたいのに。昔、兄がそうしてくれたように。

兄は、ちゃんとした子供なのに。父と母と血が繋がっていて、頭もよくて、才能にも、友だちにも恵まれていて。いくらでも、やり直せたはずではないか。

今からだって。本人さえ、その気になれば。

もう静観するしかないのだろうか。だけど、幸は、勢いに任せてメールを送った。

『何がありがとうなのか意味不明です。施設には行きたいの？　行きたくないの？　お願いだから、ちゃんと気持ちを伝えて下さい』

ものすごく棘《とげ》のある文面になってしまった。でも、どのみち返事は来ないだろう。

だから、もういい。

兄にとって——長谷川進という人間にとって、血は、家族は、人生は、どういう意味を持つのだろう。重くて、背負いきれなくて、つらくて。すべてを絶ちたいほど、厄介な存在なのだろうか。

——花岡先生のように。

でも、うらやましいのに。ちゃんと、血が繋がっていて、うらやましいのに。

『私は、お兄ちゃんがうらやましいです。私も、お父さんと血が繋がっていてほしかった。お兄ちゃんとも完全な兄妹でありたかった。何もできなくて、ごめんなさい』

幸は、画面を殴りつけるように打ち、読み返すことなく再びメールを送信した。

花岡先生は確かに言った。「血は愛ではない」と。

その意味は、わかる。血の繋がりがあれば、すべてが丸く収まるわけじゃない。実の家族にだって、いろいろな問題が起こる。

もちろん、それはわかっている。

地下鉄が揺れ、止まり、たくさんの人間を吐き出し、また吸い込んだ。黒い窓に映る自分の顔が、知らない人みたいに見える。こんな顔だっけ、いや違う、じゃあ誰だろう、本当の自分はどこにいるんだろう。自問自答するうちに、東西線の車両はいつの間にか地上に出た。中野《なかの》駅でしばし停車するとのアナウンスが入り、扉が開く。地下のそれとは違う、冷たい生きた空気が入ってきて、少しだけ生き返る。早く家に帰って、苔たちに会いたい。じゃないと、息がうまくできない。たった数分の停車すら、もどかしく感じてしまう。

ほんの数時間前。花岡先生に「血はすなわち愛ではない」と言われたあのとき。幸は、いつもと様子が違う花岡先生に、完全に気圧《けお》された。

「……もちろん、血がすべてではないことは、わかっています。でも……」

何か言わなければと幸が口を開くと、花岡先生は微かに瞳を揺らした。

「長谷川さん。僕はね、いわゆる毒親育ちなんですよ。最近よく聞く、親ガチャに外れた子供、とでも表現すべきでしょうかね」

「………」

予想外のことを言われ、幸は完全に言葉を失った。それでいいと、向かいにある二つの瞳が言う。氷のような冷たい目。それから花岡先生は、深くソファに座り直した。幸もとっさに真似《まね》をして、同じようにソファに体を預ける。一瞬迷ったそぶりを見せたあと、花岡先生は、ゆっくりと話し出した。

長谷川さん、僕はね、寝返りや歩くのも遅ければ、笑うこともせず、何もできない子供だったらしいです。とくに言葉の遅れは顕著で、二歳を過ぎても、三歳を過ぎても、喋《しゃべ》る気配がない。おむつも取れず、ろくにスプーンも使えない。母は心配や焦るどころか「できそこない」と言って僕をなじりました。二歳上の姉も、そんな母を見て、意味もわからず「できそこない」と僕のことを呼びました。当時のことは、朧気《おぼろげ》ながら記憶にあるんです。「できそこない」の言葉の意味はわかりませんでしたが、それが悲しい言葉であることは、伝わっていました。

身体的虐待を受けていたわけではない。食事や風呂など、最低限の世話はしてもらっていたと思います。でも、母は、とにかく毎日のように「こがいなできそこないを産んでもうて」と、嘆いたり、舌打ちをして僕を小突いたり。かと思ったら、突然強く抱きしめられたりもする。そういうときは、姉も「よしよし」なんて言って、頭を撫でてくる。ふたりはいつもコピー製品のように同じなんです。僕は、そんな母や姉の不安定さ、予告もなくがらりと機嫌が変わるさまがとにかく不気味で怖かった。

公園に連れて行ってもらった記憶や、どこかに出かけた記憶もありません。母親は、発達が遅く、喋れない僕を隠すように、家に閉じ込めていました。時折、姉と二人で外食に行ってはいましたが、僕はいつも留守番でした。まぁ、ネグレクトに近い状態ですね。今思えば、留守中に事故や事件が起きなかったのが不思議なくらいです。

父親の記憶はありません。僕が生まれた頃には家を出て、別居状態だったらしいです。のちに離婚したと聞きましたが、今日まで、僕は一度たりとも父親に会ったことはありません。幼い頃の僕はとにかく太っていて、のろまで。母親は父親そっくりの僕に、嫌悪感を抱いていたらしいです。できそこない、のろま、デブ。延々と言われ続けたこの三つの言葉は、大人になった今も僕の体と心を巣食っています。

もちろん、家も裕福ではありませんでした。母親は気まぐれにしか働かず、よく、昼間から下着姿で酒を呑んでいました。というより、まともに服を着ているところを見たことがないんです。別れた父親から相応の養育費はもらっていたらしいのですが、それが子供のために使われることは一切ありませんでした。そうして、小学校の高学年くらいになって、ようやく「僕の家は何かおかしい」と気づきました。他の家とあまりにも違うと。でも、気づいたところで子供には何もできません。あの女は、自分が子供を産んだことすら理解していないような人ですからね。まるで僕らが勝手に生まれて勝手に家に上がって住み着いてしまったような、そんな扱いです。自分と自分の感情以外に関心がない。姉はそんな女に媚《こ》びることで居場所を得て、僕はただ、二人のサンドバッグとなり、反論もできずじっと耐えていました。

中学に入ってからも、部活動なんてさせてもらえないし、習い事や塾なんてもってのほかです。それどころか、給食費や修学旅行の積立金も度々滞納していて、あのときは死ぬほど恥ずかしかった。金を払っていないのに給食を食べるのが心苦しくて、給食の時間に、図書室に逃げたりして。空腹を、カビ臭い本の匂いを嗅いで、ごまかしたりしてね。みじめでした。思い出すだけで、体が縮みます。縮んで、小さくなって、膝を抱えて消えたくなる。完全に記憶を消せる魔法があるのなら、全財産をなげうってでも、消してしまいたい。それくらい、僕は何度も絶望しました。


花岡先生はそこまで一気に話すと、急に深く息を吸った。幸は反射的に立ち上がって、応接ルームの隅に置いてあるウォーターサーバーに駆け寄り、紙コップに水を注《つ》いで渡した。喉仏が大きく動き、あっという間に水を吸い込んでいく。

「急にすみません。どうでもいいですよね、僕の昔話なんて。もうやめましょう」

投げやりに言うと、花岡先生は、ははっと嗤《わら》った。でも、幸は目を逸《そ》らさず答えた。

「いえ。聞かせて下さい。でも……それでも、先生は、医者になったんですよね。すごいです」

心底思った。幼い頃の花岡先生と、今の花岡先生が、まったく結びつかない。母、母親、あの女。だんだん変わる呼び方に、花岡先生の苦悩と混乱がこびりついている。でも、幸は知りたいと思った。この目を逸らしてはいけないと。やがて花岡先生は、ほんの少しだけ表情を和らげ、

「僕はね、他人に育ててもらったんです」

と、言った。

「他人ですか」

「他人です。赤の他人。まず、僕が喋れるようになったのは、四歳も過ぎてから行き出した、保育園の先生のおかげです。その若い先生は、喋れない僕を笑ったり、怒ったりしませんでした。色、形、数字、雲、石、植物や花の名前。宇宙の仕組み、星座。時計の読み方。ありとあらゆるものを声に出

して表現してくれ、ときには自作の歌をつくって、僕に聞かせてくれました。そして何より、いつも笑顔で名前を呼んでくれた。これが、どんなにうれしいことか……わかってもらえますか」

花岡先生の声が震えた気がする。幸は、大きく首を縦に振った。

「僕は初めて人に関心を持ってもらえた。そして、気づいたんです。僕は、話せないけど、言葉をたくさん知っている、と。家にはほとんどなかった絵本が保育園にはたくさんあって、僕はひたすら絵本を読んで過ごすようになりました。図鑑や写真集もあって、それらを眺めては、頭の中に、ただモノの形や色、名前を詰め込んでいきました。その作業は、とても楽しかった。まるで頭の中に泉があるように、どこまでも深く、クリアに、さまざまなものを沈め、好きなときに取り出すことができたから。

信じてもらえるかはわからないですが、なぜか、読めたんですよね。本や図鑑の解説が。ひらがなや、ふりがなをふった漢字が。単なる文字の集合体が、ちゃんと意味を成して頭に届くというか。

そのうち声が出るようになり、ようやく話せるようになって、僕は少しずつみんなと遊べるようになりました。その先生は、誰よりも喜んでくれましたね。本当に、親であり、師でした。

それから本好きになり、中学生の頃は、ひたすら学校の図書室にこもって本を読んでいました。放課後も、ずっと。ただ、校内にいられるのは午後六時まで。当時住んでいたアパートは狭くて、僕の部屋はなかった。本当にそれが息苦しくて、たまらなくて。

ある日、計画を立て、それを実行しました。家に帰らず、図書室に隠れたんです。スーパーで安い菓子パンとコーラ、懐中電灯を買っておいて、見回りの先生をなんとかやり過ごし、僕は完全に一人の空間を勝ち取りました。学校に一人、怖かったですけどね。季節は秋で、校庭から虫の音がとにかく乱暴に響いていて。唯一の宝物だったラジオを流し、僕は床の上で一晩中本を読みました。あのときの床の硬さ、肌寒さ、そしてそれを包み込むような高揚感と解放感。少しの恐怖心さえ克服すれば、図書室は天国でした。その頃は姉も夜あちこち遊び歩いていて、母親が心配して捜しに来たり、警察に連絡する人ではないこともわかっていましたから、その辺は気楽でしたし。

次の日は、小さな毛布を持ち込み、段ボールを床に敷きました。

まぁ、だけどね、あっけなくその日中に見つかりましたね。しかも、校長先生に。でも、これまた幸いでした。その校長先生が、とにかく器のでかい、話の通じる人だったんです。

「図書室に寝泊まりするのは、どんな気分かね?」

開口一番、やけにふさふさな銀色の髪をなびかせて、そう聞くんです。僕が、「天国です」とひとこと答えると、「ほほう」となぜかうれしそうに唸って、「それなら私もやってみよう」と。

度肝を抜かれました。ただ、その日は家に帰され、次の日に一緒に泊まろうということになりました。絶対に何かの罠《わな》だ、親や担任や学年主任に告げ口され、説教されるに違いない。

そう思っていたのですが、その校長先生は、本気だったんです。翌日、こっそりと寝袋を二つ、そして奥さんが作ったという弁当、水筒に味噌汁までもを入れてきて。見回りの先生が帰宅したのち、ランタンを取り出して、明かりをつけてくれました。ぼわんと、ほのかに、だけど頼もしいオレンジ色の光が僕らを照らし、その光の中で、僕と校長先生は弁当を食べました。

そのとき食べたおにぎりは、心底うまかった。しっかりと塩が利いたおにぎりの中に、ウインナーと玉子焼きが入っていて、それにも度肝を抜かれました。校長先生が「うちの妻の得意料理なんだよ」と照れくさそうに笑い、それがなんだか沁《し》みて、沁みて。

校長先生は結局、僕には何も聞かなかった。あとでわかったことですが、ちゃんと家にも「今日は僕の家で勉強会です」と、電話を入れてくれていたんです。その日は、ラジオをＢＧＭに、一晩中、校長先生の若い頃の話を聞いたりして……なぜか、心地よかったんですよ。その先生の声が。聞いていても耳障りじゃないというか、窓の外の虫の音とマッチしているというか。寝袋に寝るのも初めてで、なんだかキャンプをしているみたいで、僕も、ぽつぽつと、時系列はバラバラでしたけど、初めて、自分のことを少し話すことができました。不思議ですね。話すって、不思議です。話して、初めて知る。自分の思いが、初めて形になって見える。溢れていく。

次の日は顎ががくがくして、喉が痛くて、唇がひりひりしました。初めて、人と、まともに話したんだと思います。クラスメイトとも最低限しか話さなくて、僕は会話を楽しんだことなんか、なかったから。また一つ、僕の扉が開いたんです。

いますかね、他に。校長先生と、学校にこっそり寝泊まりしたことがある生徒は。多分いないですよね。万が一露見したら、大問題になるし、校長先生もクビでしょう。でも当時、校長先生はきっと、そこまで覚悟していたのだと思います。

その後、校長先生は、図書室に泊まるのは寒いから止《や》めなさいと言い、かわりに、時折僕を家に泊めてくれました。これももちろん、こっそりと。校長先生には子供がいなくて、奥さんもとてもいい人で、行く度にご飯を作ってくれて、そして帰るときには必ずおにぎりを持たせてくれる。ウインナーと玉子焼き入りのおにぎりを。その奥さんもね、

「ねぇねぇ、図書室に泊まるってどんな気持ちだった？　幽霊を見たりした？」

なんて、子供のような顔つきで聞いてくるんですよ。もう、きらっきらの瞳で。心底思いましたよ、この人たちが自分の親だったらって。でも、僕はそのとき、小銭程度しか持たない中学生で、何もできなくて。だからね、勉強をすることにしたんです。変な話ですが、勉強しかすることがなかったんですよ。暗記が得意で、要領もよかったから、多分、本気を出せばいい点数が取れるだろうなって。その通りで、じわじわコツをつかみ、三年生の秋には、学年トップになりました。校長先生も、奥さんも、すっごく喜んでくれましたね。

その校長先生が、それからたった二か月後に病気で亡くなったときは、もう、明日から声が出なくなるのではというくらい、泣きました。泣いて、荒れて、家中のものをたくさん投げつけました。母親も姉も、僕のあまりの変貌にドン引きして、その日は家を出て、朝まで帰ってこなかった。

葬式には、行かないつもりでした。でも、最後の出棺ギリギリのタイミングでかけつけました。斎場の前には、制服を着た生徒や先生たちが黒い団子のようにかたまっていて、僕はそのかたまりを押しのけ、棺《ひつぎ》に抱き着いて、泣き続けました。遺影を抱いた校長先生の奥さんに、背中をさすられながら泣きました。クラスメイトも、先生たちも、びっくりして、唖然《あぜん》としていました。とくに担任。その顔を見て、「あぁ、校長先生は本当に誰にも言わないでくれたんだな」と、ますます涙が込み上げてきました。

そのとき、ふと、校長先生が「小さい頃は医者になりたかった」って言っていたのを思い出したんです。あの、秋の図書室で。夜中にね。とろとろ重いまぶたと格闘しているときに、そう話してくれた。なぜなりたかったのか、詳しくは聞かなかったんですけど。でも、なぜか、思い出した。

だから僕は医者になりました。単純ですよね。でも、中学生ですから。

頑張る動機なんて、単純で、でも、僕なりに懸命だったんです。

やがて、僕が医者になったことを知ると、あの女と姉は、目の色を変えて飛び込んできました。というかね、やつらは僕が医学部に通っていることも知らなかったんです。学費は丸々奨学金でしたし、その手続きも、受験や入学の手続きも、すべては高三の担任の先生がやってくれましたからね。親は、三者面談にも来ず、担任が電話しても居留守か生返事を繰り返すばかりで、ろくに子に関心も持たない。挙句に、担任に「息子を塾に行かせたい」などうそをつき、お金の無心までしに来たそうです。

「お前、親に言わずに受験しろ。そして、早くあの家から出ろ」

と、言ってくれ、とにかく親身になってくれました。だけど、どこからどう漏れたのか、研修医になってすぐ、やつらは鼻息荒く病院に乗り込んできました。そして「幸太郎」と上目遣いで名前を呼び、「当時は私もつらかった」「あんたのこと、できそこないなんて思ってなかった」「あんたがいたから頑張れた」と女優ばりに涙を流して言う。そして、「抱きしめて」と。「私を抱きしめてちょうだい、幸太郎」と、すがるように泣く。僕が断り、帰れと言うと、鬼のような形相に変わり「金をよこせ」「育てた恩を返せ」と喚き出す。

そのとき、本当の意味で決意しました。こいつらと、縁を切ろうと。捨てようと。それまではね、まだ、ほんの少し残っていたんです。血の繋がりがもたらす、微かな希望が。認めてほしい、気にしてほしい、悔いてほしいと。でも、ようやく切れた。その白々しいまでの演技が、僕に巻き付いた長年の鎖を荒々しく断ち切ってくれたんです。

地元である九州を離れて、北海道で長く暮らしたのも、そういう理由からです。

絶縁はしましたが、悲しいことに、僕とあの女と姉は正真正銘、血が繋がっています。だからね、長谷川さん。もしも、僕と長谷川さんの間に親子関係が認められたならば、その瞬間、あなたは、あんなやつらの姪《めい》と孫になってしまうんです。それでも、受け入れられますか。僕だって、ろくな人間じゃありません。仕事で見せている花岡幸太郎という人間は、ほんの一部分でしかありません。仕事のときはある意味、理性が働いていて、好きに仮面を被れますからね。

血が見えないことはとてもつらく、受け入れがたかったと思います。でも、血が見える悲惨も、世の中にはたくさんあります。それは長谷川さんも充分わかっているでしょう。

長谷川さんの、生みの父を知りたい気持ちは否定しません。でも、僕はこんな人間です。親もまともじゃないです。悲惨な武勇伝なら、もっと、たくさんあります。僕が父親でいいわけがない。

僕が、かろうじて、人の役に立てるような仕事に就けたのも、全部「他人」のおかげです。保育園の先生、中学校時代の校長先生とその奥さん。それから、高校三年のときの担任の先生。僕は塾や予備校にも行かず医学部を受験したのですが、そのときも、本当に親身になって、遅くまで職員室で勉強を教えてくれました。帰りにラーメンを食べさせてくれたりしてね。それから、大学時代の教授。そう、精子提供を呼びかけていた例の教授は、割のいいバイトを紹介してくれたり、僕が無償の奨学金を受けられるよう奔走してくれたり。

僕は運がよかっただけなんです。赤の他人が、みんな必死に僕を守って、育ててくれて。でもね、そういう人たちはね、「恩返し」を受け取らないんです。校長先生の奥さんもね、僕が初任給を丸々引き出して持っていったら、泣きながら怒りましたね。私に返さず、下の世代に返しなさいと。仕事で人を救いなさいと。それでまた、帰りにおにぎりをたくさん持たせてくれて。

僕のおふくろの味は、あのおにぎりです。本当に。それ以外にはありません。人間は、親だけが育ててくれるんじゃない。家族だけじゃない。赤の他人のひとことが、小さな行動が、その人の人生を創り、救うことだってあるんです。人が育つために必要なのは、血じゃなくて愛情です。思いやりです。だからね、長谷川さん。血の繋がりや、生みの父親だけにこだわって生きなくてもいいんじゃないでしょうか。

それよりも、もっと、見るべきもの、知るべきもの、楽しむべきもの、愛《め》でるべきものが、あるんじゃないでしょうか。時間は有限なのだから。

長い時間を経てようやく話し終わると、花岡先生は、まるで呼吸を忘れていたかのように、ふうっと、深く深く、何度も息を吐いた。そして、静かに吸う。それから、両手で顔を覆い、ごしごしと洗うような仕草を繰り返した。

前髪は乱れ、両目の縁は真っ赤に染まり、目の下のクマがくっきりと浮かび上がって。

そしてなぜか、一回り縮んだように見えた。

幸は何も言えなかった。この瞬間、言葉が存在しなかった。できることなら、目の前にある大きな手を握りたかった。でも、それもできなかった。

「お先に失礼します。本当に、無駄話をすみませんでした。検体はもちろんお渡しします」

ぎこちなくも、花岡先生はいつもの顔に戻って、立ち上がった。幸は、それにも答えることができなかった。完全に花岡先生の気配が消えてから、ようやく体を動かし、立ち上がれるようになった。ほとんど喋っていないはずなのに、額には汗がびっしりこびりついていた。

それから、よたよたとクリニックを出て、なんとか電車に乗った。長い告白を聞いたあとだけに、その後届いた、兄の『ありがとう』だけの返事は余計に虚しく響いた。

花岡先生。

幸の心には、絶望も、がっかりも、なかった。

ただ、とんでもないことに巻き込んでしまったという罪悪感だけが、残った。

ＤＮＡ鑑定は、想像していたよりずっと簡単で安かった。

漠然と三十万円くらいかなと予想していたけれど、実際はその三分の一に満たない出費で済んだ。時代なのか、スマホから申し込みをするだけで検体採取キットが送られてきて、手順に従い、口腔上皮の検体を採取し、返送するだけ。結果も郵送で送られてくる予定で、要は誰にも会わずにすべてが済む。結果は、早ければ十日ほど。遅くても二週間後だ。

花岡先生とのやり取りは、ごくごく機械的に終わった。幸は、

「花岡先生。こちらが採取キットなので、お願いできますか」

と、診察室に誰もいないときを見計らって声をかけ、花岡先生も「はい、了解です。では、明日にはお渡ししますね」と、ためらう様子も見せず、あっさり受け取った。

事情を知らない人が見たら、単に仕事の話をしていると思うだろう。幸自身も、そうだと錯覚したほどだ。ただ、心臓は、やっぱり暴れていた。でも、もう引き返せない。花岡先生の人生、そこに根付く深い悲しみを知った今、結論を出すことでしか終わらせられない。

幸は、祈るような思いで、二人分の検体が入ったキットをポストに投函した。

そしてその日の夜、幸は家でおにぎりを握った。玉子焼きと、ウインナーが入ったおにぎり。おかず入りのおにぎりは初めて作ったけれど、白米の量を相当多くしないと具が隠れず、結果的にかなり大きなサイズのおにぎりになってしまった。校長先生の奥さんが作ったというおにぎりも、きっと、大きかったに違いない。中学生だった花岡先生を育てた、大きなおにぎり。

幸は、作ったそばからそのおにぎりにかぶりついた。一口目でウインナーが出てきて、五口目で玉子焼きが出てきて。ただ無になり、もぐもぐと口を大きく動かし、そして、中学生だった頃の花岡先生の姿を思い浮かべてみた。なぜか、ぼんやりと輪郭が見える気がして。

花岡先生が言うように、人が育つために必要なのは、決して血ではないのだと思う。実際に、花岡先生は血の繋がらない他人に守られ、それを体感しながら生きてきたのだから。同時に――。血の繋がった家族から、できそこない、のろま、デブと罵《ののし》られ続けた日々は、幼い花岡先生の心にどれほど暗い穴を開けたことだろう。癒えることのない傷と共に生き、それでも今、こうやって他人である自分の人生にまで寄り添ってくれようとしている。

強い――。花岡先生は、強い。

そして、自分は、ただただ弱い。虐待されていたわけでも、兄と差別されていたわけでもない。ただ生みの父が見えないだけで、血が繋がらない父と、うまく心を通わせられないだけで、怖くて話せないだけで、聞けないだけで、目を見ることができないだけで、つまりは、ただの弱虫なだけで。

本当は、血でもなんでもなく、半透明だからでもなく、結局は、自分が弱いだけで。

だからこそ、きっと惹かれるのだ。その強さに。そこから湧き出る優しさに。

告白を聞いた今も、花岡先生を尊敬し、生みの父であってほしいと願う気持ちは変わらない。たとえそれが、花岡先生のお母さんやお姉さんと血が繋がっている結果になろうとも。それに、花岡先生の仕事ぶりや考え方、まわりの人たちに接する態度は、やっぱりすごい。すごいし、尊敬する。何より、花岡先生が発する朗らかな雰囲気は、そのまま院内を明るく照らす。それは、真実だ。

そして、あの、おにぎりの食べ方も。大きな分厚い手でおにぎりを持ち、ものの数口で食べきってしまう、豪快で、不思議と見ている人を魅了する食べ方。また、真似をしてみる。でもやっぱりうまく食べることができない。自分と、まったく、同じ形の手をしている人なのに。

親子か、そうでないか、二週間後にはわかる。だけど。

結果を聞くのが怖い。知りたいのに、知りたくない。矛盾した気持ちが幸を襲う。同時に、花岡先生に対して、再び申し訳なさの波が押し寄せる。どうして巻き込んでしまったんだろう。冷静になればなるほど、自分の行動がおかしく思え、頭を抱えたくなる。

でも、もしも、花岡先生との間に親子関係が認められたら……きっと救われる。

この仕事をしている意味。精子提供で生まれた自分が、不妊治療に携わる意味。花岡先生が生みの親だったならば、きっとすべてを受け入れられる。親子そろって、同じ世界に惹かれたのだと。だからこそ、銀色の地球に出会ったのだと。そう受け止めて、歩いていける。だけど。

もし、親子じゃなかったら——すべてがまた闇の中に戻ってしまう。

強くなれたらいいのに。自分の存在を、生を、自分一人の力で認めてあげられたら、どんなにか救われるだろう。なのに、それができない。

そして、やっぱり思う。

こんな自分に、いつも同じ場所から抜け出せない自分に、胚培養士という仕事をする資格があるのだろうか、と。

小さな、小さな命。

銀色に輝く、あまりにも深く儚く、尊い命。

その命に触れる資格があるのだろうか。

こんな自分が。こんなにも弱い自分が。


。。。


検体を返送してから一週間後。重くのしかかるような疲労感と共に出勤すると、ラボの中で有紗と桐山翼が揉めていた。桐山の顔は、すでに耳のあたりまで赤くなっている。

加わるべきか、静観するべきか。悩んでいると、「あっ、幸さん!」と有紗に呼び止められた。

「おはよう。お疲れ様」

幸が素知らぬ顔で近づくと、有紗は間髪を容《い》れず「幸さんに判断してもらおう」と、桐山に言い、本人の返事を待たずに「これを見て下さい」と、タイムラプスインキュベーターの画像を指差した。

「これです。この二つの胚盤胞《はいばんほう》、幸さん的にどう評価しますか。どちらも五日目のものです」

幸は、ちらっと画像を確認し、すぐに「最初の子が5CC、次の子が4CB」と答えた。有紗の目が大きく開かれる。

「え、そうなんですか。最初の子は、5BBかと思ったんですが」

有紗は明らかに不服そうだ。

「うーん、ＢＢはない。内細胞塊が少なすぎるから。移植は難しいかなぁ……」

「だから言ったじゃないですか」

黙っていた桐山が、有紗に食ってかかるように言う。どうやら幸の下した判断は、桐山のそれと同じだったらしい。

「でも……」

「僕も、５ＣＣ、４ＣＢだって言ったじゃないですか。でも、岸さんが絶対違うって」

「だって……この患者さん、Ｃレベルの胚盤胞が多くて、でも、これはいつもよりはいいかなって」

「なんですか、その主観メインの無意味な理論は。変に感情移入するから適正な評価ができないんですよ」

「別に、そんなことしてない。それにこれと似たような胚が５ＢＢだったの見たことあるし」

今度は有紗が赤くなる番だった。

「二人ともわかってると思うけど、胚は見た目がすべてじゃないよ。培養日数や分割スピードのほうが大事だし。さ、今日は忙しいし、頑張ろう」

幸は自らに言い聞かせるよう、早々にその場を離れた。今日は、とにかくそつなく仕事をこなし、誰とも揉めることなく、家に帰りたかった。

が、有紗はまだ納得いかないようで、昼休みにも「きりっち、言い方キツイですよね。幸さんの気持ちわかってきました」と、ぶつぶつ嘆いていた。でも、意外にも幸は、今朝のやり取りから、桐山の成長を感じていた。そう、彼は感覚や手つきはいいのだ。新人がやる清掃や器具の洗浄も丁寧に素早くこなすし、入職してすぐ練習を始めるピペット引きもうまく、スピード感もよかった。

反対に有紗のムラッ気はどうしても気になる。有紗は転職組で、胚培養士歴は四年。桐山よりは先輩だけれど、まだすべてにおいて安定感がない。この前も検卵の際に卵子を見失い、かなり焦っていた。どちらも直接幸が指導する後輩ではないけれど、それでもこの二人の成長は、今後のラボに大きく影響を及ぼすはず。

万が一、自分がいなくなったとしても、なんとか――。

なんとか、しなくてはならない。

幸が昼食を終えて休憩室を出ようとすると、入れ違いに入ってきた桐山と出くわした。

「お疲れ様」

幸が声をかけると、桐山は無言で頭を下げた。手に白い紙束を持っていたので何とはなしに目をやると、そこには受精卵の写真が一覧に並んでいて、赤ペンで細かい書き込みがたくさんしてあった。

「それ、もしかして勉強用？」

「……まぁ」

「よければ、ちょっと見せて」

桐山は案外素直に紙束を渡した。

分割期胚――8cell・G2、フラグメント少。割球均一。

4cell・G5、フラグメント多、形態不良。

胚盤胞4BA。TEやや少なめ――など、胚の評価や所見が一つ一つ詳しく書き込まれていた。

「よくできてる……」

「これがよくわからない」

桐山が指差した分割期胚を見ると、確かに判断に迷うものだった。

「確かにだね。フラグメント（細胞質が分断した不要な粒々）は多いけど、割球の大きさは割と綺麗に揃ってる。この場合はG3じゃないかな」

桐山は幸の言葉に無言で頷いた。

ヒトの受精卵は、培養二〜三日目の「分割期胚」と、培養五〜六日目の「胚盤胞期」にわかれ、それぞれ見た目をもとに「評価」がつく。評価をつけるのは、移植の優先順位を決めるためだ。

当然のことながら、評価がいいほうが着床率も高くなる。そのため、体外受精、顕微授精では、複数の受精卵ができた場合、分割スピードや培養日数を優先的に考慮しつつも「グレード（評価）の良い卵」から順番に移植していく。

病院により評価のつけ方には差があるけれど、幸のいるクリニックでは、グレードの低い卵は基本的に移植しない。グレードが低いと、着床しなかったり、しても流産する確率が高くなり、母体の負担となる場合があるからだ。最近はＡＩが胚の評価をできるようにもなってきているけれど、基本的には胚培養士の役目で、幸のように十年目ともなると判断も正確になってくる。が、新人の頃は、パッと見で判断するのは難しい。桐山もそれを感じ、自分で勉強しているのだろう。

「努力してるんだね。えらいね」

素直に褒め言葉が出た。が、桐山は、

「別に、これくらい誰でもやってますよ。それに長谷川さんにそんなこと言われても」

にこりともせず、いつも通り神経質そうな瞳を暗く光らせた。

「きりっち、それってどういう意味？　幸さんに失礼だよ」

朝の恨みが残っているのか、有紗がぐいと間に入ってきた。

「別に。そのまんまの意味ですよ。長谷川さんは、こんなの昔から難なくできたんでしょうからね。なんせ天才すから。凡人の気持ちなんて、絶対にわかりませんよ」

「え……」

意外なことを言われてびっくりしていると、戦闘態勢を見せていたはずの有紗が、桐山に同調するように「あぁ」と頷いた。

「まぁ、確かに幸さんなら、なんでもそつなくこなしちゃうもんね。次元が違うし。吉本院長も、幸さんのこと別格だって言ってますし」

「だから、そんな人間に褒められたって、意味ないんすよ。所詮」

「あー。そういうことなら、きりっちの気持ち、ちょっとわかるかも……」

ほんのわずかな間に、幸対、桐山・有紗ペアの組み合わせに変わってしまった。

「ちょっと待ってよ。勘違いしてない？　私、そんなにすごい人間じゃない」

「すごいですよ。なんでそんなに涼しい顔して、なんでもできるんですか。私だって、これでも器用だねって、よく人から言われるんですよ。でも、幸さんはレベチです。作業中は神がかってて、とにかくオーラが違うんです。正直に言うと、私、幸さんを見ていると落ち込むことがあります。幸さんが指導係じゃなくてよかったって」

言ってから、有紗が「しまった」というように慌てて口を押さえた。

そうだったんだ。そんなふうに思われていたのか。だから桐山も離れていったのだろうか。でも。

これまで、自分はレベルが違うなんて思ったことは一度もない。余裕を感じたことも、自分の技術に酔えたこともない。

ただ、目の前のことに精一杯で。それだけで、毎日が過ぎていって、他を見る余裕もなくて。とくに指導中は、教えている立場の自分に常に焦っていた。

何か伝え忘れてはいないか、指導係として粗相はしていないか、的確に指示できているか。

その焦りに振り回され過ぎて、もしかしたら桐山本人の動きや気持ちそのものを、ちゃんと見ることができていなかったのかもしれない。

「当たり前だけど、私だっていろいろやらかしたよ。培養液の発注だって忘れたことあるし、タンクの液体窒素を計測し忘れて怒られたこともある。検卵だってすごく苦手で。一度、治療に絶対使えないだろう変性卵を数に入れずにスルーしてたら、大目玉食らったし。初の顕微だって、手が震えて、もう、魂がぺちゃんこになるくらい萎んで、次の日なかなか起き上がれなくて。今だって顕微はとくに怖いよ。それに、朝起きて、毎日、ちゃんとあの子たち受精してるかなって、祈るしかできなくて。私だって、ただの人間だよ。次元が違うとかそんなんじゃない、むしろ私は半透明だから」

「半透明？」

桐山と有紗の声が重なり、幸はハッと口をつぐんだ。

「とにかく……ごめん。結局は、私の言い方や教え方が悪かったんだと思う。本当にごめんね。でも、有紗にも桐山くんにも、今よりもっと成長してほしいと思ってる」

「幸さん、ごめんなさい。私、さっき余計なことを言いました。あの……」

慌てて頭を下げる有紗に、幸は「ううん、大丈夫。こちらこそごめんね」と精一杯の笑顔を返す。

後輩にまで気を遣わせている自分が情けなかった。幸は「お疲れ様」と言うと、静かに休憩室を後にした。

夜中、幸は森の中にいた。

一本の、古い巨木の枝に腰かけ、ただそこから見える景色を眺めている。足元には川が流れ、草が生い茂り、鳥たちの神経質そうな声が森にぶつかり、反射して耳にこだまする。

おそらく、空は晴れている。だけど、木々が空を遮り、わずかな光しか届かない。

幸は、遠慮がちにごつごつした木の幹を撫でる。すると、軽くて古い幹が、崩れるように、ぼろぼろと剝がれていく。はじめは、大きな塊が。でもやがて、小さな木くずとなり、最後には、さらさらと砂のようになって、ゆっくり少しずつ、崩れていく。気づくと体が浮き、幸の体も、その砂に飲み込まれるようにして落ちていく。木は、もはや原形を留めていない。空が遠くなる。

声が出ない。手がわずかに空に伸びる。

ハッとする。耳元で、けたたましい音楽が鳴り響いていた。ラフマニノフのピアノ協奏曲第二番。もう朝なのかと思ってスマホを手に取ると、ようやく、それが電話の着信音であることに気づいた。

枕元に置いてあるスタンドライトに手を伸ばして明かりをつけ、スマホを見る。表示されているのは、「母（携帯）」という文字だった。時間は夜中の二時過ぎ。

えっと思った瞬間、着信が止んだ。が、数秒後にまた同じ音楽が鳴り出す。着信履歴がすでに五回も残っている。ただごとじゃない。幸は考える間もなく画面を指でスライドし、スマホの向こうに呼びかけた。

「お母さん、どうし」

「幸ッ」

　母の声はもはや悲鳴に近かった。

「何、どうしたの？　落ち着いて」

「す、進が、進の、進の」

「えっ、お兄ちゃんがどうかしたの？」

　ゴンッ。母が手を滑らしたのか、携帯電話が床に落ちるような音がした。母の声が遮断され、幸は、

「お母さん、お母さん！」と、声を荒らげた。

　数秒後、母の声は戻ったが「進がねっ、進の部屋から、音がっ、そいで、進がッ」と、まるで要領を得ない。

「だから、落ち着いてって！　とにかく一度深呼吸して。お願い。深呼吸！」

　必死に語りかけると、フーッと大きく息を吐くような音がし、幾分トーンダウンした母の声がした。

「さっき、進の部屋から、ものすごく、とてつもない大きな音がしてっ。何回か、ゴーンゴンって。それで、慌てて声かけたけど、反応がなくて。鍵かけてるのか、ドアも開かなくて。どうしよう」

「えっ。お父さんは？」

「いないっ。今日は、人間ドック、一泊二日、検査入院でっ。それで、進が、どうしよう」

「どうしようって、とにかく落ち着いて。お兄ちゃんが暴れてるの？　今も音は聞こえる？」

「いやっ。今はなんも音がせんっ。あの子、もしかしたら、思い詰めて……。あんね、今日、メモ入れたとよ。幸の言う通りに、明明後日《しあさって》から施設にお願いするっていう趣旨のメモを。そしたら、音が。明らかに、変な音。幸、どうしよう。進が。幸、早く、今すぐ来てッ」

「お母さん、落ち着いて。私今、東京よ。夜中よ。すぐには駆け付けられないよ。とにかく、ドアが開かないなら救急車と警察を呼ぶしかないよ」

「け、警察……、救急車……」

母は、初めて聞く単語かのように言葉を詰まらせ、

「そんな、こんな夜中に……近所迷惑……」

とぶつぶつ小声で算段し始めた。

「お母さん。お兄ちゃんの命と、世間体とどっちが大事なん？　とりあえず、無理やりにでもドアを開けてみて。もし開かなかったら『警察呼ぶよ』って、大声出してみて。それでも反応なかったら、警察！　覚悟決めるしかなかたい。一度切るけん、また連絡してっ。しっかりせんねよ！」

最後のほうは、自分への喝みたいなものだった。それでも幸は、ともすれば叫び出しそうな母をなだめ、自分だけは理性を失うわけにはいかないと、何度も己に言い聞かせた。


振動に身を任せ、うとうとと現実と夢の間を行き来している間に、飛行機は、あっけなく長崎空港に着いた。見覚えのある赤茶色の建物、アーチ型の窓枠、まわりを取り囲む海。

普段使いのバッグ一つでの身軽な帰省。幸は、そのままサッと空港のロビーを出て、長崎市内行きのバスに乗り込んだ。空港から出るバスは、すぐに大きな橋を渡る。視界を埋める朝の海をぼんやり眺めながら「本当なら、今頃仕事だったのに」と、あの無機質なラボを懐かしく思った。

母から電話があったのが、今から七時間前のことだ。あれからすぐ始発便を予約し、九時過ぎには長崎空港に着いた。

電話を切った直後は、とにかく一刻も早く帰らねばという一心で動いていたけれど、こうやって実際に着くと、「別に帰ってこなくてもよかったのかもしれない」と薄情な考えも浮かぶ。

それもそのはず、なんといっても無事だったのだ。兄は。

あのあと、三十分後に母から『進は無事だった。顔も見れた。遅くにごめん。詳しくは明日また電話する』とメールが入った。その時点で、飛行機をキャンセルしてもよかったのだ。一瞬そうしようと迷ったのもうそじゃない。だけど、そうしなかった。この際、流れに乗って、兄にひとこと言おうと。あのメールの真意を直接問うしかないと。そのためのチャンスかもしれないと。

「ただいま」と、突然居間に入ってきた幸を見て、母は目を丸くした。

「……幸。帰ってきたとね」

「うん。電話やメールじゃよく事態がわかんないし、気になったし」

「仕事は？」

「事情を説明して、休みもらったよ。でも、明日朝一で帰ってそのまま出勤する予定」

「そうね……ごめん。ごめんやったね」

母が膝を押さえながら立ち上がり、やかんを火にかける。その背中に向かって、幸は「お兄ちゃんは？　結局なんやったと？」と聞いた。

「うん、まぁ……なんか、結局のところ、部屋の片付けをしてて、物を落としたらしい」

「え。それだけ？」

「うん……まぁ。あのあと、警察呼ぶけどって声かけたら、ようやく少しドアが開いて『大丈夫』って。何があったか聞いても、本人は『物落とした』しか言わんし。詳細はわからんとよ。でもとくに自暴自棄になってるとか、そういう感じの声ではなかったけども……」

母の早とちりだろうとは思っていたけれど、まさか、物を落としただけだったとは。

「なんか……お兄ちゃんって、本当に言葉足らずやね。私、もう……」

疲れたよ。そう言いそうになった。でも、母の顔のほうが何倍も疲れている。生気はないし、頰がげっそりと落ち窪み、顔色も冴えない。昨日は一睡もしていないのだろう。

「お母さん、少し寝たら。昨日寝てないやろ」

「それは幸も一緒やろ。部屋で休まんね。お父さんも昼前には帰るやろし、なんか、出前でも取るから。進も、気配がせんし、多分今は寝とると思う」

「うん」

母の淹《い》れたお茶を飲み、幸は二階の自室に向かった。兄の部屋の扉に耳をつけ、しばらくじっと耳を澄ましてみる。物音ひとつ、咳払いひとつ聞こえてこない。

扉一枚隔てた向こうに兄がいる。家族がいる。なのに、この扉はとても厚く、果てしなく遠い。声も音も、思いも、何もかもを遮り、年々家族の絆をも弱くしている扉。

しばらく待っても音がしなかったので、幸は諦めて自分の部屋に戻った。突然帰省したのに、きちんと掃除がされていた。小学生の頃から使っている学習机、ベッド、それらが発する独特の匂い。

そこに土や草の匂いが混じっている気がするのは、幼い頃、この部屋にたくさんの苔や植物を持ち込んでいたからだろうか。落ち着くし、ホッとするのもうそじゃない。でも、自分の居場所はここではないという反発心も生まれてくる。

幸は、窓を開けて、新しい空気を入れた。

急な坂の途中に建つ家の窓からは、家々の屋根の向こう、その先に小さく海が見える。子供の頃から、毎日、それこそ何万回と見てきた景色。景色というよりは絵のように馴染み、もはや感動も発見も驚きもない。だけど心の奥底では、変わらない景色に安堵したりもする。

本当に面倒くさい感情だ。故郷を出た人は、みんなこんな気持ちになるんだろうか。

午後遅くになって、幸は思いきって兄の部屋の扉をノックした。

「お兄ちゃん。幸だけど、帰ってきたから開けていい？」

意識して大きい声を出した。少し待ったけれど、返事はない。だけどもう午後三時を過ぎている。さすがに起きているだろう。なんとか今日中に話をしなくては。幸は、再び、

「お兄ちゃん！　入るよ」

と声をかけた。そして、返事を待つことなく、勢い任せにドアノブを回した。鍵はかかっていなかった。扉はあっけなく動き、ぎぎっと小さく軋《きし》んだ。遮光カーテンが閉まっていて、中は相当に薄暗い。一瞬いないのかと思ったけれど、目を凝らすと、兄はいた。まるで部屋の一部になってしまった、みたいな存在感で。

カビ臭く、床には本が散乱している。そして、兄は、ベッドの脇に座って、本を積み重ねていた。

やがてその顔が、ゆっくりとこちらを向いた。

「お兄ちゃん」

「……幸」

幸は兄の表情から気持ちを読み取ろうとした。だけど、無表情だ。でも、拒絶の色は見えない。

「突然ごめんね。昨日夜中にお母さんから電話があって、すごいパニックで。心配で朝一番の飛行機で帰省してきたよ」

「……そうか」

兄が頷く。

「お兄ちゃん、さぁ」

だめだ。冷静に、順序立てて話をしようと決めてきた。何を聞くか。何を話すか。ちゃんと、冷静に。絶対に、感情的にならず話すつもりだった。でも、だめだ。

「お兄ちゃんさ……どうしたい？　教えてよ。心配だよ。もう、どうしたらいいかわかんないよ。昨日はどうしたの？　大きな音がしたって。それに、施設のこともさっ、どうしたら……。私からの連絡がイヤなら、イヤって言ってほしい。そのほうが百倍、気が楽」

ほとんど声にならない。それでも幸は懸命に声を絞り出した。

「お兄ちゃんの気持ちがわかんないから、つらいよ。ちゃんと、声に、出してほしい。声に出さないとさ、気持ちや存在がないのと同じことになるよ。そんなの、イヤだ……お兄ちゃんは、ここにいて、今、生きてるんだしさっ、私は家族だけど、でも、なんもできなくて。メールもそっけないしさ。ありがとうって、何が？　どういう意味？」

「……ごめん」

今度は兄が絞り出すように言う。

「だから、ごめんとか、そんなのはいらんとよ！」

幸はずかずかと部屋に足を踏み入れた。本を避けることなく踏み、進む。何をしようとしているのか、自分でもわからない。でも体が勝手に動いた。幸はスッと窓に手を伸ばし、きっちりと閉められたカーテンを力任せに開けた。外の光が乱暴に入り込み、埃《ほこり》の粒がちかちかと舞う。

兄が「やめろ」と言ったような気がしたけれど、構わず窓も開けた。兄の部屋はベランダに面していて、窓が大きく、やたら重い。加えて長年開けていなかったのだろう、建付けが悪く、何度もぐっ、がっと変な音を出してつっかえた。が、それも力任せに突破した。

風が入る。海と山の匂いが混じった風。その風が、紺色のカーテンを強くはためかせる。ばさばさと音がして、再び無数の埃が光を吸って舞い、伸びきった兄の髪を揺らし、床にある本のページを勢いよくめくった。

兄は、光に背を向け、眩《まぶ》しそうに目を押さえた。

「し、質問、その一。施設は、どうしたいとっ?」

もはや感情的な声しか出なかった。声がかすれ、唇が震える。

しばらくの沈黙ののち、観念したように兄が答えた。

「行こうと思っとる。そうするしか……ないやろうし」

「本当に、それでいいと?　お兄ちゃんはどうしたかったと?　家におりたいんならそれでもいいたい。でも、それならちゃんと意思表示して。それがわかれば、お母さんも救われる。もし、お父さんやお母さんと一緒にいるのがイヤなら、私の家に来たっていいとよ。東京のほうが、長崎より、知り合いに会う確率も低いやろうし」

「うん……でも、いい。施設で」

「そうなの？　なんで？」

「貯金が、ちょうど、尽きる」

「……へ？」

間抜けな声が出た。貯金が尽きる？　いったい、どういうことなのか。幸は、しゃがみ込んだ。兄の前に回り込み、目線を合わせる。なるべくゆっくり聞こう。

ほぼ単語しか発しない、兄の言葉を。

それから幸は、兄がぽつぽつと発した言葉を、文章になるように、頭の中でつなぎ合わせた。

兄が四年間の社会人生活で貯《た》めた貯金、二百万がもうすぐなくなるのだという。月二万円を目安に使ってきたけれど（ほぼ全額をコンビニで）、携帯代などの通信費もあって、それがとうとう底を尽きかけている。引きこもり当初は「このままじゃいけない」と、オンラインの資格講座を受けたりもしてみた。だけど、だんだんと体力も気力も衰え、貯金が尽きるまではこの暮らしを続けて、その先は、どうにでもなればいいと思っていた――らしい。

引きこもりといっても、人それぞれなのはわかる。ただ、幸が想像していたものとは、まったく違った。正直、兄の心はもっと頑《かたく》なだろうと思っていた。施設に行くことも渋って、抵抗するかと思っていた。でも、実際は貯金の残高を気にする余裕があり、ときにはコンビニで買い物をする気力もあったのだ。それはつまり、兄は兄なりの生活を確立させていたということか。よくわからない。幸は混乱した。

「コンビニってすごいよなぁ。ネットで注文したものも受け取れて、お金も下ろせて、ゲームも買えて、枕や健康グッズも売ってて……」

「うん……」

まるで危機感のない、のんびりとした口調で話す兄に苛立ちを覚えつつも、幸はせっかく発した言葉を一つも逃すまいと必死に聞いた。

「質問その二。何を考えて、暮らしてた？」

「考え……。うーん……。とくには……。強いて言うなら、反抗、かな……」

「それは、親に対して？」

「まぁ、それもあるかもしれん。親と自分、かな……。希望した進路を拒絶されて、親の言う通りに国立大学に進んで、それなりの会社に就職はしたけど、ダメになって」

「うん」

「あんなに頑張って勉強して、期待に応えようとして、でも肝心の社会に出てからがダメで」

「……」

「引きこもるつもりはなかったけど、結果そうなって。自分で、自分に失望して。親にあれこれ言われることにも疲れて、面倒くさくなってきて……。少し、意地張ったりして……そしたら、いつの間にか、時間が経って……そのうち、日にちや曜日の感覚も失って……」

「……そっか。でも、お兄ちゃんの希望した進路って、何だったの？　小さい頃、パイロットになりたかったのは知ってたけど……よかったら、教えてほしい」

「うん……まぁ。それはもうよか」

「……でも」

「幸は、ようやったなぁ」

兄は、しみじみと言った。父に反対されても東京に出たことや、胚培養士になったこと。兄は、

「すごいなぁ」と何度も呟いた。

「あれはさ……あのときは、単に、逃げたんだよ。私、お父さんと血が繋がってないって知って、父方のいとこたちとも赤の他人ってわかって。なんか怖くなって。だから、そういうこと」

「うん」

「お兄ちゃんは、子供の頃から知っとったとやろ。私のこと」

「うん、まぁ。だから、とくに」

「とくに?」

「とくに、なんも。ショックとかもなかったし、ああ、そうなんやなぁって。なんも変わらん」

「そうなんだ。私は、ショックから抜け出せんよ、いまだに。気持ちの整理ができなくて」

「そうか……メールにも書いとったな」

兄の瞳に、ほんの少し優しい色が灯《とも》る。よく知る、兄の瞳。でも、再び感情が暴れてしまいそうで直視できない。幸は、慌てて話題を変えた。

「そういえば、施設どんなところかな。福岡だってね。期間は三か月だって聞いた?」

「……うん。かなり田舎らしい」

「そっか。あとさ、質問その三だけど、昨日の夜中は、本当になんもなかった?」

「……施設行くって聞いて、荷物少しでもまとめようかって。そしたら、物落とした」

「そうなんだ」

それ以上聞くのを止めた。本当は違う気がしたけれど、絶対に知らねばならぬことでも、深く問い

詰めることでもないかと思った。だけど、心配だった。もしかしたら、母の言うように、兄は、本当に自暴自棄になっていたのかもしれない。

「にしても、久しぶりに、窓開けた」

ようやく、兄は少しだけ窓に目をやった。

「カーテン、めっちゃ汚いよ。洗わなくちゃ」

「うん」

「たまにでいいから、なんか、写真撮って送ってね、なんでもいいから」

「……考えとく。残高ゼロになったら、携帯も使えんごとなるけど」

「うん」

会話は、そこまでだった。兄が疲れたように「もう、いいかな」と打ち切った。まだ話していたかったけれど、幸は素直に「わかった。ありがとう」と頷いて立ち上がった。兄と、こんなに長く話せたのは、本当に久しぶりだったから。

結局、予定を変更して、実家に二泊した。夜中、兄の部屋から大きな音がしないかと、ドキドキしながらの二晩だった。そして、当日の朝は、玄関で兄を見送った。兄は、暴れることもなく、でも、父と言葉を交わすこともなく、旅行カバンを一つ手に持ち、迎えに来た車に静かに乗り込んだ。

いつか観た、引きこもり特集のテレビ番組とは全然違う旅立ちだった。

「気を付けてね」

幸は声をかけた。いってらっしゃいは違う気がして。だから、気を付けてねと、それだけを。

「……幸も」

兄は、幸を見ず、小さく言った。だけど、それでもうれしかった。

その後、両親にも、兄と話したことを全部伝えた。母は泣き、父は「バカ言うな。いい年して、情けない考えしか持たんで。甘えるんもいいかげんにしろ」とひたすら怒りを見せた。

「でもさ、大きな進歩だと思うよ。お兄ちゃんはちゃんと承知して行ったとやけん。もうさ、昔のお兄ちゃんじゃなくて、今のお兄ちゃんを見てあげてよ」

幸は、両親にそう告げた。それから、兄のいなくなった部屋に入ってカーテンを剝がすと、久しぶりに車を運転してコインランドリーに行き、カーテンを洗った。レースのカーテンは黄ばみ、カビがたくさん生えていたので、躊躇《ちゅうちょ》することなく捨てた。兄が家に帰る日が来たら、新しいものを買えばいい。兄が施設に行くことが、果たしていいことなのかはわからない。でも、それでも兄は、自らの意思で今日という日を迎えたのだと信じたい。

泡と水にまみれてカーテンが回る。幸は、「お願い」と、存在するかどうかもわからない神様に向かって、そっと手を合わせた。


「幸、ごめんね。これ」

その後、いいというのに空港にまで見送りに来た母は、幸の手に飛行機代と言ってお金を握らせた。

「進と話してくれてありがとう」

幸が「いらんよ」とお金を返そうとする手を、母はすぐに強く押し戻す。

「少しやけん」

「……ありがとう。じゃあ、遠慮なくもらうね。お母さんもしっかり寝てね」

「うん」

母は弱々しく微笑んだ。それから「帰ってこんね」と、諭すように、ゆっくり言った。

「帰ってこんね、幸。あんたがいてくれたほうが、お父さんも私も、安心やし。進も……幸とならまだ話ができるし。東京じゃなくて、こっちでも……仕事はできるやろう。一人で、ずっと東京に暮らしてても、大変なだけたい」

ここまではっきり言われたのは初めてで、幸は何も返せなかった。母の顔を直視できない。だから、

「……うん、考えておく」

とだけ返事をし、そのまま搭乗口へ向かった。

この仕事を続けてもいいのか、自分にその資格があるのか、悩んでいることは事実だ。でも、この十年、長崎に帰ろうと思ったことは不思議となかった。父や母には、生みの親を捜していることは伝えていないし、これからも言うつもりはない。きっと傷つけてしまうだろうから。

離陸し、海に浮かぶ島々が点に縮んでいくのを見つめながら、幸は、潮時なのかもしれない、と思った。兄だけじゃない。自分こそ、人生の岐路に立っているのかもしれない、と。でも。

どこに正解があるのだろう。独身で、共に生きるパートナーも子供も持たぬ自分は、この先、どこで、どうやって生きていけばいいのだろう。仕事という土台が揺らぎつつある今、何に生きる意味を見出《みいだ》せばいいのだろう。いくら考えても、答えが出ない。

小さな窓の向こうに、優しい空が広がっている。

幸はしばらくそれを眺め、ゆっくりと目を瞑《つむ》った。

夕方、東京の自宅アパートに戻ってきて郵便受けを覗くと、白い封筒が投入口からはみ出ていた。なんだろうと思って手を伸ばしかけて、幸は、はっきりと悟った。

「あ……」

もしかして。いや、もしかしなくてもそうだ。来たんだ。急いで封筒を見ると、やはり、DNA鑑定を依頼した会社のロゴが印刷されていた。

ついに、来た。結果が――。

いつ投函しただろう、確か、あれからまだ十日だ。もう結果が出たなんて。帰省していたことで気が緩み、一旦《いったん》気持ちが奥に追いやられていた。でも、東京でも、ちゃんと時間は動いていた。急に現実に戻された気になり、封筒を握る手に力が入る。見たいけど、見たくない――。

結果を知った自分がどうなるのか、どういう感情が生まれるのか、想像もつかない。でも、大げさでもなんでもなく、この封筒の中身次第で、運命が変わる気がする。

幸は足早に階段を上り、急いで玄関のドアを開け、電気をつけた。

「よし。シャワーを浴びよう」

声に出して言い、そのまま浴室に直行する。脱いだそばから服を洗濯機に投げ入れ、頭からシャワーを浴びる。ごしごしと乱暴に顔を洗い、それから髪と体も洗って、汗や汚れを全部流した。

浴室を出て、ドライヤーをあてる。ゆっくりと冷風で髪を乾かし、丁寧に櫛《くし》でとく。

窓を開け、空気を入れ替え、冷蔵庫から麦茶を取り出して一気飲みする。苔たちに「ただいま」を言い、霧吹きで水をかけ、弱っていないかを観察する。顕微鏡に触りたい気持ちをこらえ、母に『無事着いたよ』とメールを入れる。そして、室長にも『東京に戻りました。急なお休み本当にすみませんでした。明日より出勤します』とメールを入れた。

それから――。

洗濯機はまだ回っている。部屋は片付いている。お腹も空いていない。

つまり、もう、することがない。幸は、観念してテーブルの上に置いた封筒に目をやった。椅子に座り、しばし、表書きを眺める。そもそも、これは一人で開けてもいいものだろうか。花岡先生と一緒に開けたほうがいいのだろうか。迷ったけれど、まずは自分一人で受け止めるべきだろうと思い直した。

これは、誰でもない、自分自身の問題なのだから。

ふうと長く細く息を吐き、幸は、封筒を手に取った。はやる気持ちを抑えながら、丁寧にはさみを入れる。

白い紙が数枚重なって出てきた。

一枚目を読む。めくる。二枚目を読む。めくる。

三枚目を読む。

幸は、号泣した。

。。。

三日ぶりに出勤した幸を、ラボのみんなは温かく迎えてくれた。

「幸さん、よかったです。帰ってきてくれて！」

有紗は、まるで何年も会っていなかったかのような口ぶりで、目に涙まで浮かべている。

「ど、どうしたの」

幸がたじろぐと、「だって、幸さん、なんか最近変だったから……心配で」とさらに目をうるませる。どう反応するのが正解かわからず、ひらすら「心配かけてごめんね」を繰り返していると、先輩培養士のはじめさんが「よっ、お帰り」と声をかけてきた。

昨晩はたくさん泣いたけれど、前の失敗を生かして、寝る前にひたすら保冷剤で目を冷やして寝た。そのおかげか、ほとんど目は腫れていないし、誰にも気づかれていない。幸はホッと胸を撫で下ろしつつ、頭を下げた。

「はじめさん。突然休んですみませんでした。今朝やった抗原検査も陰性でした」

「そりゃよかった。お兄さんは大丈夫だったの？」

幸は「おかげさまで、なんとか」と曖昧に頷いた。さすがに詳細を伝えられず、「兄が急病で」とだけ伝えて帰省したのだ。

その後、ミーティングを終えると、はじめさんが幸を小さく手招きした。

「あのさ、ちょっといい？　吉本院長と中島ラボ長が呼んでるから、院長室に行ける？」

ぎくりとした。このところ、突然休むことが二回も続いた。しかも、今回は三日も休んでしまった。さすがに小言を言われるのかもしれない。

それとも、何か、他の――たとえば、花岡先生とのことが、院長に伝わってしまった、とかだろうか。幸は顔をこわばらせ「はい、行きます」と小さく答えた。

院長室に入ると、吉本院長がいつもの福の神みたいな笑顔で待っていた。その隣に、室長も座っている。

「あの。院長、室長、突然のお休み、本当にすみませんでした。家族にいろいろあって、どうしても帰らなくてはいけなくて」

幸が立ったまま頭を下げると、院長は「うんうん、聞いたよ。お疲れ様だったね。全然気にしなくていいから。にしても、長崎いいねぇ。行きたいねぇ。ちゃんぽん、食べたいねぇ」と言い、室長も「僕は、太麺の皿うどん派です。あれ、うまいよね。食べたいなぁ」と穏やかに流れに乗った。が、やけに、力の入った笑顔だ。幸は、ますます「何か悪いことを言われるに違いない」と身構えた。

促され、二人と向き合って座ると、室長が「ちょっと相談があって」と早速口を開いた。

「相談……ですか」

「うん。忙しい時間帯だし、単刀直入に伝えるね」

「はい……」

「長谷川さんさ、次の室長になってくれないかな?」

「えっ」

想像とは百八十度違うことを言われ、幸は目を見開いたまましばらく静止した。

「し、室長……ですか」

「うん」

室長の横で、にこにこと福の神が笑っている。

「適任だと思うんだよね。経験年数だけじゃなくて、実力的にも。手当もつくし」

「ま、ま、待って下さい！　だって、中島室長、まだまだ現役じゃないですか」

「うん。そうなんだけどね。僕、今度、奥さんの故郷に移住することになって」

「えっ。移住……ですか」

「うん。長野の佐久《さく》市。駅もそう遠くはないし、新幹線通勤できなくはないけど。せっかくだから、あっちの病院で再就職しようかなって」

「……そうなんですか。それは、奥様のご両親の介護とかですか？」

つい、立ち入ったことを聞いてしまった。幸は「いや、すみません。なんでもないです」とすぐに訂正したけれど、室長は気にするでもなく「ううん。そうじゃなくて、もともといつかは移住したいなって思ってたんだ。僕ら夫婦の人生だし、親は全然関係なくね。前から畑仕事もやってみたくて。まぁ、ぶっちゃけコロナに背中押された感じ」

「そうなんですか。でもうちのクリニック、室長がいなくなって、大丈夫でしょうか。それに、次の室長なら、はじめさんかと。今だって室長補佐ですし。私は絶対に無理です」

「うーん、それがね。はじめっちは、もうすぐ育休に入るんだよ」

「育休……！」

「うん。結婚十年目にして初のお子さんが生まれるらしくてね、一年間の育休予定なんだ。まだオフレコだけど。近々本人が発表すると思うから、それまで黙っててもらえると助かる」

「はい、それは……。でも、そうであっても、私……」

「大丈夫。はじめっちは了承してる。てか、長谷川さんしかいないって言ってたよ。育休明けても保育園のお迎えとかもあって、しばらくは時短勤務にするんだって。だから、本人もこのまま補佐役がいいいと。とはいえ、いきなり二人の欠員はキツイから、すぐに経験者の募集もかけるけど」

「そうなんですね……」

みんなの人生がどんどん動いていく。いつも、まわりの人生だけが動いて、その度に自分だけが同じ場所に取り残されているような気になる。なんだか話についていけない。

「あの……せっかくのお話なのですが、絶対に無理です。第一、私は……」

幸が口を開くと、福の神院長が「そういうわけなんだよねぇ」とやたら大きな声で被せてきて、ぱん、と手を叩いた。

「長谷川さんは、僕がこのクリニックにスカウトしたときも、絶対に胚培養士なんて無理です、東京では暮らせない、と言っていましたね。いや、懐かしいなぁ。あれ、何年前でしたっけねぇ」

「約十年前です。いや、でも、あの……」

「そうですか。十年。いい節目ですねぇ。ステップアップにはもってこいの季節だ」

福の神院長が、こちらの気も知らずにころころ笑う。

「あの。私は、とにかく未熟で。桐山くんのこともうまく育てることができなくて、結果、はじめさんに迷惑をかけてしまって。仕事でも、患者さんの助けになれている自信が全然ありません。私は、技術面も人間面も、すべてにおいて半人前です。だから、到底、室長の役目を担うことはできないと思います。私は人付き合いも下手くそですし、何より人望がないです」

言いながら、有紗に「幸さんが指導係じゃなくてよかった」と言われたことを思い出す。

「ふーむ」

福の神院長は、ゆっくりとした手つきで自分の頬をさすった。

「長谷川さん。行き過ぎた謙遜は、ただの卑屈です。過信したり、驕《おご》ったりすることはいけませんが、時には自分を認めてあげることも大切です。人を束ねるからといって、完璧である必要も、完璧を演じる必要もありません。自分の未熟さを痛感している人のほうが、向いていると思いますけどねぇ。それに僕はね、リーダーには『助けて』と『ごめんね』が言える人であってほしいんですよ。あとは、情熱がある人。長谷川さんは、その条件を満たせる人だと思うんですがね」

「そんなことは……」

「僕もね、院長になってからの十年はね、失敗の連続でしたよ。本院の経営陣と揉めることもありますし、他院の院長とケンカしたりもして。この間なんか、漏電してますよ、とか言われて、怪しげな工事を受注しそうになったりもしましたねぇ。その度にいろいろな人に助けてもらい、事なきを得たわけです。ははは。上に立つって、失敗し続けることなんだなぁと。まぁまぁ、今すぐ返事しなくてもいいですから、一旦宿題として家に持ち帰って下さい。さ、小さな地球たちが待ってますよ」

「あ、はい」

話に区切りがつき、幸は立ち上がった。そして逃げるように院長室を出て、早足でラボに向かう。みんなに動揺を悟られぬよう、一度トイレに立ち寄って鏡の前で呼吸と表情を整える。

室長、だって。自分が。まさか。

それにしても、院長には要注意だ。話を聞いているうちに、ついペースに乗せられ、うまく丸め込まれそうになる。十年前もそうだった。

自分の出自を知り、吉本院長に出会って、受精卵の存在を知ったときから。

銀色の地球と出会ったときから。

あのときから、世界は変わった。

あれからもうすぐ十年。また、何かが変わる。

だけどその前に、早く会わなくては。伝えなくては。


翌日の夜、幸は、花岡先生を待っていた。急遽、決まった約束。予定が合わず、当初は来週以降に持ち越される予定だった。だけど今朝、花岡先生から「今日の夜でも大丈夫そうです。早めに会いませんか？」と声をかけられたのだ。

突然のことで心の準備ができていなかった。場所のこともある。幸は「応接ルームにしましょうか？」と聞いたけれど、花岡先生は少し考えたあと、「いや。できれば外で。ご飯でも食べながらにしましょう」と言った。

「食べたいものとか、どこか行きたい店がありますか」

そう言われても返事に困った。普通の会食ではないし、いわゆる重い話になる。それだけに、がやがやした居酒屋や気取ったお店は合わない。かといって、クリニック近くのファミレスやカフェでは誰かと遭遇する可能性があるし、薄暗いバーなんかは論外という気がする。自分には、こういうときの選択肢がない。迷っていたら、昨年、杏子先生と有紗と三人で行ったうなぎ屋が浮かんできた。

あそこなら——。ほどよく静かだし、料理はおいしいし、客層も上の世代が多く、落ち着いて話ができそうだ。幸は急いで電話を入れ、席を予約した。そして、先にクリニックを出て、花岡先生を待っているのだ。

「お、お疲れ様です！」

花岡先生の姿を認めた幸は、反射的に立ち上がって頭を下げた。花岡先生は、

「いやいや、そんな丁寧な挨拶は無用です」

と苦笑いをし、幸の前に腰を下ろした。そしてすぐさま店員を呼ぶと、幸の希望を聞いてから、ビールとう巻き、お新香《しんこ》をオーダーした。

当たり前だけれど、花岡先生は白衣を着ていない。かっちりとした長袖のシャツに、品のよい紺色のスラックスを合わせ、手首には黒くて分厚い時計をはめていた。対する幸は、ものすごく適当だ。ボーダーのコットンシャツに、黒いガウチョパンツ。アクセサリーも何もつけない、部屋着のような恰好で、向かい合ったとたん恥ずかしさを感じた。

「今日はわざわざすみません。お忙しいところ、本当に……」

「いえいえ」

「あの、それで結果なのですが」

横に置いたバッグから封筒を取り出すと、花岡先生は「とりあえず、乾杯。乾杯してからにしませんか。僕、もう、喉がカラカラです」と、苦笑いをした。

「あっ、すみません」

つい気ばかりが急《せ》いてしまう。幸は再び恥ずかしくなって顔を伏せた。こういうところもなお、人付き合いに向いていないと思う。その場その場にふさわしいテンポで会話をするのはとても難しく、

有紗や杏子先生のように、どの場にいても自然体でいられる人がとてもうらやましい。以前、受付の若い子たちに「一昔前の人っぽい」「変な人」「話しづらい」と言われているのを耳にしたことがあり、それ以来、ますますこういう場が苦手になってしまった。

すぐにビールが運ばれてきて、形ばかりの乾杯をする。喉が渇いていたのは本当だったようで、花岡先生は、すぐにごくごくと喉仏を大きく動かしてビールを飲んだ。

幸もグラスに口をつけ、とりあえず味のしないビールを流し込む。

さて、このあと、どのタイミングで渡せばよいのかな……と考えていたら、グラスを置いた花岡先生が「お待たせしました。では、結果をお聞きします」と幸に向き直った。

「あっ、はい。結果は、こちらです」

うまく説明できそうもなく、幸は、封筒をそのまま手渡した。花岡先生の大きな手がそれをしっかりとつかみ、自分のほうに引き寄せる。幸は、その手元をじっと見つめる。

花岡先生が、鑑定結果に視線を落とす。

その手が、微かに震えたように見えた。

花岡先生。本当にごめんなさい。

幸は目の前にいる人に向かって、心の中で必死に呼びかけた。

幸が鑑定結果を読んだのは、つい二日前のことだ。

おそるおそる取り出した用紙の一枚目には、こう書かれていた。

『長谷川幸様
この度は弊社をご利用いただき誠にありがとうございました。

本日は、鑑定結果をご報告申し上げます。

遺伝子解析の結果、擬父が、子（長谷川幸様）との生物学上の父親であることは認められませんでした。親子関係は【否定】、すなわち親子である可能性は0％となります。

尚、この結果は立会人無く行われた私的鑑定の結果であり、親子関係の有無を示す法的証拠とはなりません。以上ご了承いただきますよう何卒《なにとぞ》よろしくお願い申し上げます。』


二枚目は詳細な検査結果の表とグラフ。三枚目は、同じ会社が取り扱っている、さまざまな遺伝子検査の宣伝広告だった。

結果を読むうちに、幸は、数枚の紙と共にいつの間にか椅子から崩れ落ちていた。両手で顔を覆う。

違った。全然、違った。

花岡先生は、父親じゃなかった。まったくの、〇《ゼロ》％だった。

すべては思い込みだった。自分勝手で、恥ずかしく、無意味で、バカすぎる思い込みだった。

猛烈な虚しさ、直前までの緊張がいっぺんに吹き飛んだゆえの衝撃、さまざまな記憶の断片が、頭から覆い被さるように降ってくる。

父との会話や表情、幼い頃の自分、十年前に明かされた真実、東京に来たこと、施設へ行く兄を見送ったこと、洗濯機で回るカーテン、母の涙、夕暮れの中、小さくなっていく長崎の街並み、オレンジ色に染まる海、飛行機の轟音《ごうおん》――。

何を見て、何をしてきたんだろう。大きな空洞が、内からどんどん広がっていく。感情が出てこないのに涙が出てきた。今、自分は何を思って、どう感じて、どうしたいのか、何もわからなくて、でも先に涙が出てきて。スイッチも何もかもが壊れて、ただ涙だけが流れて、止まらなくて。そのうち口が動いて、幸は嗚咽《おえつ》を漏らし、泣いた。そこでようやく「悲しいのだ」と悟った。

自分は、ただ、悲しい。

半透明のままだ。

そして、恥ずかしい。

花岡先生を巻き込んでしまった。傷つけてしまった。決して、意図したものではなかった。でも、あのように苦しい表情をさせて、話したくなかっただろう過去を話させてしまった。

記憶の底に沈めた過去を取り出し、他人に語るのは、二度傷つくに等しい。きっと、死ぬほどエネルギーを使ったはずだ。それに対して、何も償うことができない。

親子だったなら、すべてが報われると思っていたのに。でも、違った。赤の他人だった。長谷川幸という人間を創ったもう半分は、いったいどこにいて、何を感じ、どう生きているのだろう。

何も見えない。わからない。すべては再び闇の中だ。

もう……なんだか、疲れてしまった。

でも、まずは、謝らなければ。

幸の渡した紙を凝視したまま、花岡先生は、ひたすら無言だった。一枚目、二枚目、三枚目。何度も紙をめくって目を通してはいるものの、一向に言葉を発しない。

「あの……大丈夫でしょうか」

だんだんと心配になり、幸は声をかけた。すると花岡先生はようやく顔を上げ、そして、

「おしぼりで、顔を拭いてもいいですか」

と言い、幸の返事を待たずにごしごしと強く顔をぬぐった。

「ふー。そうですか、そうですか……」

花岡先生が、一気に脱力したように、息を吐く。そしてそのまま、

「ふふっ、はははは」

と、高らかに笑い出した。

これは……どういう笑いだろう。何がおかしいんだろう。この場合、どう反応をするのが正しいのだろう。どうしよう。まったくわからない。

幸が混乱していると、花岡先生は我に返ったように咳払いをし「大変すみません」と謝った。

「いえ、あの……」

「すみません。なんだか、力が抜けてしまって」

「そうですよね。この度は、本当に申し訳ありませんでした。単なる私の思い込みで、花岡先生を巻き込んでしまって。謝って済むことではないのですが、本当に申し訳ありませんでした」

幸は姿勢を正し、深々と頭を下げた。本当に、心から、申し訳なかった。

「いえ。いいんです。僕も先日は、つまらない過去の話を延々と聞かせたりしてすみませんでした。あのあとどうにも恥ずかしくて情けなくて、とにかく長谷川さんに謝ろうと思っていたんです。でもね、その前に……僕は、とにかく怖かったです」

「……怖かった？」

意外だった。その意味を探るように、幸はゆっくりと瞬きを繰り返した。

「はい。とても怖かったです。娘かもしれないって。だって、長谷川さんはずっと確信に満ちた目をしているし、それに岸さんも、ことあるごとに『幸さんと手が似てる』『雰囲気も似てる』なんて言ってましたし。それにね、吉本院長にも言われましたよ」

「え。院長も何か言ってたんですか？」

「はい。言ってました。しかも、僕を札幌の研究室に引き抜きに来たときからです。うちに腕のいい胚培養士がいるんだけど、なんか顔つきや雰囲気が花岡先生に似てるんだよねぇ、仕事でも気が合うと思うなぁー、とか言って」

「ええっ」

「なんか、あちこちから似てるとか言われて、長谷川さん本人にもそう言われて。学会のときから、僕はもう、半ば覚悟を決めていました。ドラマみたいですが、そういう巡り合わせもあるのかと」

「そうだったんですか……」

「はい。だから結果を聞くのが怖かったです。もし、親子関係が存在したら、どう責任を取ろうと」

「そんな。責任なんて感じてもらう必要はないです。むしろ責任を取るのはこちらです」

「いや、いいんです。でも、今回のことでわかったんです。精子を提供することの重みが。それに、長谷川さんとは血の繋がりはありませんでしたが、この日本のどこかには、自分の提供した精子によって生まれた子供が本当にいるのかもしれませんし。そのことを、僕は今回、ようやく実感したんです。だから、長谷川さんには感謝しています」

そこまで言うと、花岡先生はビールを飲み干し、追加を店員に注文した。

「はー、でも、そうですか。いや、もう、びっくりしたなぁ。そうかそうか……」

先ほどまでとは違う、明らかにくつろいだ様子に変わった花岡先生を見て、幸は複雑だった。それに気づいたのか、花岡先生が「大丈夫ですか？」と聞いた。

「はい。すみません、大丈夫です」

「……長谷川さんにしてみれば、やはり、この結果は良い結果とは言えないのでしょうか」

「……そうですね。正直、とても複雑です。ふりだしに戻ったというか……すべてがあやふやで、落としどころが見つかりません。なんて、すみません。花岡先生にはいろいろアドバイスを頂いたのに、いまだに気持ちがはっきりしない部分もあって……」

「それでいいんじゃないでしょうか。人生ってそうそう白黒はっきりつけられるものじゃないでしょう。いろいろなことがあやふやで、誰しもが不確かな境界線の上を歩いていて。不妊治療をされている方々も、きっとそうだと思うんです。子供のいる人生、いない人生。今日まではこう、明日からはこうって、きっぱり線引きできるものじゃないでしょうし」

「……確かに、そうかもしれません。でも、自分のことはさておき、私は、治療をしている人すべてに子供が授かればいいのにと思います。それを実現できないことが、最近、本当にもどかしいんです。何か、卵子の老化を防ぐ手立てがあればいいのですけど」

「うーん」

花岡先生はちょっと考え込むように腕を組むと、「僕は反対だな」と呟いた。

「僕はね、卵子の老化は必要だと思います。卵子が老化していくのは、ある意味母体を守るためです。

妊娠はとてつもないエネルギーを使います。産後も、女性の体には爆発的な変化が起こる。卵子が老化せず、何歳でも妊娠が可能になってしまったら、女性はもっと悩んで、心身共に苦しむと思います。卵子の老化は、『もう頑張らなくていいよ』というサインでもあるんです。まぁ、そのサイン自体も本当にあやふやなものですけどね」

「卵子の老化は必要……ですか」

「はい。あくまで、僕自身の考えですけどね。人は、子供を持つことで幸せになるのではないのですから。幸せになる方法は、それ以外にもいくらでもあります」

「でも……」

でも、それならば。

必死に治療をしている人たちはどうなるのだろう。なんとか子供を授かろうと、苦しい治療に耐えている人たちは、どうすれば救われて、どうすれば心から笑えるのだろう。

そのために自分が、胚培養士が、いるのではないだろうか？

「あっれー。ドクター花岡とさっちゃんじゃなーい！」

いきなり聞き慣れた声がして、幸はびくっと体を震わせた。顔を上げると、すぐ近くに、杏子先生が立っていた。いつからだろう。全然気が付かなかった。

「杏子先生……」

動揺する幸を後目《しりめ》に、花岡先生はのんきに「おぉ、奇遇だなぁ」と声を上げた。

しまった。でも、わかってはいた。そもそも、ここは杏子先生に教えてもらったお店だったことを。予約をする際、もし、杏子先生と鉢合わせしたら……と思ったけれど、他に候補がなかったのだ。しかも杏子先生は、今日は午後から別の病院に助っ人出勤だったから、わざわざこちらに戻ってきてまで来ないだろうと思っていた――のに。

「一人でしっぽり飲もうと思ったら、二人がいるんだもん。びっくり」

「すみません、杏子先生。あの、ここは杏子先生に以前連れてきてもらったお店なのに、私が勝手に花岡先生を……本当にすみません」

今日は謝ってばかりいる。それでも幸が頭を下げると、杏子先生は、

「別に全然、そんなの関係ないっしょ。てか、さっちゃん、気に入ってくれてたんだ。この店。よかったよ。昨年一緒に来たとき、居心地悪そうだったしさ。悪いことしたなって思ってたの」

「え……」

そんなことはないです。むしろあの夜は楽しかったです。

そう答える前に、杏子先生が「ねーねー、この際ご一緒させてよーん」と幸の隣の椅子を引いた。

幸は慌てて荷物を片付け「どうぞ」と促す。座った杏子先生が、すぐに「ね、その紙何？　なんかの論文？」と例の鑑定結果に気づいて聞いた。

しまった、どうしよう。どうしようと思ったけれど、もう、どうしようもできない。

幸は自ら手を上げて、杏子先生の飲み物をオーダーした。そして、自分も焼酎を追加した。父が好んで飲んでいる、小鹿《こじか》の郷《さと》。今日はもう、とことん飲もうと思った。


。　。　。

「ちょっと！　ぜんっぜん連絡が取れないと思ってたら、そんなことになってたの？」

西荻窪の駅近くにある児童公園。幸と網子は、その公園にあるベンチに腰かけ、自動販売機で買ったペットボトルのお茶を飲んでいた。春が過ぎ、新緑の季節真っただ中。夜風はほどよく冷たく、帰省以来、ざわざわと落ち着かない心を少しだけ鎮めてくれる。

ついさっき、偶然、西荻窪駅で網子と会った。同じ駅を使うご近所さんなのだから、出くわすこともあるだろう。それでも幸は、網子の顔を見たとたんホッとした。知らない人だらけの駅中で、網子の顔だけが、くっきりと明るく見えたのだ。そう伝えると、

「なにそれ、私の顔は電球ってこと？」

と、笑った。網子は酔っていた。勤め先の歯科クリニックの院長が勇退することになり、送別会があったのだという。ルイとルカは、浦和《うらわ》にある元夫の実家に泊まりに行っていると聞いて驚いた。

「いや、ほんと、マジでありがたいよ。元旦那は二度と会いたくないくらい嫌いだけど、元義父母は常識的でいい人なんだよね。元旦那の件が発覚したときも、土下座して謝られて、慰謝料も払ってくれて。いまだに、なんやかんや世話焼いてくれるの。子供たちも浦和のじじばばが好きなんだよ。しかも、実の息子である元旦那のことは勘当してるしね」

「えっ、そうなの」

「うん。私の味方になってくれて。私、実家とは微妙だからさ。だからこそ、元義父母がよくしてくれてて、ギリギリやれてるとこもあるよ。そういう人たちとこそ、家族でいられたらよかったのにね」

網子は寂しそうに顔を伏せたあと、「夜の公園で語らうなんて青春ぽいね」とすぐに笑った。

「それよりさ、今日は幸だよ。お兄さんのこともびっくりだけど、花岡先生って人と、DNA鑑定？　なんかドラマみたいなんだけど」

自分のことを話すのは苦手だけれど、今度会ったら網子には全部聞いてもらおうと思っていた。が、予想よりも早くバッタリ出くわして、幸は自分の考えをまとめきれないまま、だらだらと言葉を繋いだ。

兄が、引きこもりや不登校児の集う、集団生活施設に行ったこと。その前に母がパニックになったこと。花岡先生とのこれまでの経緯や、室長になるように言われたこと。

そして、精子提供で生まれたことを受け入れられないまま、胚培養士という仕事を続けていいのか悩んでいることや、最善を尽くしても、全員が妊娠できないことに無力さを感じていること。

さらに、母に、長崎に帰ってきてほしいと言われ、悩んでいることも。

最初は鼻歌交じりに聞いていた網子が、途中から何も言わなくなったので、幸は一度話を止めた。

「送別会のあとで疲れてるところごめんね。私の個人的な話ばっかで……つまんないよね」

「つまんなくないよ……ていうかさ」

ていうかさ。ていうか。二回同じ言葉を繰り返し、手元のお茶をあおるように飲むと、網子はただ、

「幸はさ、背負いすぎ」

と、きっぱり言った。

「お兄さんのこと、お母さんのこと、患者さんのこと。いろいろ背負いすぎ。人は誰しも、一人分の人生しか背負えないよ。家族だからって、どこまでも介入して、なんでもやればいいわけじゃない。仕事のこともさ、そりゃあさ、幸がいつも言うように、患者さん全員が妊娠できたらいいと思うよ。

でもそれはある意味押し付けだよ。わかってるよ、幸がすごく優しい人だってことは。でも、治療の結果、妊娠できなかったからって、患者さんの人生を気の毒に思ったり、幸せにしてあげられなかったって後悔するのは、すごく失礼じゃないかな……うーん、うまく言えないけど」

幸は、網子の言葉を自分の中に落とし込もうと、今言われたことを何度も反芻した。

「それとさ。幸が精子提供で生まれたことと、患者さんのことは、なんだろう……まったく別物だって思ったほうがいいんじゃない？　うーん、簡単に言うと、幸のプライベートな事情は、他の患者さんに関係ないでしょ？　幸が精子提供で生まれたことを受け入れられないとしても、他の人はどうかわかんないじゃん。まったく気にしない人も、超ハッピーな人もいると思うし。それにさ、幸は、親に言われたからって長崎に帰るわけ？　長崎に帰ることが、幸にとっての幸せなの？」

「幸せっていうか……仕事や家族のことを総合的に考えたら、そういう選択肢もありかなって……」

「なんか、そういう考え方って、全然楽しくなさそう」

不穏な空気が流れた。網子の酔いがどれくらい残っているのかはわからない。でも、明らかに網子は機嫌を損ねつつある。幸は両手の甲を目の前に掲げ、ガサガサに白くなった親指の爪を見つめた。

「……私は結局、いつまでも、どこまでも半透明なんだよ。生みの父がわからなくて、うまく受け入れられなくて、生きる意味がわからなくて。必死の思いでやったＤＮＡ鑑定も、結局は、生みの父には繋がらなくて、花岡先生にもたくさん迷惑をかけて。こんな人間に、受精卵を扱う資格なんてないんじゃないかって、いつもそこから抜け出せなくて……」

「そんなこと誰が決めたの？　誰かに言われたの？　誰も言ってなくない？　幸が勝手に決めつけて、勝手に悩んでるだけじゃん」

「そうだよ。私自身がだよ。だから苦しいんだよ。人生は血だけじゃないって頭ではわかってる。花岡先生にもそう教えてもらったし、血よりも大切なことがたくさんあるって、わかってる。でもね、それでもね、どうしても気になっちゃうんだよ。私は誰なんだろうって、なんで半透明のままなんだろうって」

網子のイライラが乗り移ったように、ふつふつと怒りのようなものが湧いてきた。網子への怒りではなく、自分への。だけど、幸がそれを掬《すく》い取って消化する前に、網子が声のトーンを上げた。

「ごめん、めっちゃイライラしてきた。ねえ、前から聞きたかったんだけど。半透明、半透明って、いったいどこがなの？　幸は、人間とロボットの子なの？　それとも宇宙人の子？　もしやあれか、クリオネと人間の子？　違うでしょ。人間と人間の子でしょ。私と何が違うの？　同じでしょ。

長谷川幸は、長谷川幸でしょう。全然透けてなんかない。

そりゃあ、私にはわかんないよ。事実を知ったときはショックだったと思うし、信じたくなかっただろうし、たくさん傷ついたと思う。でもさ、血って、そんなに大事？　人生懸けてすがりたくなるほど、尊いものなの？

あのね、血が見える悲惨だってあるんだよ。ほら、私の父を見てみなよ。すぐカッとなって、乱暴な物言いしかできなくて、妻や子供を自分の召使いと勘違いしてるだけの人間。その血が、私にも、息子たちにも流れてる。血が繋がってるからこそ、それが鎖になることもあるんだよ。それだって苦しみだよ。幸だけじゃないよ、家族がいれば、みんな苦しいことはあるんだよ。でも、それでもさ、なんとか楽しいこと見つけて生きてんじゃん。

幸は、長谷川幸は、私にとって、ものすごく大切な人なんだよ。

だからさ、生きる意味がわからないとか、マジでやめて。自己中だけどさ、少なくとも、長谷川幸は、私の人生に必要なんだよ。

知ってる？　幸。あのね。世間の目も、親の目も厳しいんだよ。網元百合子は、結婚に二度も失敗して、子供二人を一人で育てる羽目になった、バカで可哀想な女だって、みんな心の底で思ってる。だけど、幸は違うでしょ？　可愛い子供二人産んで、ちゃんと仕事して、マンションまで買って、めっちゃすごいって何度も褒めてくれたじゃん。初めてうちに来たとき、こんな素敵なマンション買うなんてすごいって、目を輝かせて褒めてくれたんじゃん。網子、すごいねって。あのとき、本気で、本当の気持ちで。ね、私がどれほどうれしかったかわかる？　幸に出会って、近くに引っ越してきてくれて、どれほど救われたかわかる？

幸は、世間で憐《あわ》れまれてる私のことは憐れまないのに、自分のことを憐れんで生きてる。だから、それはおかしい。少なくとも、私にとって、幸は半透明じゃない。

めっちゃ人間。人間くさい。苔オタクで、いつも楽しそう。だって、突然、苔玉とか、どんぐりの芽とか押し付けてくるんだもん。こっちの都合お構いなしにさ、すっごく楽しそうに解説つきで、生き生きと喋ってさ。いつだって、自分の世界貫いてんじゃん。

あのさ、なんだかんだ、幸は自分の人生を楽しんでんだよ。

はやく、それに気づいて。自分は割と楽しい人生を送れてるんだって気づいて。気づかないと、幸せになれないじゃん。逆に言うと、気づけば幸せになれるじゃん。

じゃないと、これから毎週、魚を押し付けてやる。干物とか、出汁パックとか、死ぬほど押し付けてやる。幸の家を、くっさい磯の匂いで満たしてやる。網元の血の呪いを、見せてやろうか？」

一気に喋り続けた網子は、げえええええ、とお腹を抱えて地べたに膝をついた。それでもなお、こちらを鋭い目で睨み、再び口を開いた。

「あー、本当にもう、会う度半透明、半透明ってうるさい。なんなの、なんでそんなに頑固なの？　幸は、昔流行ったスケルトン？　いや、シースルー気取ってんの？　ならさぁ、スケルトン長谷川に改名すれば？　半透明でいいじゃん。半透明で、スケルトンで、堂々と生きていけばいいじゃん。だいたいね、生きてるだけで、人間みんな悲惨だよ。でもその悲惨の波に呑み込まれないように、誰もが、少しでも楽しいこと、うれしいことを探して生きてんじゃないの？

それからさ、ついでに言うね。違うかもしれないけど、言うね。幸はさ、結局さ、その先生――花岡先生だっけ？　その先生に、惚《ほ》れてんだよ。会った瞬間に光を感じたとか、懐かしい感じがしたとか、うまいこと表現してるけどさ、それってね、単に一目惚れっしょ。いや、絶対そうだから。それしかないから。一目惚れだから。それを、幸流に、盛大にこじらせてるだけだから。

二十歳も年が離れてるからあり得ないって思ってるだろうけど、人生ってさ、そういうことも起こるんじゃないの？　いいじゃん。頑張ってみればいいじゃん。惚れてるって自覚できる日まで、とことん付き合ってもらったらいいじゃん。苔の探検にでも、誘えばいいじゃん。

ていうか、もうイヤだよ。私は幸がうらやましいよ。なんなん、胚培養士って。小さい頃から虫メガネ握って学校や町中うろついてさ、心底苔と顕微鏡が好きでさ。その世界観捨てずに大人になってさ、そんで今は受精卵育ててますーって、なんなの。どんだけかっこいいわけ？

受精卵は、銀色の地球で、すごく綺麗で……って会う度うっとり語ってさ。それでさ、患者さんの受精卵が無事に着床したんだよーって顔ほころばせてさ、なんなん、それ。

仕事でそんないい顔できるって、どんだけすごいの。それだけでもうさ、充分じゃん。なのに、自分には命を扱う資格がないとか、よく言えるよね。じゃあ聞くけどさ、私はどうなんの？　歯科衛生士だけど、別にもともと人の歯になんて、ぜんっぜん興味ないから。むしろ、ホワイトニングし過ぎのやけに真っ白い歯の人とか見ると、胡散臭《うさんくさ》くてしょうがなくて、引いちゃうんだよ。ねぇ、こんな私に、歯科衛生士をやる資格はあるの？　幸流に言うと、ないよね。だけどね、生きてくためには、仕事するしかないんだよ。

それとさ、幸はさ、三十三歳にもなって、結婚も出産もしていない自分を恥じてるじゃん。私は人並みじゃないって、言ってさ。そりゃあ気になるよね。東京でひとり、懸命に仕事を頑張ってんのに、母親に『人並みに暮らせ』とか言われたら傷つくし、怒りも湧くよね。その気持ちはわかるよ。でもさ、うちらの田舎の価値観は知らんけどね、そんなん、どうってことないから。

幸のお父さんお母さんが幸を『人並み』と認めないなら、私が認めてやる。てか、並以上と認めてやる。ていうか、本当は幸のご両親もわかってる。娘を誇ってる。絶対そう。

生みの父親が誰だかわかんなくても、結婚も出産もしてなくても、幸は、かっこいいから。名前の通り、幸せなやつだから。それがわからん人とは、もう、金輪際会いたくない。幸なんか嫌い！」

大嫌いだ！

もう一度捨てゼリフを吐くと、網子は公園からあっという間に消えた。全力で走って、こちらを一度も振り返らずに。一瞬よろめいたように見えて、慌てて公園から飛び出してみたけれど、思いの外しっかりとした足取りで走っていた。

幸はどうしていいかわからずに、公園に戻って再びベンチに腰を下ろした。言いたい放題言われてしまった。反論するタイミングもつかめずに、あっという間に逃げられてしまった。

網子、今のはずるい。こちらにだって、言いたいことはある。自分という人間が、不器用で、頑固で、要領が悪いこともわかっている。それでもなんとか生きているのに、シースルーだの、スケルトンだの、自分の気持ちを否定されたようで、悲しくなる。

おまけに大嫌いとまで言われてしまった。これがケンカなのか。いや、でも今のはケンカと呼べるのだろうか。なんせ、網子が一方的に喋りまくって、勝手にいなくなったのだから。

幸は手元のペットボトルの蓋を開けてお茶をごくごく飲んだ。一息つき、網子に言われたことを、順番に、頭の中に並べるように思い返してみる。

そうか。

そうか――。そうか。

考えたこともなかったけれど、長谷川幸という人間は、幸せなのか。

昔から苔と顕微鏡が好きで、銀色の地球に出会って、胚培養士になって、なんとか東京で暮らせていて。休みの日に虫メガネを持って、公園や街中で苔を採取して、家で苔玉や苔テラリウムを作ったりして、顕微鏡を覗いてわくわくして、たまに網子やルイ、ルカと会ってご飯を食べて。

それがすなわち自分の人生で。

でも、人付き合いが苦手で、子供の頃から変人扱いされてきて、大人になった今も桐山や受付の子たちには煙たがられていて、網子以外に友だちもいなくて。

それに、どれだけ腕がよくて、どれだけ器用と言われても、すべての受精卵を受精や着床させるほどの力は自分にはなくて、結果的に、患者さんを救えている気がしなくて。

兄は引きこもりで、生みの父はわからず、育ての父ともほとんど話せなくて、母には「人並みに暮らせ」と言われて、傷ついて。三十三歳にもなって、恋愛も結婚も出産もしていなくて、その気力もなくて、いつも自分の足元にだけ根が生えていて、どこにも行けないような錯覚に囚われていて。

だけど、それもすなわち自分の人生で。

網子は、そんな自分を、かっこよくて幸せだと言う。

そんなはずはないのに。

ダメだ。混乱してきた。同時に、このあいだ杏子先生に言われた言葉が突然蘇る。

杏子先生は、あの夜、悩む幸にきっぱりと言ったのだ。

「好きか嫌いかで決めなよ」と。

そう。あの日、うなぎ屋でバッタリ出会ったあと、テーブルの上にある鑑定結果をうまく隠せず、幸は花岡先生の了解を得て、杏子先生に一部始終を話した。杏子先生は、「そんなことになってたの?」と驚きはしたものの、いつものように茶化《ちゃか》したり、笑ったりはしなかった。さらに、「まぁ、確かにちょい似てるもんね、お二人さん。さっちゃんがそう思うのも無理ないかなぁ」と、理解してくれた。おまけに「てっきり、二人ができてるのかと思ってたよ」と笑うので、思いきって「できてるのは、花岡先生と杏子先生かと思ってました」と返したら、二人とも笑って全否定していた。杏子先生は、

「あー、それね、全部、有紗っちの早とちりっしょ。あの子、うちらのことくっつけたがってるんだよねぇ。女子高生かよって。確かに花岡先生とは気が合うけど、私はねぇ、今度恋愛するならぶっち

やけ年下がいいんだよ」

と言ってがはがは笑った。

それから幸は、お酒の力を借りて、仕事の悩みを打ち明けた。患者さんを救えているのか自信が持てないことや、実家のゴタゴタも絡めて全部。

「こんな未熟な自分に、胚培養士をやる資格があるのか……いつまで経っても自信が持てないんです」と嘆く幸に、杏子先生は「真面目か！」と、即座につっこみ、

「そんなふうに悩むなんて、さっちゃんらしいね。若いというか、擦《す》れてないというか。私なんか、仕事終わったらなんの酒飲もっかなーくらいしか考えてないのに。もっと力抜いていいんだよ」

と、柔らかい笑顔を向けた。花岡先生も大きく頷き、

「……僕はね、人生には、自力ですぐ解決できる悩みと、そうでない悩みと、二パターンあると思うんです。今日明日にでも解決できそうな悩みなら、いくらでも悩めばいい。でも、すぐに答えが出ないときは、一旦悩むのをやめるんです。忘れなくていい。未来の自分が解決してくれると信じて、今はただ目の前のことに集中してみて下さい。長谷川さんの仕事によって、救われる人は、必ずいる。今までも、これからも」

と、力を込めて言った。杏子先生の手が伸びてきて、幸の背中をぽんぽんと二度叩く。そして、

「花岡センセーさぁ、なんか今、いかにも『俺、いいこと言ったわ』みたいな顔してるわー」

とからかった。花岡先生も「うわ。バレたか」と応戦し、二人の笑い声が溶けて、場の空気は朗らかになった。幸も笑った。潤んでいるだろう目を悟られぬように笑って、そして、「お二人とも、本当にありがとうございます」と、頭を下げた。それを見た杏子先生が、また「真面目か！」とバシッ

と背中を叩いた。

「さっちゃん。迷ったときはさ、あれこれ考えるのをやめて、シンプルに好きか嫌いかで考えな。さっちゃんはこの仕事が好き？　嫌い？　もうさ、それだけで決めなよ」

「好きか嫌いか、ですか」

「そう。私だってね、こんな性格だけどすごく悩むよ。不妊治療ってなんだろうって。もしかしたら不必要な医療行為をして、患者さんに苦痛を与えてるだけじゃないかって。悲しい報告をして、涙する患者さんを見ることもあるしね。妊娠を告げておめでとうを言ったあとに、流産になってオペしたりすると、申し訳なくて、虚無感に襲われたりもして。それに、クリニックを卒業した人がその後出産まで辿り着いたか、元気に子育てしてるか、見えない部分も大きいしさ。治療の結果、妊娠はできなくても、夫婦で楽しく過ごしてる人も、養子を迎えて賑やかに暮らしてる人もいるかもしれないし。何が幸せに繋がるかなんて、全然見えなくて……だからさ、どこにやりがいを求めればいいか、医者だってわかんないよ。わかんないままずっと続けてる。だからもう、単純に、好きか嫌いかで決めるしかないなって。私はさ、それでも好きなんだよ。移植する瞬間、卵が子宮に戻っていく瞬間がさ。あの瞬間だけは、なんかいいことしてる気がして、ほんの少し自分を誇らしく思えるんだよ。さっちゃんだってそうでしょ？」

杏子先生が、子宮に受精卵を戻すときに、「流れ星」と表現したことを思い出す。あのとき芽生えた感動や、患者の感極まった表情。

それ以来、モニターを見る度に、受精卵が本当に流れ星のように見えて、ますます移植の瞬間が愛おしく思えて、好きになって。

そう。自分だって、好きなのだ。

というより、惚れている。心底。深く。だからきっと、ここにいる。

杏子先生にもらった言葉も、花岡先生の言葉も、福の神院長の言葉も、そして網子に言われた言葉も、みんな、幸の心の入口にまで届いている。届いていて、ずっとノックしている。

あとはそれを、扉を開けて、迎え入れられるか。

その勇気があるか。

幸は自分の中にある答えを探るように、目を閉じた。

第五章　銀色の地球

桐山翼が、初めて顕微授精にチャレンジすることになった。

はじめさんに言われ、幸も少し離れたところで、そのなりゆきを見守った。当の桐山はいつもと変わらぬ様子で椅子に座ったけれど、その背中には、明らかに緊張感が漂っている。

大人の上半身ほどもある大きな倒立顕微鏡。操作ボックスにコントローラー、胚を映し出すモニター、床に設置されたフットスイッチ。両目は顕微鏡を覗き込みつつ、両手、足を駆使しながら操作を行う。初めて見たときは、大げさだけれど、飛行機のコックピットみたいだと思った。

「大丈夫だから、練習通りやればいいよ」

はじめさんが声をかける。桐山は小さく頷くと、作業に入った。桐山がやるのは、比較的新しい「ピエゾ」と呼ばれる顕微授精で、近年、日本でも広がりを見せ、主流となりつつある方法だ。

ピエゾは、従来の「吸引、陰圧をかけて針を刺す顕微授精」とは違って、針そのものに微細な振動を伝わらせ、その振動の力で卵子の透明帯や細胞膜に穴を開け、精子を置いてくる。このやり方だと、卵子をほとんど変形させずに受精させることができ、早いうちから技術を習得しやすい。

桐山は、落ち着いた手つきで精子を不動化し、ピペットに吸い込むと、卵子の向きを作業しやすいように変え、フットスイッチを押し、卵子の細胞質に精子を注入した。幸はモニターを注視し、精子が卵子の中に入る瞬間を、ドキドキしながら見守った。ほんの少し、卵子が反発するように動く。張りのあるいい卵子だ。幸には、卵子がしっかりと精子を受け入れ、その出会いを喜んでいるように見えた。

一連の作業を無事終えると、桐山は勢いよく立ち上がって、

「終わりました！」

と大声で言った。幸はびっくりした。顕微鏡に向き合っていたほんの数分の間に、目の縁がくっきりと赤く染まっていたからだ。呼吸も荒く、肩が小刻みに震えている。

「お疲れ様。よかったよ！　あとは受精するのを祈ろう」

はじめさんが満足そうに言い、そして、幸に問う。

「長谷川さん、どうだった？」

「はい。私もよかったと思います。私が初めてのときより、数倍よかった。これ、本当です。きっと受精して、うまくいくよ。桐山くんは頼もしい戦力になると思います」

お世辞ではなく、そう思ったから、言った。桐山が少しだけ幸を見て、

「ピエゾですからね。誰だってうまくやれますよ」

と自虐的に言う。確かに、ピエゾは従来法と比べると簡単だ。でも、だからといって責任が軽くなるわけではないし、卵は無限にあるわけじゃない。目の前にある卵は、この世界でたった一つの命、代えの利かない存在——誰かの大切な、銀色の地球なのだから。

そして翌日、桐山が顕微授精した卵は無事に受精していた。だけど、途中で成長を止め、凍結はできなかった。これはもう、ただただ自然の摂理によるものだ。本人もわかっているはずなのに、その顔には、はっきりと落胆の色が浮かんでいた。

通常、新米の胚培養士は、マウスなどの哺乳類の卵子や精子の他、廃棄されるヒトの卵子や精子を使っての練習も行う。でも「練習」には、その先に進むべき道はない。だけど、本番はそうじゃない。

幸は、インキュベーターの前に立ちすくんでいる桐山に近づいた。気持ちがわかるだけに、慰めも、気の利いた言葉も何も浮かばない。だから、ただひとこと、労いの気持ちをこめて、

「お疲れ様」

とだけ伝え、背後をサッと通り過ぎた。

そして、その日以来、桐山も正式に顕微授精のメンバーに加わることになった。

施設に行った兄からの連絡はなかった。

もうすぐ一か月が経つ。だけど、幸は自分から連絡はしないでおこうと決めていた。実家には、施設のスタッフから近況を知らせる電話が一度だけあったらしい。

「一日三食食べています。朝起きて、掃除もしています。また、自由活動中に、中学生、高校生に勉強を教える姿が見られます」

そう言われたのだと、母は涙声で電話をしてきた。

「そっか、よかったね。よかったね、お母さん」

長年引きこもっていた兄にとって、規則正しい生活をすることは、相当ハードルが高いだろう。夜

寝て、朝起きて、ご飯を食べる。言葉にすると簡単だけれど、生活リズムを整えて生きることは、きっととても難しい。自分だって仕事がなかったら、どんな乱れた生活になるかわからない。

「幼稚園生のときだって、中学生のときだって、当たり前にそうしとったとにね。四十手前の息子が規則正しい生活をしてるって聞いて喜ぶなんて、おかしいやろうね」

そう言いつつも、母の声は暗くはなかった。

「お母さん、お父さんと旅行でもしたら？　リフレッシュできると思うよ」

十年近く、母も家に縛られていたはずだ。引きこもる息子のために毎日ご飯を作り、ほとんど手を付けられなかったとしても、決して作るのをやめられなくて。兄の立てる音に耳を澄ませ、会話しようとしてもうまくいかず、心を許せる友人もおらず。どんな思いで毎日家にいたのだろう。兄も、母も、意地を張り続け、その緩め方を見失っていたのかもしれない。

「そうねぇ……」

母は、行くとも、行かぬとも言わなかった。でも、いつものようにすぐ否定しなかったことだけが、幸の心に希望として残った。

そして、その電話からわずか二週間後のことだった。幸の感じた希望が、かなり意外な形で現実になった。なんと、父と母が東京にやってきたのだ。しかも、連絡もなく、突然に。

『今、お父さんも一緒に東京にいるとけど会えるかな。幸の家の近くまで行くけど』

昼休みにメールに気づき、幸は驚く半面「何かあったのだろうか」と不安になった。まさか、兄の次は自分か。両親揃って、長崎に帰るように説得しに来たのだろうか。

内心びくびくしつつも、仕事終わりに合わせて西荻窪駅まで来てもらい、猛烈な違和感を抱えながら両親を家に案内した。自分が長崎に帰るほうがよほど自然で、東京のアパートに父と母がちんまりと座っていることがあまりに不自然で。それでも母は、「前んとこより、だいぶ広か。よか家たい」と言い、幸が着替えているうちに台所に立ってお茶を淹《い》れていた。

父は、居心地が悪そうに小さなダイニングテーブルの椅子に腰かけている。明日から、箱根《はこね》と熱海《あたみ》に一泊ずつする予定だと聞いて驚いた。今日はすでに吉祥寺のホテルを予約しているという。

「びっくりした。まさか本当に旅行するなんて。しかも、わざわざこっち方面に……」

「いや、もうずっとどこにも行っとらんかったしね。それにほら、一度ロマンスカーっていうのに乗ってみたくてね。体が動くうちにって、重い腰上げたとよ。突然で悪かったね」

「ううん。旅行できてよかったよ。でも、長距離の移動、疲れたでしょう」

「人の多か……」

初めて東京に来た父は、それだけを言うと、所在なげにお茶をすすった。

幸の家は、四畳半の板張りのダイニングと、奥に六畳の和室がある１ＤＫだ。築二十年以上の古いアパートだけれど、オートロックや防犯カメラ付きの物件であることや、お風呂とトイレが別で、トイレに窓があることなど、気に入っている点も多い。それに、和室ばかりの古い家で育ったせいか、畳の匂いは妙に落ち着く。

「そいでね、幸に渡したいものがあるとやけど」

和室に移動して折り畳み式の小さなテーブルを囲むと、母がハンドバッグの中から小さくて平たい風呂敷包みを取り出した。

「お父さん、ほら。これ」

母が父にその包みを渡す。父は気まずそうに「ああ」と頷くと、それを風呂敷ごと、幸の目の前に差し出した。

「これ、何？」

父は何も言わず、一つだけ咳払いをした。怪訝に思いながら風呂敷を開くと、通帳が一冊出てきた。地元の銀行のもので、名義人は「長谷川幸」となっていた。

「これ……」

幸は父と母の顔を交互に見た。母が、遠慮がちに口を開く。

「土地を売ったとよ。坂を少し下ったところにある、畑」

「畑って、おばあちゃんが昔大根とか作って、よく無人販売してたあの土地？」

「そう。なんか、うまく農地転用？　っていうとかね、宅地にして、三軒分くらいの分譲地にするとって。前々から、不動産の人に話もらっててね。まぁ、不便なところやから、広さの割には安く買い叩かれたけどね」

そこまで言うと、母は「お父さんが話さんね」と父を軽く小突いた。父は、また一つ咳払いをして、

「土地が売れたけん、それは、幸の分たい」

と、通帳を顎で指した。戸惑いつつ通帳を開くと、三百万円という金額が明記されていた。

「ちょっと、これ……うそでしょう」

幸は反射的に通帳をテーブルの上に伏せた。

「なんで、こんなに……」

「正直に話すとね、あそこ、九百万円で売れたとよ。やけん、本当は……老後のために全額こっちで

所持しとこうと思ってね。けど、お父さんが、幸にやらんねって。土地は、家族みんなのもんやぞって。勝手に売るだけで罪深いって……だから、渡せと」

「えっ……お父さんが……」

「やけん、話し合って、私とお父さんの老後資金に五百万円、幸に三百万円、進に百万円にしようってことになって」

「ちょ、ちょっと待ってよ。なんでお兄ちゃんが百万円なの？　逆じゃない？　私は今、仕事もしてるし、一応自立できているし……」

「やけんたい」

それまで黙っていた父が、大きな声を出した。そして、

「幸は、仕事ばして、一人で生きてるけんたい」

と言う。続いて母が視線を落とし、白状するように口を開いた。

「ごめんね、幸。じつは私もね、お父さんに言ったとよ。進に多くあげたいって。だってあの子は不安定で、職もなくて、引きこもりで、もう自力では生きていけんと思うから。けど、お父さんは逆やって言う。早くに自立して、出戻りもせず、頑張ってる幸のほうが、何倍も何倍も、大変やって。親に迷惑かけない子のほうが、本当は何倍も、つらいって……」

「……そんな」

幸は驚いて父の顔を見た。一瞬、ほんの数秒だけ視線がぶつかる。

「本当はね、お父さんは、進に一円もやるなって。進には充分使ったって。金やってもどうにもならんって……裸で野に放って、一から出直すように言えって。それで、そのぶんも幸に渡せって

きかなくて。でも、なんとか百万円だけ、確保したとよ。もう、大ゲンカ……やった」

「でも、それでも、私だけこんなにもらえないよ。それにもし……もし、このお金と引き換えに長崎に帰ってこいってことなら……余計もらえない。私、まだ決心ができてないから」

幸が通帳を押し戻すと、

「お守りやけん」

父が一言、強く言い放った。

「三百万円は確かに大金たい。けど、どげん節約しても、大人一人の二年分の生活費にもならん。今の時代、何があるかわからん。金も土地も、年寄りが持っててもしゃーなか。やけん、持っとけ。帰ってこいとか、そういう交換条件じゃなか」

「ね、幸。お父さんがそう言うけん。最近はなんでも高くなって、若い人はこれから大変やし。そうでなくても、今回も進と話してくれたし。税金とかのことはこっちでするけん、心配せんとって。それにもう、これ以上はなんもしてやれんけん……」

「でも……」

でも。でも。でも。幸の瞳から、大粒の涙がこぼれた。

父方の、祖父母の土地。それはすなわち、長谷川の土地。その長谷川の血が一滴も入っていない自分に、このお金をもらう権利があるのだろうか。本当の子供である兄を差し置いて、自分が。

「でもさ、私は、私は……本当の子供じゃないのに、いいの……？」

涙で先が続かない。言いたいことはあるけれど、うまく言えない。

そんな幸を見て、父はただ、

「ばかやろう」

とだけ言った。すべてが詰まったような、ばかやろうだった。


結局、父と母は予約していたという吉祥寺のホテルをキャンセルして、幸の家に泊まることになった。二人とも明らかに疲れていたので、夕飯は、冷凍してあった鶏肉で親子丼と味噌汁を作って出した。食べ終わり、満腹になると、ようやく気持ちがすとんと落ち着いた。母がコーヒーを飲みたいと言うので三人分のコーヒーを淹れ、幸は、再び両親と向き合った。


「お父さん、ずっと聞きたかったんだけど……」

幸は意を決して、口を開いた。


「覚えとったら教えてほしいんやけど。昔さ、私が小学生のとき、クリスマスに……その、天体望遠鏡、くれたやろう? あれさ、あれ……なんで、天体望遠鏡やったとかなって。あのとき、私は顕微鏡がほしくて、そう書いたつもりやったけど……」

真っ先に口をついて出たのがそのことだった。言いながら、なんでそんなことを……と自分で自分につっこみたくなる。しかも、二十五年も前のことだ。きっと覚えていないだろう。そう思ったけれど、父は意外にも、すぐに話し始めた。


「あれは、地球よろず屋のおやじに強く勧められて……本当は顕微鏡を買おうと思っとったとけど、いざ店に行ったら、顕微鏡より天体望遠鏡のほうがいいって、あいつ、古賀《こが》が言うけん」

「地球よろず屋?」

「幸は覚えとらんかね。坂下ったところの国道沿い、交差点のところに、地球よろず屋って店があったとよ。おもちゃとか、アウトドア用品とか売ってる店が。小さなホームセンターみたいなね。あそこ、お父さんの同級生がやっとったと。古賀さんていう」

母の説明を聞いてもなお、幸にはその店が思い出せなかった。

「そんな店があったなんて、知らんかった」

「お父さん、天体望遠鏡のほうが、豪華でかっこよくて、幸が喜ぶやろうと思ったとよ。なんか、顕微鏡がほしいと言うたのも、幸が遠慮したと思ったみたいやね」

「え……」

「まぁ、そういうことたい」

父が、母に同調するように頷く。

そうだったのか。サンタクロースに書いた手紙の字が読めなかったのでもなく、父が間違えたのでもなく、土壇場で、方向転換したのか。しかも、そのほうが喜ぶと思って。それなのに、あんなに泣いたり喚いたりして。あのとき、父はほとほと困っただろう。

「ふふっ」

笑いが漏れた。もっと早く聞けばよかったのに、なんで二十五年も経って。情けなくて、歯がゆくて、でもなぜか無性に笑えてきて。

「そうとは知らず、ごめんね」

「……いや」

そういえば、父がサンタクロースになったのはあれきりだった。四年生のときからは、クリスマスプレゼントはお小遣いとなって、現金が支給されるようになった。それも、両親の苦肉の策だったのかもしれない。

「それにしても、あの天体望遠鏡、どこに行ったとやろうね。処分した記憶もなかけど」

母が首をひねる。

「私、すぐお兄ちゃんにあげちゃったんだよね……虫メガネと引き換えに」

「虫メガネと引き換えにか」

父は初めて知ったというように、驚いた顔をした。母が、その気持ちを汲み取るように、

「ほんと、幸の好みは、昔からわからんもんねぇ」

と、笑った。


翌日、タイミング悪く早番だった幸は、朝早くに起きた。が、すでに父も母も起きていて、台所のやかんと鍋が、元気よく湯気を立てていた。父は、散歩に出かけたのだという。

一人暮らしをしている家で、母の作った朝ご飯を食べ、母が作った弁当をバッグに入れた。初めて来たというのに、父はいつの間にか善福寺公園にまで足を延ばしてきたらしく、

「東京にも大きな公園があるとやな」

と、しきりに不思議がっていた。

その後、身支度を整えると、幸は玄関ドアの前に立って父と母を見上げた。

「お父さん、お母さん、あのさ……私」

口を開いたくせに、その時点では何を言うか、まったく考えていなかった。だからもう、任せようと思った。衝動に。心に。とっさに出る言葉に。

父の目。深く皺が寄り、小さく落ち窪《くぼ》んだ父の目。

不器用で、無口で、頑固な父の目。幸は、その目に向かって告げた。

「私ね……いろいろあったし、長崎に帰ったほうがいいのかなって、悩んだりもして。何より、お母さんにも帰ってこいって言われてたし。でも、やっぱり、もう少し頑張ってみてもいいかな。今の仕事を私がやる意味とか、生きる意味とかが、よくわからなくて悩むこともあるけど。答えが出るまで、もう少し、ここで、東京で……頑張りたい」

そうなんだ。言葉を放った自分自身が、いちばん驚いていた。

だけど、間髪を容《い》れずに、母が「でもね、幸……」と口を開いた。が、突然、父が母の言葉を遮り、

「行ってこい」

と、言った。骨まで響くような、野太い声で。そして、おもむろに幸のおでこを指差した。

「前から思っとったが、おまえは、でこが広か」

この流れで何を言い出すのかと、幸は父の顔をまじまじと見つめた。確かに、昔から額がやたら広くて皺が目立ちやすく、それがコンプレックスでもある。すると、父は、気まずそうにその指を自分の額に持っていき、少し顔をしかめて、

「おいも、広か。似とる」

と言った。幸の口角が自然と上がり、笑みがこぼれる。

「うん……だね。そうだね……うん」

うまく言葉が出てこず、幸は、ただ何度も「うん、うん」と子供のように頷いた。

母が、言葉を引っ込めるように深く息をついた。

「……東京の電車はやたら涼しいけん、ちゃんと羽織るもの持っていきんさいよ」

「うん。行ってきます。お父さんとお母さんも、旅行、楽しんでね。来てくれてありがとう」

母に合鍵を渡すと、幸は勢いよく玄関を飛び出し、そのまま早足に駅を目指した。勝手に顔がにやけたり、こみあげてくるものがあったり、胸がちくんと痛んだり。まるで収拾がつかなくて、幸はマスクの下で幾度も表情を変えた。でも。

――うれしい。

父からの、「行ってこい」。たった五文字の言葉が、こんなにも。

こんなにも、勇気をくれるなんて。

ちゃんと核心をついた会話をしたわけじゃない。とことん話し合ったわけじゃない。そもそも、胸の内を全部さらけ出すことが、良いことなのかもわからない。父の真実、母の真実、兄の真実、長谷川幸の真実。それらはすべて違うだろうから。

それでもうれしかった。そして、びっくりした。

答えは出ていたんだ。とっくに。

頭じゃなくて、心には、ちゃんとあった。本当の、本物の気持ちが。

もう少し頑張りたいんだ。悩んでも、苦しくても、結局はここにいたいんだ。

そっか、そうなんだ。それが答えだったんだ。

無意識に、手が額に伸びる。

幸は、一刻も早く会いたいと思った。大好きな銀色の地球たちに。

「……地球よろず屋、覚えとる。黄色いビニール屋根の、やたら外見が派手な店やった」

兄の声が、虫の音やカエルの声と共に聞こえてくる。

「ガラクタ屋みたいで、雑然としてて。幸はあの店、怖がっとったような記憶がある。そういや、あの虫メガネも、あそこで買った」

「そうだったんだ……」

自分から連絡はしないつもりだった。だけど、つい『天体望遠鏡、どこにあるか知ってる?』とメールを送ってしまった。そうしたら、なんと、兄から電話がかかってきた。そして、開口一番、

「俺の部屋にある」

と教えてくれた。クロゼットの中に、ちゃんとあると。幸は、両親が東京に突然来たことや、天体望遠鏡の話になったことをかいつまんで話した。兄はただ「うん」と聞いていた。

「にしても、すごいね、カエルの声。振動まで伝わってくるよ」

「目の前が田んぼやけん。今、水が張って、すごい数いる。窓閉めてもすごい」

「やっぱ、結構な田舎なんだね」

「うん。土の匂いでむせ返るくらい。今、畑で野菜を育ててる。俺は人参《にんじん》係」

「人参。あれね、断面を顕微鏡で見るとおもしろいんだよ。カロテンの部分だけが、糸くずみたいにオレンジ色に見えるの。でも、野菜でいちばんオススメなのはレタスの表皮かな。ジグソーパズルみたいな形で、見てて飽きない」

「うん」

兄が苦笑したのがわかった。

「ごめん。つい関係ない話しちゃった」

一瞬間が空いたのち、兄がすーっと息を吸った。

「あのさ……天体望遠鏡。本当は、あの夜……天体望遠鏡、取り出そうと思って」

「え……そうだったの？」

あの夜とは、母がパニックになった夜のことだろう。幸は、スマホを強く耳に押し当て、続きを待った。

「旅行カバン捜してたら、クロゼットの奥に天体望遠鏡を見つけて。そいで、何気なく取り出そうと思ったら、いろいろ引っかかってうまく出てこんくて。そんで、ごめん。なんか気づいたら、二、三発、無意識のうちに蹴り入れてた」

「……そうだったんだ」

そのときの、音だったのか。

「うん」

「ごめんね。私が、押し付けちゃったもんね」

「いや。こっちこそ、ごめん。それに……結局、顕微鏡、買ってやれんで」

「……覚えててくれたんだね」

「まぁな」

兄は力なく笑った。結局、幸はあの天体望遠鏡を一度も使うことはなかった。反対に、兄はよくベランダに持ち出し、飽くことなく夜空を眺めていた気がする。

「幸も見に来んね。土星が見えるけん。たまには遠くを見るのもよかやろう」

「月のクレーターが、本当にうさぎの餅つきに見えて、おもしろかぞ」

兄が何度も声をかけてくれたのに、幸は、頑なにそのレンズを覗かなかった。意地もあったし、当時、罪のない天体望遠鏡を疎ましく思っていた。

ほしかったのは顕微鏡で、遠くではなくて、すぐそこにある、小さな世界を見たくて。それなのに、家にやってきたのは、あの図体《ずうたい》のでかい天体望遠鏡で。蹴りたかったのは、むしろ自分だった。

「もしかしてお兄ちゃんって、天文学者になりたかった？　そういえば、あの天体望遠鏡で、月とか衛星を見るのにはまってたよね。なんか学者になりたいって言ってたの、今思い出した」

「うん、まぁな……ははは。でもまぁ、よか」

そうだったんだ。天文学者。ロマンチックだけれど現実味がなくて、堅実な両親がいかにも眉をひそめそうだ。当時の兄なら何にでもなれたはずで、だからこそ、父と母は反対したのかもしれない。優しい分、期待されているのがわかる分、親の反対に打ち勝つことは難しくて。でも、そこを突破しないと、どうにもならなくて。

「人参、大きく育つといいね」

「うん……そうだな」

幸はありがとうを言うと、静かに電話を切った。

兄の先はまだ見えない。しばらく施設で暮らしたからといって、その先の道が保証されるわけではない。社会に復帰できるとも限らない。だけど、今、兄は家を出て、不登校の子供たちに勉強を教え、集団生活をしながら人参を育てている。それでいい。きっと、今はそれでいい。

ぽっかりと空いた兄の部屋も、父も母も、今、少しだけ身軽になっているはずだから。

。　。　。


週明けの月曜日。午後の業務があらかた終わると、幸は花岡先生の診察室を訪れた。すでに外来が終わっていることを確かめ、裏の通路からそっと診察室を覗く。

花岡先生は、机の上に置いてある例の練習用のかんぴょうを、一心不乱に縫い合わせていた。しばらくその様子を見つめたあと、幸は、少し丸まった、白くて大きい背中に声をかけた。

「……花岡先生、今よろしいですか」

「長谷川さん。お疲れ様です」

気づいた花岡先生が、顔を上げた。

「集中しているところ、すみません。花岡先生、あの……」

あえて報告する必要はないのかもしれない。でも幸は、両親が東京に来て父と少し話せたこと、花岡先生に言われたように、悩みながらでも、この仕事を続けようと思っていることを簡潔に報告した。

「花岡先生がおっしゃったように、いつか受け入れられる日が来るんだと信じて、未来の自分に任せてみようかなって……。だから、今は仕事を頑張ります。本当にいろいろご迷惑をおかけして、すみませんでした。そして、ありがとうございました」

しどろもどろになって説明をしていると、花岡先生は一気に表情を和らげ、

「それはよかった。これからもよろしくお願いします」

と、純粋に喜び、立ち上がって手を差し出してきた。

「あ、ありがとうございます……」

想像以上の反応に戸惑いつつ、花岡先生の手を握る。とても分厚くて、ごつごつしていて、思いの外ひんやりしていて。北海道のときと、同じで。でも、この手は、赤の他人で。だけど、とても優しくて、やっぱり自分には眩しくて。

「あの、最後に一つお聞きしたいのですが。花岡先生は、不妊治療は、神の領域だと思いますか」

この人に、ずっと聞いてみたかった。

花岡先生は幸の唐突な質問にも怯むことなく、真面目な表情で口を開いた。

「いいえ。僕はまったく思いません。人間にできることは、すべて人間の領域です。僕たちは、禁忌を侵しているわけでもなく、神の領域に足を踏み入れているわけでもない。人工授精も、体外や顕微も、みんな人間の領域のできごとです。神の領域はもっと違うところにあるんじゃないでしょうか。だから、不妊治療を受けることを、あれこれ悩む必要はないんです。もちろん、不妊治療を施す側の僕らも同じです。僕らはあくまで人間にできることを人間としてやっているだけ。それだけです」

花岡先生は幸の心の内を見透かしたように力強く頷いた。

「そうですよね……。私はずっと、神の領域に入ろうとしていたのかもしれません。口ではそんなことできるはずがないと言いながら、その力を欲して、勝手に嘆いて……完全に空回りでした」

幸がうなだれると、花岡先生は静かに笑みを浮かべ「僕たちは人間ですから」と優しく言った。

「僕でよければ、またご飯を食べに行きましょう。今度は、同僚として」

「同僚……ですか」

「あ、もちろんいい意味で、ですよ。これまで長谷川さんとの食事は、全部ＤＮＡ鑑定の話絡みでしたからね」

と、いたずらっぽく笑った。かあっと顔が熱くなり、幸はそれを隠そうと下を向いた。

「はい。よろしくお願いいたします」

幸は床を見ながら頭を下げた。そのまま顔を上げることができず、後ずさりをするように診察室を後にした。廊下に出て、あまりにもおかしな去り方をしてしまったと瞬時に後悔する。どくどくと鼓動の音が耳の裏からこだまして、足元が揺れる。網子のせいだ。網子に「惚れてんだよ」と言われて以来、変に意識してしまう。ここ数日、話しかけようと思いながらも、廊下で花岡先生を見かけると、避けるようにトイレに逃げ込んだりしてしまっていた。いい年をして心と体がちぐはぐで、落ち着かなくて、まるで子供だ。なのに、いつの間にかその声を聞き、手を見つめたくなる。

今日だって、声をかけていいものか、診察室の前を随分とうろうろしていた。やっぱり、網子のせいだ。そろそろ――。そろそろ、何か言わなければ。


その日の夕方帰宅すると、幸は和室に正座をし、心鎮めてから網子に電話をかけた。

しばらくすると呼び出し音が途切れ、スマホの奥からざわめきが溢れ出てきた。あ、出てくれた。

安堵しつつ、幸は網子の名前を呼んだ。

「も、もしもし。網子?」

「あー、もしかして、スケルトン長谷川さんですか?」

低く、抑揚のない声。一瞬別人かと耳を疑った。でも、どう考えても網子の声だ。

「いえ……スケルトンじゃなくて、シースルー長谷川です」

「……」

返事がない。沈黙がつらい。でも、次に何を言えばいいのか。とりあえず、ごめんねと言ってしまおう。取り繕うことはせずに。

「あの、網子。この間のことだけど、本当にごめんね。私……あのときは」

「ぐぐぐぐぐっ」

スマホの中から、うめき声のような、くぐもった声が聞こえてきた。

「え、どうしたの？　網子、大丈夫？」

「ぶぶぶっ、ダメだ……あはははは」

「えっ」

「えっ、じゃないでしょう。なんなの、シースルー長谷川って。自分で言うの？　あ、ダメだ。今、西友《せいゆう》なんだよ、駅の。もう、人が見てるのに。無理なんだけど。あははは」

その後、網子はしばらく笑い続けた。自分の発言や態度のどこが、そんなにおもしろかったのだろうか。スケルトンよりは、シースルーのほうが、言葉の響きが綺麗だと思ったから言っただけなのに。幸はわけがわからずに、網子が落ち着くのを待った。待ったけれど、あまりに笑い続けるので、だんだんとその笑いが伝染してきてしまった。

「ふふ。ちょっと網子、笑わせないで。ふふふ」

「ていうか、笑わせてるのは幸なんだけど！　ていうか、そうじゃなくて。あのさ、困ってるんだけど。あいつから、気持ち悪いのが生えてきたんだけど！」

「え？」

「前にもらった苔玉！　あそこから、緑色のいくらみたいなのが無数に生えてきてんだけど」

「えー、すごい。タマゴケの朔《さく》が伸びたんだ。大成功だよ。すっごく可愛いでしょう」

「可愛くないよ、めっちゃキモイ。目玉のおやじ以外のなにものでもないじゃん。ねえ、なんとかしてよ。朔って何？　あれ、放置しててていいわけ？」

「……じゃあ、家に行ってもいい？　いろいろ話したいことがあって。明後日《あさって》の水曜日、午後半休なの。なんかリフレッシュ半休制度が始まって。網子も水曜は休みだよね。もし、空いてたら。あ、でも私、別に明後日じゃなくても、いつでもいいけど……」

「ふーん？　やけにスッキリした声してんじゃん。ちょっと待って。今、明後日の予定見るから」

網子はすぐに「よし、空いてる！」とうれしそうに言い、そして、声のトーンを落とした。

「幸、この間はごめん。私、口が悪くて。幸は本気で悩んでるのに。でも、もどかしかったんだよ」

「ううん。私こそごめんね。その、網子に言ってもらえて、いろいろ気づけて。結局は、子供みたいに拗《す》ねてただけなんだなって、恥ずかしくなったりもして。でも、まだ、全部に答えが出たわけじゃなくて。生みの親のことも、今は一旦落ち着いたけど、また捜したくなるかもしれないし。あと、恋愛のことも、正直よくわからなくて……でも、ゆっくり向き合ってみるね」

「うん。応援するし、話聞くよ」

「うん。ありがとう……」

「それはそうと話は変わるけどさ、前にルイとルカが胎内記憶？　生まれる前の記憶を話してたじゃん。あの話、覚えてる？」

「ああ、うん。覚えてるよ。高速滑り台を滑って生まれてきたんだよね」

「うん。それでさー、この前、公園で幸とケンカしたあとにさ、ルイに聞いてみたわけ。人間が生きる意味ってなんだろうって」

「うん」

「そしたらさ、ルイ曰《いわ》く、死んだあとさ、天国で映画を観るんだって。自分の人生の映画を。生い立ちから死ぬまでをまとめた映画がね、必ず上映されるらしくて。それを神様と、天使のお姉さんと一緒に観るんだって」

「えっ。そうなの？」

「うん。でね、そのあと反省会をするらしいよ。あなたの人生はどうでしたか？　みたいに。自分の人生を評価っていうか。なんか感想文とか反省文を書かされるらしくて。だからね、つまりルイが言うには、なんだかんだ、生きる意味は、死んでからしかわからないらしいよ」

「そうなんだ……。生きる意味は、死んでから……」

一筋の衝撃が走った。そうなのか。そういう捉え方もあるのか、と。黙り込んだ幸の心情を察したのか、網子は、あっけらかんと笑った。

「あ、やっぱり幸は信じるんだね。私はさぁ、ぶっちゃけ半信半疑だけど……。でも、ルイがさ、飯を食いながら飯を食う意味なんて考えねーだろ？　だから生きる意味も同じなんだよ、ってやけに大人びて言うわけ。なーんかおもしろくてさ。だから幸も、生きる意味は死んでから考えれば？　生みのお父さんのこともさ、きっとそのときになればわかるんじゃない」

さらりと言うと、網子は帝国《ていこく》ホテルのアフタヌーンティーにずっと行きたかったから、どうせなら明後日一緒に行こう、予約は任せろ、ついでに当日はじゃんけんで勝ったほうがご馳走することにし

ようと矢継ぎ早に言い、

「やば。お迎え時間ギリギリだから、またね」

と忙《せわ》しなく電話を切った。そのわずか一時間後には『予約完了。明後日午後二時に、ホテルに直接集合で』とLINEが届いた。

幸は、『了解。予約ありがとう!』と送り、ルイの滑ったであろう滑り台を思い浮かべた。

そして今更ながら思った。自分もそうだったのかなと。そうやって、自分も滑り台を滑って生まれてきたのかなと。

前にルイが言っていた、光の粒。人間はみんな、宇宙に漂う光の粒で、ふわふわ泳いでいて。だけど、生まれたいから、生まれてきたのだと。

滑り台を滑って、子宮に辿り着いて、懸命にしがみついて。

無数の粒の中に、自分もいたのだと。

そのときの自分を、そのときの気持ちを、思い出せたらいいのに。

幸はまぶたの裏、記憶の奥深くに、光の粒を探した。


。。。


水曜日は、爽やかな晴天だった。幸は朝、久しぶりに空を見上げながら出勤した。バタバタしている間に季節は移ろい、街の緑は濃さを増し、時間を少しずつ夏へと進めている。

午後半休が決まっているせいか、昨日はよく眠れたような気がする。というより、最近、今までより深く眠れるようになった。

その理由の一つは、両親が東京に来てくれたことと、父が渡してくれた通帳のおかげだ。なんて現金なんだろうと思う。でもあの通帳は、幸の強大なお守りになった。何よりも、父の思いが入っている。不器用で、言葉足らずの父の思いが。兄より優遇してくれたことがうれしかったんじゃない。東京で、一人頑張っている自分を、ちゃんと見ていてくれたことがうれしくて、救われて。

だからもう、お金そのものはどうでもよかった。

もしかしたら、昔から、父なりの形で思ってくれていたのかもしれない。父も、娘と血が繋がっていないことで悩んだり、うまく子供と関われなかったり。いくつもの波に飲まれそうになり、もがいていたのだろうか。子供ができない原因が自分だと知り、絶望したこともあったのかもしれない。知ろうともせず、知るきっかけも作れず、三十歳を過ぎてようやく、少しだけ。

少しだけ、父を知り、前に進めた気がする。


「あっ。さっちゃん、おはー。ねー、これ見て。今朝、私宛に届いてたハガキなんだけど」

スタッフルームで着替えて廊下に出ると、すでに白衣を着た杏子先生に呼び止められた。

「杏子先生、おはようございます。拝見します」

なんだろうと思ってハガキに目を落とすと、そこには濃いオレンジ色の帽子を被り、登山ウェアに身を包んだ男女が写っていた。二人とも楽しそうにピースをしている。

「あれ。この人たちって……五十嵐さんですか」

女性の目元に、とくに見覚えがあった。

「そうそう、ご名答。さすが、よく覚えてるね」

「そうですよね、五十嵐さんご夫婦ですよね。あの……五十代の」

忘れられるわけがない。桐山翼と共に面談に出て、ひと悶着あった患者さんだ。それでも体外受精に挑み、一度は妊娠したもののすぐに流産してしまった。その後も二度移植したけれど、妊娠には至らなかった。治療前は、卵子提供に踏み切る姿勢も見せていた夫婦だし、あれ以来どうしたか気になっていた。だけど、ハガキには『山登り始めました！』と手書きで綴《つづ》られているだけだ。太く、大きく、元気な「らしい」字で。

「三回目の判定日のあと全然来なくなっちゃったから、私も近況は知らなかったけど……どうやらお元気そうだね」

「……はい。よかったです」

ハガキには、治療をやめたとも、続けるとも書かれていない。そもそも、はっきり決める必要もないし、誰かに知らせる義務もない。だけど、自分たち病院側の人間には、患者さんのその後は見えづらい。突然来なくなり、そのままどうなったかわからない人もたくさんいる。だから、こうやって元気にしているかわかっただけでも、救われる。面談のとき、底抜けの明るさを見せた彼女に、ちゃんと向き合ってあげられたのだろうかと、ずっとずっと気になっていたから。

「ハガキ、届いてよかったですね」

幸が言うと、杏子先生は「うん。朝から元気出たわ」と、笑った。

夫婦はまだ迷いの中にいるのかもしれない。でも、その日々の中でも、笑えること、うれしいことがたくさん生まれればいい。どういう選択をしても、時が、ゆっくりと「これでよかったんだ」と思わせてくれる日まで。

そのために最善を尽くそう。患者さんの後悔を一つでも減らせるように。そして、その先に幸せを感じられる日が来るように祈ろう。

穴が開くほど写真を見つめている幸に、杏子先生が笑ってつっこむ。

「なになに、さっちゃん。もしやこの旦那さんみたいな男がタイプなのー?」

「いえ、そうじゃなくて……」

「あーっ、このダウンベスト、モンクレールじゃないですか。すごーい。高いんですよねー。いいですねぇ、夫婦で山登りなんて」

いつの間にか有紗が間近にいて、ハガキを覗き込んでいた。が、写真に写っているのが五十嵐夫妻だとは気づかずに、しきりに「いつかほしいなぁ、モンクレール」とひたすらそこだけを見つめている。杏子先生は「そんくらい気楽でいいんだよねぇ」と小さく笑い、有紗に向かって「有紗っち、朝から絶好調だねぇ」と声をかけた。

でも有紗はすぐに頰を膨らませ、そんなことないですよー、と首を横に振った。

「私、今日、きりっちとバディなんですよ。精子調整と顕微授精。緊張します。いろんな意味で」

「そっか。それは気張らないとねぇ」

「はい。幸さん、私、うまくやるつもりですけど。でも、もし何かトラブったら、助けてもらえますか?　お願いします」

有紗が勢いよく頭を下げる。

「うん、わかった。桐山くんのペースや言動に惑わされず、丁寧にやることだけを考えれば大丈夫。

今日はいつもより件数も少ないみたいだし、落ち着いてね。もちろん、困ったらいつでも声かけて」

「はい、ありがとうございます！」

やや緊張した面持ちで有紗が頷く。幸自身は、午前中、ＰＧＴ—Ａ（着床前診断）をやることになっている。早めに終われば、二人に加勢できるかもしれない。でも、なるべく口も手も出さず、遠くからなりゆきを見守ろう。そう思っていたけれど、その数時間後、桐山翼と有紗は揃って幸の目の前に現れた。しかも、かなり複雑な表情を浮かべながら。

「あの……幸さん……」

有紗は、どう切り出したらいいか迷っている様子だ。それを見た桐山が、

「ちょっと来てもらえますか」

と、幸に声をかけた。

「え、私？」

「はい。これを見て下さい」

桐山に言われた通りモニターに目をやると、精子が勢いよく方々に向かって画面の中を泳いでいた。

「あ、すごく元気だね。みんな。いい感じじゃない」

一目見て、運動率が高く、濃度も濃い精子だとわかった。が、二人は困惑した表情を浮かべたまま、口を閉ざしている。

「どうしたの？」

不穏な空気を感じて幸が聞くと、有紗が小さく手を上げて言った。

「じつはこれ、野々村しおりさんのご主人の精子なんです……」

「え……そうなの。野々村さんの……」

幸の脳裏に、すぐさま野々村しおりの顔が浮かんだ。忘れるはずもない。会ったことは一度しかないけれど、あのときは三時間も面談したのだ。あれから治療を再開し、一度目はまた受精に至らずに終わってしまった。その後、不妊カウンセリングを何度か受け、そして今日、久しぶりに顕微授精に挑戦する予定だと聞いてはいた。

「そっか、野々村さんのご主人のなんだ。うん。元気でよかった。これなら体外でもいけそうだね」

口ではそう言いつつも、頭の中に黒い雲が大きく広がり始めた。言いようのない不安が一面を覆い尽くし、何か、サイレンのような、とてつもなく、大きな音が降り注いで。でも、決して口に出してはいけないような、気づいてはいけないような。

「んーと……あのさ」

「はい」

有紗も桐山も薄々気づいているのだろう。珍しく、桐山は口を閉ざしてはいるけれど。

「過去のデータ出せるかな。野々村さんのご主人の精子の。調整前のやつ。もちろん今日のも」

「はい」

前回のデータ。その前のデータ。桐山が手早く電子カルテを操作し、治療開始時にさかのぼって、精子のデータをプリントアウトしていく。

おおまかに言うと、卵子と違って、精子は「質の向上」が可能だ。そもそも、その時々で数値は変わるし、前回の数値が良かったからといって、次も良い数値が出るとも限らない。その逆もしかりだ。

過去の調整前データを見るに、野々村しおりの夫の精子は、ＷＨＯの基準値と比べ、毎回ギリギリか、やや下だ。言葉は悪いけれど、中の下、とでもいうべきか。その「中の下」の世界の中を、行ったりきたりしているという感じがする。運動率も、四〇%台のときもあれば、一〇%しかないときもある。通常は、その後調整し、運動性の良い精子のみを選別して治療に用いる。だから、調整前の運動率は、いわば一つの目安となる。

「ちなみに今日の調整前の運動率は?」

「八一%です。濃度も前回の三倍、量も倍以上多いです。ちなみに二か月前は二六%でした」

「八一……二か月前は二六……」

かなり高い数値だ。本来ならば、万歳したくなるほどの。でも、でも、でも。幸は、何か安心材料はないかと手元のデータをひたすら見比べた。

「八年間での最高値は、運動率四五%か。五〇%以上は一度もない……」

となると、これは、おそらく——。

「うーん。あんまり口に出していいことじゃないかもしれないけど……」

「はい」

有紗が息を呑む。

「前に面談したとき、いつも精液は自宅採取で、野々村さん本人が病院に持ってきているとおっしゃってたのね」

「……はい」

「だとしたら、これは夫本人の精子じゃない可能性が高いでしょう」

前置きが長いと言わんばかりに桐山がずばり切り込む。幸が無言で頷くと、

「やっぱりですよね……」

と、有紗の顔も青くなっていく。

「うん。でもまだそうと決まったわけじゃない。何か理由があるのかもしれないし。上の人に相談しよう……って、そっか。今日は、はじめさんは休みで、ラボ長は午前中不在なのか……」

今日ラボにいる中では、自分がいちばんの古株であり、年長者だ。

どうするか、決めなくてはいけない。今、ここで。

体外受精や顕微授精をする場合、基本的に精液は、当日の朝自宅採取したものを持ってくるか、クリニックの採精室で射精するかの二択だ。精液を入れるカップには患者それぞれのバーコードや名前が印字されており、都度ダブルチェックをするなど、細心の注意を払ってはいる。だけど、提出されたカップの中身が、誰のものであるかまではわからない。精子そのものに名前は書けないからだ。

つまりそれらは当然「夫またはパートナー」の精子であるとして処理され、治療に用いられる。

だけど、今回のは、おそらく……。


幸の報告を聞いた杏子先生は「あっちゃー、まじ?」とのけぞった。その後も、まじか、まじでか……と、呟き、最後には「どうしよっか……まじか、まじ之助か……」と頭を抱えた。

「でも、民間の精子バンク等を利用した可能性もあります。ご主人がそれを了承しているかはまた別ですが。それに、私たちの早合点で、ご主人のものという可能性もゼロではないですし」

「うーん。だよね。夫の精子として提出されてるんだから、そのまま顕微すればいいんだろうけどね。うちらが踏み込めることでもないし。でもね……」

「そうですね。気づいてしまった以上は……相談しないわけにはいきませんでした。すみません」

「だよね。とにかく、本人にそれとなく聞いてみよう。その上でやるかどうか。さっちゃんと、あと精液調整した有紗っちかきりっち、どっちかでいいから同席してくれる？」

「はい、わかりました」

　変な汗が出てきた。受精卵一つ一つに名前を付け、その写真を大切に持ち歩いていた野々村しおり。彼女の切実さ、苦しみ、孤独。それらを肌で感じて以来、幸ももがいてきた。どうにかして、望む人全員に子供を授けられないのかと。その思いが、押し付けで、傲慢《ごうまん》で、自分勝手なものだとしても、目の前に望む人がいるのなら、と。

　でも、結局は、祈るしかできない。こんなときにでさえも。


「失礼します」

　診察室に入ってきた野々村しおりは、普段はいない幸や桐山が奥に立っているのを見て、一瞬だけぎょっとした。幸も桐山も、無言のまま会釈をする。

　野々村しおりも、視線をこちらに向けずに会釈を返した。

「採卵、お疲れ様でした。体は大丈夫かな？」

　杏子先生がいつもと変わらぬ調子で話しかけると、野々村しおりは「あ、はい。大丈夫です。慣れてますから」と、にこやかに答えて椅子に座った。薄手の白いカーディガンにチェックのロングスカート。手には、以前面談のときも目にしたヴィトンのバッグ。どこからどう見ても、品の良い、幸せそうな女性にしか見えない。

「まずは、採卵結果だけどね。六個採取できたよ。全部成熟卵でした。おめでとう」

「そうですか……六個も……私にしては優秀ですね。よかったです」

「うんうん。それでね、こっちがご主人の精液検査の結果です。今回、すごくよくて。こっちが調整前、こっちが調整後。調整が必要ないくらい、運動率も濃度も量も、すばらしい数値でした。奇形率も低かったしね」

「そうですか……よかったです」

幸は、野々村しおりの表情をつぶさに観察していた。その顔に、動揺の色が混じっていないか、瞳の奥に、暗いものが光っていないかと。でも本人は、検査結果が印刷された用紙を手に、ただただ安堵の表情を浮かべている。

「いやー、ご主人すごいですね。今回、なんか特別に努力したんじゃなーい？」

杏子先生が明るく問うと、野々村しおりは、ふふふ、と微笑んだ。

「とっても高い海外製のサプリを購入して、試してみたんですよ。もう我が家くらいになると、マカとか、コエンザイムや亜鉛みたいな、ベタなサプリじゃどうにもなりませんから。そうか、効いたんですね。よかったです。ふふふふ」

「そうなの。ね、ね、なんていうサプリ？　参考までに教えて頂きたいなぁ、なんて」

杏子先生がおちゃらけて問うと、野々村しおりは一瞬考え込むような仕草を見せ、

「ちょっとわからないです。何せ、全部英語で書いてありましたから。今度調べておきますね」

と、これまたにこやかに返した。二か月間、サプリを試したくらいでこんなに数値が良くなるものだろうか。でも、本人がそう言う以上、こちらから詮索することは避けたほうがいいのかもしれない。

「そっか、わかりました。それと、卵ちゃんは六個とも顕微でいいのかな。この数値だし、体外からのレスキューもできるけど、どうしましょう?」

「いいえ。最初からすべて顕微に回して下さい。なんとか……一つでも、凍結できれば」

「うんうん。この後は、ここにいる胚培養士が頑張りますから」

そこでようやく野々村しおりは、視線を幸と桐山に向けた。そして、「あっ」と表情を崩した。

「野々村さん、お久しぶりです。以前はありがとうございました」

今なら自然な流れで話せるかもしれない。幸は、精一杯の笑顔を作って頭を下げた。

「前に、面談して下さった培養士さんですよね。確か、長谷川さん。あのときはいろいろありがとうございました。今回もどうぞよろしくお願いします」

「はい。最善を尽くします」

「僕は同じく胚培養士の桐山と言います。以前、電話で失礼なことを申し上げました。その節は申し訳ございませんでした」

続いて、幸の隣にいる桐山が、深々と頭を下げた。というより、半分体を折り曲げるようにして。

さっき、有紗と桐山に「どちらか一人、立ち会ってほしい」と伝えたとき、真っ先に手を挙げたので内心ひやひやしていた。だけど、今日の桐山は様子が違う。いつもの気が張ったような大きな声ではなくて、とても落ち着いている。それに、過去のことを自ら謝るとは思いもしなかった。

「ああ、そのことですか。もういいんですよ。終わったことですし……わざわざすみません。なんだ、そうだったんですね。先生のうしろに二人もいらっしゃって、何事かと思いました」

と、ころころ笑う。一見穏やかで、とても朗らかで。でも幸は、その落ち着き払った態度の中に不《ふ》穏《おん》な空気を感じた。野々村しおりの瞳が言っている気がする。何も聞くな、何も言うな、と。

だけど、真横にいる桐山は、大きく息を吸った。

「ところで野々村さん。今回提出された精子は、確かにあなたの夫のものですか」

あまりにもストレートな聞き方に、杏子先生もびっくりし、椅子をギィィと言わせてこちらを振り返った。幸はデジャブだと思った。こういう場面に立ち会うのは、何度目か。

「僕らは探偵じゃありません。ましてや警察なんかでもない。何があったとしても、あなたを裁く権利は持っていない。でも、明らかに、今回の精子は今までの精子と違うんです。サプリメントが効いた、なるほど、その可能性もあるでしょう。だから念のための確認です。精子に違和感を覚えるなんて、稀なことです。でも、気づいた以上は確認せずにはいられません。これから顕微授精をするにあたって、真実を知っておきたい。僕らが今からやるのは、命と命との出会いなんです」

野々村しおりは、顔色一つ変えなかった。それどころか心底驚いたように瞬きをし、今度はあどけない表情であははと笑った。そして、検査結果の紙をバッグに仕舞い、ゆっくりと立ち上がった。

「提出した精液は、確かに夫のものですよ。大丈夫です。なんか、心配かけちゃったみたいですね」

「わかりました。それならいいんです」

意外なことに、桐山はあっさりと引き下がった。でも幸は、それでいいと思った。これ以上は追えない。追い詰めてはならない。こちらができることは、すべてやったのだから。

「えーと、びっくりさせちゃってごめんね。じゃあ明日の受精確認の電話をお待ち下さい」

杏子先生が場を締めると、野々村しおりは「わかりました。失礼します」とこちらに背中を向けた。その背中が一瞬震えたように見えた。でも、それは錯覚だったのかもしれない。

野々村しおりはそのましっかりとした足取りで出て行き、再び戻ってくることはなかった。

午前の業務が終わると、幸は急ぎ足でスタッフルームに向かった。着替えながら、頭の中に野々村しおりの顔が浮かんできた。あの瞳、あの表情。本当に、提出された精子は、夫のものだろうか。でも、そうでないとしたら——？

だけど、本人が否定する以上、その先には踏み込めない。彼女の言葉を信じるしかない。

それに、今日は、久しぶりに網子に会える日だ。切り替えなくちゃ。たくさん話をして、網子の話もたくさん聞こう。帝国ホテルに行くなんて初めてで、この二日間、ずっと楽しみにしてきた。幸は、網子に『ごめん、今から出るからギリギリになりそう。先に入っててもらえたら』とＬＩＮＥを送り、気を取り直してスタッフルームを出た。すると、ぬっと人影が現れ、視界を遮った。

「長谷川さん」

「わっ」

目の前にいたのは桐山翼だった。

「ど、どうしたの」

桐山は気難しそうな表情のまま、一瞬迷って口を開いた。

「午後半休に入るところ、申し訳ないんですがね。どうやら、二階の奥の女子トイレで派手に泣いている人がいるようなんです。誰なのかはわかりませんが、一応伝えておこうと思いましてね。まぁでも、僕たちの仕事はトイレで泣いている人間を励ますことではないですがね。ラボの壁に報連相が大事だと書いてありますから、その規則にのっとっての、一応の報告です」

「うん。野々村さんかもしれないね。ありがとう。私、見てくる」

幸は、言うと同時に駆け出していた。予感がする。おそらく彼女だろうと。

クリニックのトイレで涙する人はきっと多い。みんな、自分に突き付けられた現実を、結果を、なんとか受け止めようとして。家に帰るまでは、普通でいなければと、無理して大丈夫を演じて。じゃないと、この世界に立っていられなくなってしまうから。

女子トイレに入ると、三つある個室の一番奥から、泣き声が聞こえてきた。周囲を憚ることのない、大きな声。幸は躊躇する間もなくドアを叩き、「大丈夫ですか?」と声をかけた。そして、一か八か、

「野々村さん？　培養士の長谷川です」

と、呼びかけた。

一瞬しんとしたあと、すぐにドアががちゃりと開いて、野々村しおりが出てきた。マスクで顔の下半分は見えない。でも、目の下には涙の跡が何本もついていて、マスカラは溶け、アイシャドウが濡れて光って。さっきまで見せていた落ち着きは、とうに消え去っていた。

「なんで、ですか」

「野々村さん……」

「なんで、私はママになれないんですか。なんで気づいちゃうんですか。せっかく覚悟を決めて、今日、ここまで……」

行き場のない怒りや悲しみが詰まった瞳から、幸は真実を悟った。

「ごめんなさい、野々村さん。でも、苦しんでほしくないんです。この先ずっと、秘密を抱えたまま生きていくのはつらいと思います。ご主人の了承は得ていないんでしょう?」

「……どのみち苦しいんです！　どっちの道を行っても、結局全部苦しいんです。だったら、せめてどう苦しむかくらい決めさせて下さいよ！」

ほとんど悲鳴のように叫ぶと、野々村しおりは、全身の力が抜けたように一瞬崩れ落ちた。でも、すぐさま幸につかまるようにして立ち上がると、

「もう、いいです。いいんです。すべて終わりにします」

「野々村さん」

「いいんです。ごめんなさい。ありがとうございました。永遠にさようならです」

「それはどういう……」

イヤな予感がした。でも、幸の問いかけに答えることなく、野々村しおりはそのまま女子トイレを飛び出していった。その拍子に体がぶつかり、幸はうしろによろけて尻もちをついた。

「あ……」

必死になりすぎて、言葉を選ぶ余裕がなかった。もしかしたら、余計に彼女を追い詰めてしまったのかもしれない。追いかけなければ。でも――。

これ以上首を突っ込んでいいのだろうか。いや、でも、明らかにこの状況はイレギュラーだ。声をかけた以上、なんとかしなくては。でも、ますます事態を悪化させたら？　何よりこの先は、彼女自身が乗り越えるしかないのではないか。彼女には夫もいるし、家族や友人もいるだろう。対して自分はまったくの他人だ。できることなんかない。でも。でも――。

幸は迷いながらトイレを出て、よたよたと職員通用口に向かう。

帰ろう。もう勤務時間は終わりだ。網子が待っている。そう言い聞かせながらも、足の動きはだん

だんと速くなり、しまいには駆け出していた。ほとんど体当たりするようにしてドアを開け外に出ると、太陽の光がやたら強く差し込み、幸は顔をしかめた。それでも走りながらスマホを取り出し、網子に電話をかける。

「もしもし、幸？　仕事無事に終わったー？」

「網子、本当にごめん。今日、行けないかもしれない」

息を切らしながら事情を説明すると、

「わかった」

と、ひときわ大きな網子の声が響いた。怒らせたかなと思ったけれど、網子は、

「私も協力する」

と力強く言った。

「協力って……」

「一緒に捜すってことだよ。今、まだクリニックの近くでしょ？　そっち行くから」

「でも、いいの？　網子に関係ないことなのに。それにどこにいるか見当もつかないし」

「いいよ。幸に関係があることは、私にも関係がある。前に、缶詰捨てるの手伝ってもらったし。いいから気にしないで。自棄《やけ》になってると思うから、早く見つけてあげよう」

幸はありがとうを言うと、商店街やその付近にある、一人でも入りやすそうなカフェや飲食店をくまなく捜した。小さな公園を見つけ、その端っこにある女子トイレも覗く。駅方面に行き、地下鉄の券売機周辺やホーム、近くのコンビニも覗いてみる。でも、姿は見当たらなかった。

もしかしたら、灯台下暗しで、まだ病院の敷地内にいたりして——。幸は慌ててクリニックのある

病院の敷地内に戻り、本院にある中庭や、院内のコンビニ、食堂を覗いた。でも見つからない。まさかと思って、クリニックの待合室に戻ってみる。でも、いない。

そもそも、もうこの辺にはいないのではないだろうか。あの表情。思い詰めて、今にも消えてしまいそうだった。だけど、じつは頭の中は冷静で、ちゃんと家に帰った可能性もあるのではないか。とにかく、最後にもう一度、地下鉄のホームを見てみようか。それでいなかったら、そのときは――。

幸が再び駅に向かおうとしたとき、

「長谷川さん！」

と、声がした。

振り向くと、スタッフウェアにパーカーを羽織った桐山が、全速力で走ってくるのが見えた。

「えっ……」

「捜してるんでしょう？　僕も付き合います」

「ええっ。だって仕事は」

「これからちょうど昼休憩ですからね。今日は別に腹も減ってないですしね」

「気にしてくれてるんだ。野々村さんのこと」

「……別に。仕事の範疇《はんちゅう》を超えることに、僕は大反対ですがね。今回はまぁ、しょうがないじゃないですか。なりゆきはトイレの外で聞いてましたし、気の迷いか、うっかりそのことを伝えたのは僕ですしね。つまり、後味が悪くなるのだけは避けたい。それだけです」

「そっか。ありがとう。一応今、この辺のカフェや公園、商店街は一通り見てきたんだけど……もう一度同じ場所を捜そうと思ってる」

「手分けしましょう。といっても、僕は一時間で戻りますがね。あ、一応顕微はまだやらないように岸さんに伝えてきましたが、それでいいですよね」

「うん、ありがとう。助かります」

幸が言い終わらないうちに、桐山は駆け出していった。びっくりするほど足が速い。おおごとになってしまったなと思う半面、幸は、頼もしい――と思った。一人で捜すより全然いい。

幸が再び駅に向かって走り出すと、スマホが震えた。網子だ。

「もしもし、幸？　駅着いたけど、どこかな」

「あ、今、病院の敷地に戻ってきたところ。網子、お願い。駅に、グレーのチェックのロングスカート、白のカーディガン、ヴィトンのバッグ持った女性がいないか見てくれないかな？　髪は低い位置で一つに結んでいて、身長は百六十くらい」

「うん、わかった。見ながら病院向かうわ。待ってて」

「うん。私もそっち方面に行く」

幸は、あえて歩きながら駅に向かうことにした。どこか見落としていないだろうか。あの状況で、自分ならどこに行くだろうか。自分なら――。そう考えてみたけれど、さっぱり見当もつかない。つかないまま、幸はやがて網子と合流した。網子は、それらしき女性は見当たらなかったと首を振った。

思わずため息が漏れる。

「網子、わざわざごめん。本当にごめんね。せっかく予約してくれてたのに」

「全然いいよ。幸のことだから、この状況でアフタヌーンティー行っても、楽しめないでしょ」

「うん……ありがとう。でも、もうどこにいるか全然わかんない。家に帰ってくれてたらいいけど」

「うーん。私だったら、帰らないなぁ……。感情が高ぶってるときって、なんか、電車乗りたくないっていうか、人の多い駅に足が向くかなぁ。私なら、やけくそで、土地勘のない、逆に人が少ないところ行くけど……まぁ、それも人それぞれかもしんないけどね」

「うん……」

網子の話を聞きながら、幸は、あのとき本人に聞くことなく、見逃せばよかったのかと自分を責めた。患者に渡す精液採取カップは、言ってしまえばただの紙コップだ。プラスチック製の蓋はついているものの、中に誰の精液が入っているかまではいちいち検査はしない。技術的には可能でも、そこまでしていたら時間とお金がかかるだけで、治療がまったく進まなくなる。あまりにも非現実的だ。だけど、卵子提供と違って、精子提供はとても簡単で無法地帯だ。認定施設での精子提供による治療が、「出自を知る権利」絡みで滞っていることもあり、民間の精子バンクや、個人での精子提供者がたくさん出てきている。無精子症などの男性不妊に苦しむ夫婦、結婚はしないけれど子供はほしい女性、レズビアンのカップル――さまざまな事情を抱えた人が、第三者の精子を求めて、ネットを彷徨っている。そして、パソコンやスマホをちょっといじれば、明日にでも誰かの精子を受け取れてしまう。日本は今、そういう国なのだ。

母が治療をしていた頃よりもずっと、精子は手に入りやすい。それが患者の救いになるのか、苦しみになるのか。それは、夫婦の足並みや気持ちが揃っているかにかかっている。でも、明らかに野々村しおりは様子がおかしかった。

また、自分と同じような子が生まれてしまう。網子は「幸は幸、人は人」だと言った。それは頭ではわかっている。わかっているけれど、でも――。

それでも、何かに突き動かされる。勝手に手足が動き、心が疼《うず》く。答えが何かもわからないのに。

「……難しいね」

網子がしんみりと言う。「みんな、必死に生きてるだけなのにね」と。


その後、再び商店街を捜したけれど、野々村しおりは見つからなかった。ふと桐山はどうしているかとスマホを取り出してみたけれど、着信もＬＩＮＥも来ていない。幸は肩を落とした。

「どうする、幸。どの辺捜す？」

網子に言われ、幸は空を見上げた。視界に、青空に向かって伸びる東京タワーが目に入る。いつ見ても、雄大で、どっしりとしていて、地中に根を張る大樹のようで。でもなぜか今日は、発射の瞬間を待つロケットのように見える。今にも空に飛び立ちそうで、なんだか落ち着かない。

「東京タワー……」

「え、東京タワー？」

「うん。商店街をこのまま抜けてさ、東京タワーに向かって歩いてみてもいいかな？　それでも見つからなければ、諦める」

「わかった。そうしよう。じゃあ私は右側を見ながら歩くから、幸は左側をよく見て歩いて」

「うん、わかった」

網子と並んで歩き始める。平日の昼間だからなのか、人はまばらだった。網子は「商店街っていっても、西荻とは雰囲気違うよね。古い店もあるけど、ちょいちょい高そうなお店も交じってるし」と、物珍しそうにしつつも「灰色ロングスカート、白カーディガン、一つ結び」とぶつぶつ言いながら歩いている。幸も、行き交う人を眺めながら、野々村しおりの姿を必死に捜した。散歩をするかのようにゆっくり歩く年配の人やスーツ姿のサラリーマン、ベビーカーを押した親子とすれ違う。

やがて、この前花岡先生と杏子先生と三人で行った、うなぎ屋の入ったビルに差しかかった。まさかと思って奥まった店の入口を覗くも、やっぱり野々村しおりの姿は見えなかった。

少し離れたところで救急車のサイレンが聞こえ、幸は思わず身震いをする。

「どこかで、一人やけ酒でもしてくれてたらいいのにね」

「うん……でも、そんな余裕もなさそうだった。今思えば、今日の彼女、ずっと震えてた気がする」

「そっか……私もさ、最初の結婚のとき、なかなか子供を授からなくてつらかったけど。でも、体外受精とかしてる人のつらさって、そういうレベルじゃないんだろうね。テスト勉強みたいに、努力した分だけ成果が出るわけじゃないだろうしね……」

網子は今日、見たことのない黒い水玉のワンピースを着ている。足元はいつも通り網タイツ。細身のサマーブーツを履いていて、メイクもばっちりだ。ルイとルカを預けてまで時間を作ってくれたのに、と急に申し訳なさが押し寄せる。

「網子、あのさ……やっぱ、網子だけでも」

「しっ」

突然、網子が歩みを止めた。そして、路地裏を覗き込み、幸を静かに手招きした。

見ると、ビルとビルの隙間に、小さな道が続いていた。ぽつぽつと店があるらしく、立て看板がいくつか出ている。その薄暗い路地を少し進んだところに、壁一面が茶色いレンガで覆われている店があった。入口にすずらんの形をしたランプが垂れ下がっていて、メニューを掲示してあるのか、譜面台のようなものが置かれている。そして、その前には——。

幸は、息を呑んだ。

譜面台の前に突っ立っているのは、紛れもなく野々村しおりだった。ただ、彼女の目は虚ろだ。置かれているメニューではなく、その先にある、何か見えないものを見ているような。幸は網子に目で合図を送ると、滑り込むように路地裏に入った。そして、短く息を吸い「野々村さん」と、声をかけた。幸のうしろから入り込んできたビル風が、野々村しおりの乱れた前髪をさらうように揺らす。同時に彼女の顔がゆっくりとこちらを向き、幸の姿を捉えた。

「……長谷川さん」

彼女は、驚きもせず、逃げもしなかった。ただ、「ふふっ」と不敵に笑うと、「見て下さいよ、これ」と、おもむろにメニューを指差した。見ると、よくわからないステーキらしき名前がたくさん並んでいる。店自体も、風格のある、かなり格式の高そうな雰囲気だ。

「ね。このステーキ、一人前三万円ですって」

「……高いですね」

「食べたことあります？　三万円のステーキ」

「まさか。ないです。こんな高そうな店……縁遠いです」

「ですよね。私もです。ステーキ、三万円ですって。ふふふ、さすが港区《みなと》。でもねぇ、私、採卵一回に四十万円も払ってきたんですよ。卵を何個か取るのに、四十万円も。それなのに、翌朝、一つも受精しませんでしたって言われたりする。四十万円、一晩でパーです。バカみたい。そのお金で、このステーキ、いったい何枚食べられたんでしょうね」

「………野々村さん」

「痛くて、つらくて、いつも孤独で。無駄にお金使って……今さら……四十歳も過ぎてから保険適用になったって、遅いんですよ。ふふふ。何もかもがもう。だから、何も手に入らない虚しい人生を終わらせようって、死んでも悔いはないって……もう」

「野々村さん。帰りましょう」

「どこに？」

野々村しおりは、心底不思議そうに幸の目を覗き込んだ。

「ちゃんと話し合わないといけないです、ご主人と。でも、その前に私でよければ話を……」

言い終わらないうちに、野々村しおりは音もなく逃げ出した。幸も慌てて追う。うしろから、網子に「絶対に逃がしちゃだめ。あの目は相当やばい」と言われ、幸はますます足に力を込めた。だけど、ロングスカートを穿いているはずの野々村しおりは想像以上に速く、まったく距離が縮まらない。帝国ホテルに行くからと、慣れないヒールの靴なんか履くんじゃなかった。もたついているうちに、網子が幸を追い越し、野々村しおりにぐんぐん迫っていく。がつがつと、ブーツのかかとが地面に打ち付けられる音がする。すごい。幸も、必死にあとを追う。

そのとき、道路を挟んだ反対側に桐山翼の姿を見つけた。幸は、「桐山くん！」と大声で叫んだ。だけど、声は届かず、桐山は気づいてくれない。それどころか、まったく違う方向を見てきょろきょろしている。

「桐山くんっ」

もう一度叫ぶ。でも、気づかない。幸はもどかしさを覚えながら、大きく息を吸うと、

「きりっち！　きりっち！　きりっち！」

と、呪文を唱えるように連呼した。すると、ようやく桐山がこちらを向いた。幸は「あれ、あれ、あそこッ！」と、身振り手振りで野々村しおりの居場所を伝えた。

ちょうど、網子が野々村しおりに追いつき、二人は揉み合う形になっていた。だけど、あろうことか、野々村しおりはヴィトンのバッグをぶんぶん振り回し「死ぬ！　もう、死なせて、終わらせて！」と網子に向かって攻撃を始めた。なのに、網子はまったくひるむことなく「なんなん、あんたおとなしくしなって！」と、立ち向かっていく。すごい。幸は網子の果敢さに一瞬見とれた。

そこに、事態を把握した桐山翼が駆け寄ってきて、飛び込んでいく。そして、瞬く間に野々村しおりの手首をつかんで動きを制すると、

「確保！」

と、ひとこと、大声で言った。

「やめてよ！　放してよ！」

動きを制されつつも、野々村しおりは抵抗を続けた。地面に倒れ込みながら、なおも足をバタバタ動かし、大声で泣き叫ぶ。めまいがする。目の前で起きていることがあまりに非現実的過ぎて信じられない。すべてがスローモーションに見える。当事者のくせに、何か舞台でも見せられているような。でも、違う。これは現実だ。幸はそう言い聞かせると、地面にしゃがみ込んで、うずくまっている野々村しおりを抱き起こした。

そして、両肩をつかんで揺さぶり、しっかりと目を見て伝えた。

「野々村さん。じゃあせめて、死ぬ前に、ステーキ食べましょう！」

。。。

鼻の奥に、肉の焼ける匂いが乱暴に入り込んでくる。いたるところから、脂の跳ねる音や食器がぶつかる音が響く。てっきり上品な鉄板焼きふうのお店かと思っていたのに、店内はアメリカンダイニングのようなレトロで重厚感のある造りで、中央には大きなワインセラーがどんと鎮座していた。店内の照明は薄暗い。テーブルに敷かれた白いクロスだけがやたら眩しく、下からこの奇妙な面々の顔をぼうっと照らしている。

店に入り、席に案内されたものの、誰しもが無言で声を発することがなかった。蝶《ちょう》ネクタイを締めた若い店員が怪訝そうな顔をして、メニューとワインリストを置いて離れていった。奥のソファ席に桐山と野々村しおりが並んで座り、幸は野々村しおりの向かいに、網子は幸の隣に座っている。

野々村しおりは俯《うつむ》いて、石のように動かない。幸は内心焦った。あまりにも不可解すぎる四人だ。でも、この店に誘ったのは自分だし、全員を知っているのも自分だけだ。網子にいたっては、まったくの無関係。ここは、しっかり場を取りなさなければ。まずは、せめて二人に網子を紹介すべきか。悩んでいると、網子がメニューを手に取り、

「なんか頼もうよ」

と、声を発した。幸は「そうだね、ありがとう」とメニューを受け取った。

「野々村さん、ステーキ食べましょう。どれがいいですか。私が選んでもいいですか」

言いながら冷や汗が出てきた。ちらっと見たメニューはどれもこれもべらぼうに高い。まずランチ

メニューというものが見当たらないし、すべてが英語交じりの表記でよくわからない。さっき店員が何か説明をしていた気がするけれど、何一つ記憶に残っていない。なんだかもうやけくそだ。適当に、目についたものを頼もう。そう決めると野々村しおりがゆっくりと顔を上げた。そして、

「見せて下さい」

と言う。幸は慌ててメニューを渡した。

「私が選んでもいいですか。全員分」

野々村しおりが問うと、桐山は「別にいいですよ」と言い、網子も「私も」と頷いた。幸も頷く。

野々村しおりがすっと手を上げ、店員を呼んだ。

「この和牛A5ランクプレミアムTボーンステーキ、四人前お願いします。一人前三万円のやつを」

一瞬場が凍った。でも野々村しおりは「いいですよね」と念を押すように全員を見渡した。今更イヤとは言えない。幸は、腹をくくった。もういい。全員分、どうにか自分が払おう。そう決めながらも、額に汗が浮き出てきた。今は給料日直前だ。父からもらったお金は、全額兄のために使おうと心に決め、すでに長期の定期預金に入れてしまった。少しぐらい手元に残しておいたほうがよかったかと、情けない考えが浮かぶ。

「焼き加減はどうされますか」

「レアで」

即答した野々村しおりに向かって、桐山が「僕は、ウェルダン派なんですがね」と反論すると、

「やだ、やめて下さいよ。ウェルダンなんて生ぬるい」

と、血走った目で笑い、もう一度店員に向かってレアでと告げた。さらに、「お飲み物は」と聞か

れると、野々村しおりはワインリストを開き、勝手に赤ワインのフルボトルを注文した。ワインの銘柄は聞き取れなかったし、聞き取れたとしても、それが何であるかも見当がつかない。ただ、店員だけがぴくりと眉を動かし、「よろしいんですか」と聞いた。

「はい。よろしいんですよ」

野々村しおりがにっこり微笑むと、店員は「かしこまりました」と言い、去っていった。

「ねえ、何頼んだの」

すぐに網子が聞いた。

「よくわかりません。二〇一一年の赤ワインです。シャトーなんとかです。私たち夫婦が結婚した年なんですよ、二〇一一年は。ちなみに二十万円って書いてありましたけどね」

幸は卒倒した。ステーキが一人三万円、ワインが四人で割っても五万円。一人当たり計八万円。ステーキだけならまだしも、ワインは。というか、なんなのだろう、一本二十万円のワインって。そんな高いものを飲む勇気も、それに見合う味覚も持ち合わせていない。頭が真っ白になる。

「心配しないで下さい。私が払いますから。最後の晩餐《ばんさん》ですし。にしても、全員分のステーキと、二十万円のワインをあわせても三十万円ちょっと。ふふふ、まだまだ採卵代のほうが高いんですよね……ふふふ、バカみたい。それだけじゃない。凍結するのに十五万、移植するのに二十万。保険適用が始まるまで、一回の顕微授精につき、七十万円以上払ってきたんですよ。それも、何度も、何度も。それなのに、何一つ手に入らない。通院のために仕事を辞めてパートに切り替えて、なんとか稼いで、足りない分はカードで分割払いして、夫のボーナスでつじつま合わせて、学生時代に買った服とバッグを着回して、ギリギリのところで治療を続けているのに、いくら払っても、手に入らない。毎周期、家で自分に注射針ぶっ刺して、肛門には座薬入れて、膣にも膣剤ねじ込んで、ぺたぺたテープ貼って、点鼻薬もして、副作用に耐えて。病院でも、生理始まってすぐ、血がたくさん出てるのに股開いてエコーの機械ぐりぐり入れられて、羞恥心なんて、とっくに死んでて。そこまでやっても、何も手に入らない。もうね、ここ数年は、本当に子供がほしいのかもわからないんです。それなのに、やめられない。結局、生きてるのは、体だけなんですよ。心は死んでるんです。だからもう何も感じない。死ぬのも怖くない」

それから、野々村しおりは白状した。今日提出した精子は夫のものではないと。夫の精子の数値が低いことがずっと気になっていたけれど、いくらお願いしてもたばこやお酒をやめてくれず、生活習慣を改めようともせず、いつしか子供ができない原因が、妻だけにあるかのようになってしまったと。

「君が治療を続けるなら応援するよ」と、まるで自分が理解者であるかのように振る舞って。

「最初は、同じスタートラインにいたんです。夫婦二人で頑張ろうねって、手を取り合って。それなのに、いつしか走ってるのは私だけになって、夫は観客席に行ってしまった。義母も、私に聞くんですよ。子供はまだかしらって。なんででしょうね、なんで自分の息子に聞かないんでしょうね」

そして、先月。しびれを切らした義母から、葉酸のサプリと腹巻きが送られてきたという。友人の娘さんが四十五歳で三人目を妊娠した。だから諦めずに頑張りなさいと。その娘さん曰く、葉酸のサプリがいいらしい、あと、お腹を冷やすのも良くないらしいので腹巻きを送ります、と。

「笑っちゃいますよね。こちとらもう何年も不妊治療してんですよ。葉酸のサプリなんて、もう何年も飲んでるし、だいたい妊娠しやすくなる効果はないし。下腹部を冷やさないことだって、当たり前のことです。それに、三人目の人と比べられたって。どいつもこいつもバカばっかり」

葉酸のサプリをシンクにぶちまけ、腹巻きをはさみで切り刻みながら、野々村しおりは決心した。一度だけ、精子提供を受けてみようと。これだけやって妊娠できないのは、きっと、夫婦の、精子と卵子の相性が悪いのだと。だからなのだと、突然腑に落ちて。

そう決めてネットを覗くと、精子提供の世界はどこまでも広く深く、選び放題だった。精子提供者の顔写真や血液型はもちろん、学歴や特技や趣味、現在の仕事などが細かく明記されていて、国籍も日本人だけでなく、中国、アメリカ、ヨーロッパなど、さまざま。野々村しおりは、夫と同じ血液型の日本人男性をピックアップし、夫に顔立ちが似ていて、夫と同じ系統の仕事をしている男性にコンタクトを取った。そして聞かれた。

「提供方法は、精液を渡す方法と、直接性行為をする方法がありますが、どうしますか」と。野々村しおりは、精液そのものを受け取る方法を選んだ。

それからクリニックを受診した際、以前受け取った精液採取用カップを紛失したとうそを告げ、新しいものを手に入れた。その一つを夫に渡し、もう一つを提供者に渡した。

採卵当日の早朝、つまり、今日。相手に指示された駅まで出向き、提供者の精液が入ったカップを受け取り、夫の精液が入ったものは捨てた。提供者は、性病検査すべてが陰性であることを証明する結果や過去に受けた精液検査の用紙、大学の卒業証書、社員証などを見せて、自分の経歴に偽りがないことを説明し、一枚の紙を差し出した。提供者は、生まれた子供には一切関わらない、会わないなど、いくつかの取り決め事項が書いてあり、そこにサインを求められた。提供者はすでに二児の父親で、妻もこのボランティア活動に賛同していると話した。これまでに、十五人ほどに精子を提供し、九人の子供が誕生したのだと。野々村しおりは、提供者の男性に往復の交通費だけを支払った。

「うまくいくといいですね」

夫に似た柔らかな笑顔で言われ、野々村しおりは頷いた。「ありがとうございます」と。

決心は揺るがなかった。これで、うまくいけば。うまくいけば、この光のない世界から抜け出せる。

子供ができなくても苦しくて。でも、秘密を抱えて、夫と血の繋がらない子供を育てていくのもきっと苦しくて。どっちも、苦しくて。だったらもう、とことん苦しもうと。最後に、この精子に懸けて、審判を神様に委ねようと。それなのに、気づかれてしまった。知られてしまった。あと少しだったのに。あと、もう一歩だったのに。

「ごめんなさい……」

幸は、精一杯声を絞り出した。だけど、網子がすぐさま「幸が謝る必要なんてない」と言い、

「あんた、バカだよ」

とぶちかました。野々村しおりがキッと眉を吊り上げる。

「あなたに何がわかるんですか。しかも、あなた、なんか子供の匂いがぷんぷんする。子供いるでしょう、子供」

「いるけど。男の子二人。でも、夫はいないよ」

「でも、子供はいる」

「いるよ。いるからね、あなたの苦しみをわかってはあげられない。なんも言えないよ。けどね、私は子供がいるから幸せだとか、幸せになれたとか、そういうことは微塵も思ってない」

「それは子供がいるから言えるんですよ。それにね、結局、みんな言う。子供はまだ？　我が子は可

愛いよ、早く産みなよって。まだ不妊治療してるの？　不妊治療こそが体によくないんじゃない？　ストレス溜めないでね、って。早くできるといいね、妊娠菌プレゼントするねって、余裕たっぷりの笑みで言う。所詮、あなたも同じ。だから、あんたこそバカよ」

初対面の二人が、バカ、バカと言い合っている。なのに、うまく間に入ることができない。

「わかった。私はバカでもいい。いいけどね、でもね、結局、この先もずっと言われ続けんのよ、女は。一人産んだとしても、すぐに二人目は？　って聞いてくるやつもいるし、男の子が続けば、女の子ほしくないの？　とか、逆もしかり。子供のことだけじゃない。恋人いないの？　結婚しないの？　なんで離婚したの？　再婚しないの？　って、一定数、他人のことが気になってしょうがない好奇心バカが存在する限り、女は、延々と聞かれ続ける。だから、あんたがそういう無神経なやつにレッドカード出して、自分の人生から退場させるしかないじゃない。でもね。一つだけ言わせてもらえば、あんた、幸の思いはわかってんの？　幸はね、どうにかあんたたち患者さんを妊娠させてあげられないかと、毎日、毎日、悩んで頑張ってんのよ。今日だってね、ねぇ、よく考えなよ。ぶっちゃけあんたのことなんて、放っておけばいいのに、知らんぷりすればいいのに、仕事でもないのに、こんな必死に捜して、ここに連れてきて。あんたこそ、そういう人の気持ちわかってんの？」

網子に言われ、野々村しおりは幸の目を見た。そして、「長谷川さん……」と口を開く。

「そういえば、長谷川さんだけでしたね。あのとき、一瞬でも私のいる世界に降りてきてくれて、隣に座ってくれて。一緒に、受精卵に名前を付けてくれました。覚えていますか」

「もちろんです。冬生まれの、深冬ちゃん。深い冬で、深冬ちゃん。割球の大きさが均等に揃った、きれいな受精卵……銀色の地球でした」

「……銀色の、地球」

野々村しおりの瞳から、大粒の涙が溢れた。幸は唇を噛んだ。自分の仕事は、受精卵に名前を付けることではないのに。やるべきことは、精子と卵子を受精させ、母の胎内に戻る日まで、見守り、育てることだ。なるべく最良の条件下で、卵を育て、守り、母親に還す。そして、祈る――。

やがて、赤ワインのボトルと、大きなワイングラスが運ばれてきた。胸元にソムリエのバッジを付けた男性が、二〇一一年は乾燥して気候条件が厳しく、これは、その中で生き残った貴重なぶどうから造られたワインなのだと説明した。恭《うやうや》しく頭を下げ、四つのグラスにワインを注《つ》ぎ入れる。深紅のルビーみたいな濃い赤色。二十万円のワインが、各々《おのおの》、グラスのほんの十分の一くらいに注がれる。

「全部注いで下さい。ボトルの中身がなくなるまで、全部」

野々村しおりが有無を言わせない口調で言い、ソムリエは驚きながらも、残りのワインを四つのグラスに全部注ぎ足して去っていった。

「いただきます……」

幸は、おそるおそるグラスを持ち上げ、口をつけた。一杯五万円もする、赤いワインを。口に入るだけ入れると、ごくんとひと飲みにし、勢いよく喉の奥に流した。

熱い。喉の奥が、胃の底が、燃えるように熱い。

「よくわかんないっすね。コンビニの安いやつと同じだと言われたら、同じような、違うような」

気づけば、桐山がソファに背中を深く預けて口を開いていた。下戸なのか、顔がすでに赤い。

「ちょっと、そういえば桐山くん、仕事中……」

どうしよう。仕事中に飲酒させてしまった。しかも、昼休みももう終わる。午後は勤務させられない。慌てる幸とは対照的に、桐山はまったく気にする素振りも見せず、くくくく、と笑った。

「ヒトの受精卵はね、所詮ウニの受精卵と同じなんすよ。大きさもほぼ同じ。それほど、ちっぽけな存在なんです。それなのに、なんすかね。みんな。そんな血眼《ちまなこ》になって、苦しんで。あなたたち、みんなおかしいっすよ。まだ生まれてもない、この世に存在しない命のために、そんなに髪を振り乱して、自分を犠牲にして、苦しんで。バカみたいじゃないですか。だから僕はね、自分を愛でますよ。自分のために生きて、自分のためだけに時間とお金を使います。僕はそのために生きてやりますよ。その結果、人類が滅びても関係ない。大切なのは自分一人。人間なんて、クソくらえだ」

そして、あおるようにワインを飲んだ。

「じゃあなんなんですか、あなたは。なんで胚培養士なんてやってるの。クソくらえなら、やめればいいじゃない。迷惑よ」

野々村しおりが、心底信じられないというように、桐山を睨む。

「それは僕の勝手でしょう。僕は、仕事はちゃんとやりますよ。やってやりますよ。仕事ですからね。でもね、不思議なんですよ。ウニの受精卵はね、見た目もヒトの受精卵に似ていて、分割もある程度までは同じように進むんですよ。桑実胚《そうじつはい》のところなんか、ヒトの受精卵と見分けがつかない。それなのに、なんででしょうね、ヒトの受精卵のほうがね、美しくて、キラキラ光を纏っているように見えるんです。僕は人間が嫌いです。小さい頃虐《いじ》められて、不登校になって、地球なんて爆発して消えてしまえと、人類を呪いましたから。今でも、人と関わるのなんて心底面倒くさい。それなのに、ヒトの受精卵は、むかつくほどに綺麗だ。銀色で、深くて、本当に、生きている地球そのものだ」

幸は、驚いて桐山を見た。そうなんだ。見えているんだ。桐山翼にも、受精卵が、銀色の地球に。

自分と同じように——。幸は、意を決して口を開いた。

「……野々村さん。私は、精子提供で生まれた子供なんです。そのことを、うまく受け入れられずに生きています。両親には感謝しているけれど、実の父が誰なのか、どういう人なのか、知りたいという気持ちを消すことはできません。でも、だからといって、野々村さんたち患者さんが、卵子提供や精子提供で子供を産むことを否定はしないです。だけど、どうか、一人で抱えないで。ご夫婦で、ちゃんと苦しみや決意を分かち合って下さい。それができないなら、先に進むべきではないです」

父と話し、父の思いを受け取り、少しだけ、自分に近づいた。花岡先生や杏子先生、院長、網子にもらった言葉も、ちゃんと心の中に根付いている。

だけど、生みの父を知りたいという思いは消えない。おそらく、生きている限りずっと消えない。ときには痛みを伴い、心を燃やし続ける。今までと同じように。

消そうとすれば苦しく、でも、共に生きようと思えば。思えば——なんとか、なるものだろうか。

答え探しは、未来の自分に託すしかないけれど。

「ときには、親を憎み、両親どちらの血をも受け継いでいる兄をうらやましくも思いました。自分の体が、存在が、いつも透けている気がして、落ち着かなくて。だけど最近ようやく、囚われたくないと思うようになったんです。そのことだけに心奪われて、毎日を生きていくのは悔しいから。それだけじゃないから。私の人生は、それだけじゃないからって」

私には、銀色の地球があるから。小さな、愛おしい世界があるから。大好きだから。だから、野々村さん。あなたにも、きっとある。きっと、そこに辿り着ける。

私たちこそが、かつてみんな、銀色の地球だったのだから。

ジュージューと、場違いな、脂が弾ける音が近づいてきて、ステーキの載った皿が運ばれてきた。どんとテーブルの上に置かれたものを見て、幸は目を見張った。上品なんてものじゃない。目の前にあるのは、骨がついたままの肉の塊だ。それも、かなり大きな。皿ごとオーブンで焼いたのか、もともと白かったはずの皿は茶色に変色していて、肉片からこぼれ出た黄色い脂が、ぶちぶちと皿の上で跳ねている。付け合わせも何もない、本当に、ただの巨大な黒い肉片だ。

ステーキというより、山の中で狩りをし、つかまえた獲物をその場で解体して焼いたような感じすらする。全員があっけにとられ、その皿を凝視した。店員は、ギザギザのナイフで肉を切り分けると、その一つを皿の上で転がし、真っ赤な切り口を見せて「レアでございます。重量は約二キロです」と説明し、取り皿を配ってから離れていった。

肉と、脂の跳ねる音と、四人の人間だけが取り残された。

「あのさ、割り勘ね」

網子が心底おかしそうに、ほとんど笑いながら言った。

「ようわからんけど、割り勘で、ちゃんと自分の分は自分で払う。バカみたいだけどね。こちとら、シンママで命かけて毎日子供育ててんのよ。貧乏だよ、金ないよ、でも払うよ。多分、自分で払ったほうがおいしいから。なんなん、この店。なんなん、この肉。まじあり得ない。けど、食べる」

宣言すると、網子はフォークを肉片の一つに突き立て、そのまま口に運んだ。そしてすぐさま、あつ、うま、あっつ、と、体をよじって悶《もだ》えた。幸もフォークを手に取り、大きな肉片に、真っすぐに突き立てた。燃えるように真っ赤な断面から、血が滴り落ちる。誰の、なんの血か。

父、母、兄。そして、花岡先生の顔が浮かぶ。

幸の目の前で、野々村しおりも肉片にフォークを突き立てていた。一瞬だけ目を合わせて頷くと、幸はそのまま肉片を口に放り込んだ。

あまりに大きすぎて、入りきれない。苦しい。それでも幸は必死に口を動かし、歯を突き立て、肉を噛み砕いた。目尻に涙が浮かぶ。死ぬほどおいしい。でも、声を出すことができない。時間をかけてようやく一つを胃に落とすと、幸は大きく息を吐き、ワインを一口飲んで、続けざまに次の肉片にフォークを突き刺した。滴り落ちる血を一滴も逃すまいと、限界まで大きく口を開け、肉を放り込む。

体中の血が、熱く、動き出す。ただの人間である、自分の血が。

幸が懸命に肉を噛み続ける横で、桐山が網子に向かって「ところであなたは誰なんですか」と言っているのが聞こえた。

。参考資料。

『名医が教える妊活と不妊治療のすべて』
フェニックス アート クリニック院長・藤原敏博／高柳明音（あさ出版）
『名医が教える最短で授かる不妊治療』
浅田レディースクリニック理事長・浅田義正（主婦の友社）
『不妊治療のやめどき』妊活コーチ・松本亜樹子（ＷＡＶＥ出版）
『「閉じこもり」から抜け出すには』
ＮＰＯ法人ストレスカウンセリング・センター理事長・前川哲治（創元社）
『美しい顕微鏡写真』解説 寺門和夫（パイインターナショナル）
『苔玉と苔 育て方ノート』砂森聡（家の光協会）
『一番くわしい苔の教科書』監修 石戸明一（STUDIO TAC CREATIVE）

また、不妊治療外来のあるクリニックのホームページを参考にさせていただきました。

執筆にあたり、都内の病院に勤務する胚培養士の方々、
そして、作家で胚培養士としてもご活躍の北里紗月さんに、
多くのご教示をいただきました。
この場を借りて深く御礼申し上げます。
なお、本文中の医療記述(時事的背景から治療に至るまで)のすべては、
著者独自の調査、取材、見解によるものです。
実際の治療等につきましては、専門機関及び
専門医の指示を仰いでいただきますようお願い申し上げます。(著者)

本書は書下ろしです。
また、この物語はフィクションであり、
実在の人物および団体とはいっさい関係ありません。

装幀◦坂詰佳苗
装画◦いえだゆきな

本山聖子（もとやま・せいこ）

1980年鹿児島県生まれ、長崎県育ち。東京女子大学卒業後、児童書・雑誌の編集に従事。2017年「ユズとレモン、だけどライム」で、小説宝石新人賞を受賞。2020年乳がんに罹患した若い女性たちを描いたデビュー作『おっぱいエール』で注目される。

受精卵《じゅせいらん》ワールド

2023年 8 月30日　初版 1 刷発行

著　者　本山聖子《もとやませいこ》

発行者　三宅貴久

発行所　株式会社 光文社

〒112-8011　東京都文京区音羽1-16-6

電話　編　集　部　03-5395-8254

書籍販売部　03-5395-8116

業　務　部　03-5395-8125

URL　光　文　社　https://www.kobunsha.com/

組　版　萩原印刷

印刷所　萩原印刷

製本所　国宝社

落丁・乱丁本は業務部へご連絡くだされば、お取り替えいたします。

ISBN978-4-334-10022-3